人情本の世界

——江戸の「あだ」が紡ぐ恋愛物語

武藤元昭
Muto Motoaki

笠間書院

はじめに

人情本が近世文学史研究の上で注目されるようになったのは、戦後のことである。無論、その存在は戦前から認識されており、作品の翻刻も行われていた。

村上静人校訂による「人情本刊行会」発行の人情本全集が大正四年に刊行され始めたのが最初の大がかりな翻刻であった。尤も、この全集の初版本を揃えるのは至難の業で、私の手許にあるものも、大正四年刊行開始のものが初版（「第壱回」～）、大正十二年刊行開始のものが再版（「第壱輯」～）、昭和四年刊行開始のものが再版（「第壱輯」～）の三種取合わせである。面白いのは昭和版で、「人情本大全集」となっていて、「著作者　発行者　合資会社国民聖書普及会代表者村上静人」「発行所　合資会社国民聖書普及会内人情本大全集刊行会」とあるところである。また、大正四年版巻末には「顧問」として文学博士佐々醒雪、文学士笹川臨風、文学士沼波瓊音、慶応義塾大学教授馬場孤蝶、大阪朝日新聞社渡辺霞亭ら五十五名の名が連ねられている。また、賛助員として狂言作者竹柴金作、俳優喜多村緑郎、俳優曽我の家五郎ら六名の名も見られる。これらは大正十二年版からは削除されている。こうしたことから、人情本全集刊行に関わる村上静人の苦心や執念を窺うことが出来そうである。この集には、洒落本や滑稽本の一部も収められていて、編者の若干の揺れを感じさせる。尚また、検閲にかかりそうな描写は、当時の翻刻が用いた伏せ字ではなく、文章そのものを改変するという方法をとっており、引用には注意が必要である。因みに、前田勇の労作『江戸語大辞典』（昭和四十九年、講談社、後に講談社文庫『江戸語の辞典』）の人情本の語句の引用には本全集からのものが多い。

ともあれ、人情本の概容を知るにはとりあえず重宝な全集であった。

学術的にも価値のある翻刻は『日本名著全集』（同刊行会）の『人情本集』（昭和三年）である。例によって伏せ字はあるが、本文の改変はなく忠実な翻刻である。何より、校訂者山口剛による解題は非常に詳細で、人情本研究の先駆と言ってよい。以後、戦後暫くまで人情本が顧みられることはほとんどなかった。研究の対象としては物足りないという思いが研究者の間にあったのかも知れない。

ただ、いずれにせよ、そこで扱われる人情本は、『人情本全集』に収められたいくつかの例外を除いて、ほとんどが天保期のものであった。

昭和三十六（一九五一）年に出版された中村幸彦の『近世作家研究』（三一書房）に収められた「為永春水の手法」「為永春水小論」は、戦後人情本研究の嚆矢と言うべき本格的な人情本論であるが、ここでも対象となっているのは主に天保期の作品である。同年刊行の中村幸彦『近世小説史の研究』（桜楓社出版）所収「人情本と中本型読本」は、人情本の発生前後を論じたものだけに天保期人情本は扱われていないが、一般的には人情本と言って想起されるのは天保期の作品群であったと言ってよい。

文政期人情本に本格的に取組んだのは、神保五彌『為永春水の研究』（昭和三十九年　白日社）である。ここでは春水人情本の発生期の状況が詳細に論じられており、後の人情本研究の大きな指標となった。

現在最も新しい人情本研究書は『人情本事典』（二〇一〇年　笠間書院）である。ここに収められた作品は全て文政期人情本で、そのようにしたのは、〝人情本もそのひとつである〈中本〉型の〈よみほん〉が、「様式」の坩堝の様相を呈しているのが文政期で、『梅児誉美』から後は別のものに変貌してしまう〟（「本書刊行の経緯」大高洋司）からだと言う。一理あるが、「人情本事典」と銘打って天保期の人情本を外すという考え方には必ずしも首肯し得るものではない。人情本史を繙く上で「様式」は大事であろうが、受容ということを考えると、天保期の人情本の方が遥かに大きく、それ故に人情本というジャンルが成立したのではないかと思われるのである。

本書は、結果的に天保期人情本に関わる論考が多くなっているが、筆者の興味もまた天保期人情本が当時の人情本読者から人情本として受け入れられていたという思いに基づいているからに他ならない。人情本研究に携わり始めた頃、「人情本の起源を考えてみて下さい」と中村幸彦氏から言われたことを忘れたつもりはないが、今それが「様式」の面から解明されようとしているのであれば、それはそれとして一つの解決の端緒であろうか。

ともあれ、作者、絵師、出版等、人情本には今後解明されなければならないさまざまな課題が山積している。本書はその極く一部に触れたものに過ぎない。

尚、最後の一章は人情本とは直接関係はないが、自分の作品へのアプローチの仕方を表すものとして加えた。

『人情本の世界 ―― 江戸の「あだ」が紡ぐ恋愛物語』目次

第一章　あだ

――春水人情本の特質

一

人情本の嚆矢とされているのは十返舎一九の『清談峰初花』（文政二〈一八一九〉年）であるが、これ以後、為永春水の代表作『春色梅児誉美』（天保三〈一八三二〉年）までの諸作と、『梅児誉美』以後でも鼻山人ら春水一派以外の作者達の諸作を文政年度人情本と呼んでおく。一方、『梅児誉美』以後、天保年度の春水一派の作品を春水人情本と仮りに呼ぶ。かなり大ざっぱな分け方ではあるが、この両者には、明らかに多くの相違が認められる。ここでは、そのことから春水人情本の特質を考えてみたい。無論種々の論が為されてきているのであるが、(注1)私なりの考えに従って、述べてみたい。まず、両者の相違点をざっと挙げてみる。

①テーマ――前者（文政年度人情本）は男女の間の、殊に女性の側の貞心、真心が中心である。後者（春水人情本）は一人の男に配する複数の女の情の絢が中心テーマとなっている。

②筋の運び――前者は事実の経過を忠実に追っている。後者は筋書きに無理があり、読者の意表を衝くことが多い。

③描写――前者は筋書き中心であって、情愛描写等も淡白であって、刺戟が少ない。後者は筋書きより情の絢を中心としているだけに、所謂濡れ場描写による思わせぶりが多い。

④舞台――前者は多く吉原を舞台とし、後者は多く深川を舞台とする。

以上の如き差異が両者間に認められる。①についてであるが、文政年度人情本は、まず恋愛物語を通俗的に描くことにその目的が絞られているので、狂言仕立ての月並みなテーマをとり、読本を平易な口語文に書き直したようなものが多い。それだけに、多く女の貞心を讃えている。逆に春水人情本に於いては、読本流の勧善懲悪思想の表明は、表面的に言辞を弄するにとどめている。その結果、女の貞節が別な形で現われ、身勝手な男に複数の女が献身的に尽すという筋書きになっている。即ち、一人の男に妻と妾を配し、しかも妻と妾は相睦み男に尽すという、謂わば妻妾共存の形をとっているのである。『梅児誉美』以来、春水が常套的に用い、更にその一統も倣ってきたテーマである。妻の他に男が愛人を作るという筋書きは、春水人情本以外にも見られるのであるが、妻が男の不実を怨んで死ぬといった風で、少なくとも積極的に妻が妾と仲良く暮そうとするような結末はあまりない。天保期に入っても、鼻山人の作品など、その傾向は顕著である。次に②の筋の運びについても、春水人情本には特徴がある。文政年度人情本で、ほぼ筋書き通りに逐次筆を運んでいるのに対し、春水人情本は話が前後することが多い。一つには、春水人情本が、春水の名の下に門弟達の合作によって成ることが屢々であったという点に、その原因をみることが出来ようが、読者の意表をつこうとした意図が、そうした面により強く現われたといえる。冒頭に描いた胸躍る場面が、実は夢であったり、作中に他の作品をいきなり引用して読者を惑わし、作中の登場人物がその作品を読んでいたという設定にしたり、或いは結末を先ず記して、そこに至る経緯を後に記すという手法をとったりする。こうして、読者を巧みに物語の世界へ惹き込もうと図ったわけである。③の描写についていえば、濡れ場描写こそ春水人情本の最も得意とし、また目指したところであった。読本の語り口を平易にしただけであるかの如き文政年度人情本には殆ど見られないものである。例を『風俗吾妻男』[注2]にとって、この点に少し触れてみたい。『風俗吾妻男』は全三編九巻で、初編が天保四年に書かれている。二編迄は三亭春馬作、三編は春水閲となっている。春馬は十返舎一九の弟子であり、師の『清談峰初花』以来の文政年度人情本の系統を引く作者である。したがって、二編迄と三編とを比較すれば、そこに自から文政年度人情本と春水人情本との差異が窺えるのである。ここでは③の描写ということについてのみ比較してみる。初編上巻に主人公由次郎と愛人お梅の出会いがあり、三編中巻には由次郎と妻お道の出会いがある。

由「まことに冥加にかなつた叓だよ。わたしのよふな者をそれまでにトそばへよりそひはなしもきこへず。（『風俗吾妻男』初・上）

（お道は）由次郎の心も定り我身を真からかはゆがる心になりてくれたるかと思へば自然とうれしさに、昼の涙の腫眼縁へ、あかねさしたる笑ひ顔、あかりの顔に光艶《てら〳〵》と、雪より白き衿の粧《つや》、乱れし髪も愛敬になりてかはゆき其風情（中略）蒲団の上へ直に倒れてお道の手をとり引寄れば　道「アレマァお茶がト土瓶の蓋をとる　由「コレサ戯言《ぢやうだん》ぢやァねへ胸がいてへから撫おろしてくんなといへば　道「ヲヤさうでございますかトさしよりて由次郎のむねをさすりながら　道「ヲホ…アレそれぢやァ手に力がはいりませんから腹をさすつても利ませんヨアレサトいひながら由次郎の胸の所へ白を押付けて居る。（『風俗吾妻男』三・中）

稍々煩瑣に亘ったが、両者の描写を比較するに適当なので、敢えて記した。初・上と三・中を比較すれば、端的に両者の相違点が知られよう。前者は洵にあっさりと書かれ、この場面の文全体に於ける比重の軽いことを表わそうとしているのに対し、後者は長々と精細な描写で書き綴られ、こうした場面が作中重要な位置を占めているることを示している。この作品に限らず、『梅児誉美』前後からの春水人情本は、すべてこうした思わせぶりな艶情描写を売り物にしているのである。

このような艶情味の強い作品を春水に書かせたものは、彼の戯作者精神であろう。二世南仙笑楚満人と称して『明烏後正夢』で人情本の世界に足を踏み入れて以来、春水は書肆青林堂主人としても、戯作者楚満人としても、自分の作品が世に受け容れられることを只管願ってきた。文政年間は、一九らの作品に倣って、文政年度人情本に近いものを書いていた。講釈師為永正輔としての語り口を生かした彼の作品は、それなりに他の作者のものより歓迎されたのではあるが、『春色梅児誉美』の成功が、彼の方向を転換させた。黄表紙作者であった楚満人の名を継いでいた二世楚満人は、その名を返上し、為永春水として再出発を図っていた。その彼にとって、『梅児誉美』の人気は、彼に「人情翁」「人情本作者の元祖」と自称させるほど、彼の大きな支えとなった。文政年度人情本は、勿論婦女子を読者として想定していたのであるが、その婦女子の求めるところが何であるかを察知し得ず、決定的な人気を盛り上げるに至らなかった。春水も例に漏れず、暗中模索していたのであったが、『梅児誉美』の大成功により、婦女子読者の求めるものが、勧懲色の濃い、平易な読本調のようなものではないことに着目し、『春色辰巳園』を初め、同傾向の人情本を次々に生産していったのである。それは文字通り生産であって、読者の喜ぶものに徹底的に迎合するという彼の戯作者精神が、このような人情本を生んだということが言えるわけである。(注3)その読者の求めたものが、つまり艶情味なのである。当時漸く文字に親しんで、絵本の如き草双紙類から文字の多い読物へと目を移していた婦女子読者も、内容の高度なものにはついてゆけず、平易な口語調で書かれた人情本を歓迎したのである。しかし、元来一般婦女子は感覚的であり、理性的ではない。しかも、抑々出版事情が良い筈もなく、一作品について年一編程度しか出版されないのでは、平均三編位になる人情本を、通して読むことも少ない。そこで、作者の側にしてみれば、一巻一巻にヤマ場を設けて読者を惹きつけることを考え、読者もそれを歓迎する。その読者が、婦女子のように感覚的な者であれば、ヤマ場として要求するのが濡れ場描写に類したものであっても不思議ではない。斯くして、読者に迎合した春水人情本の内容は必然的に艶情綺語を多く含んだものとなったのである。なおまた、当初春水が読者として擬したのは、彼が出入りした深川の芸者達であるが、それがこうした傾向を一層強めたといえる。さて、この艶情味を醸し出すものが、妻妾共存という結末と④に挙げた深川という舞台なのである。近世の江戸の遊里の代表格は、無論吉原であるが、人情本が行われた文政・天保頃には吉原はすっかり衰え、岡場所の深川がこれにとって代る。既に寛政以後衰微の徴候を見せ始めているのであるが、『式亭雑記』文化八年五月八日の条にも「此節吉原は甚不景気也（中略）。三馬想ふに、四五年前に比しては遊女の数も少く、名妓といふべきもの半ば減じたり」とある。吉原の格式張った風より、深川の庶民的な気風が喜ばれるようになったということであろう。(注4) 素人臭の濃い深川は、芸者衆ばかりでなく、一般婦女子読者にとっても、身近な素材が多かった。当時の女性の流行がこうした遊所に発した(注5)という事情も手伝って、春水は女性の関心の深い深川に、その作品の舞台をとったのである。鼻山人が吉原を舞台としていることと好対照である。深川と吉原の差については後に更めて触れるが、春水が富商津国屋藤次郎のお供で深川に遊び、また舟宿の女将清元延津賀と深い交わりがあったことは、深川を描くに好都合であったし、深川のもつ大衆性が人情本の大衆的な娯楽性に相応しかったということはいえよう。

さて、以上の如く見てくると、春水人情本の特質が、深川という舞台、妻妾共存という結末に象徴的に示されていると考えられる。そして、この二つに共通な素因を追うと、そこに「あだ」が浮かび出てくる。つまり、春水人情本の人気は、「あだ」に負うているのではないかと思われるのである。唐突に「あだ」を用いたが、以下その理由を述べつつ、春水人情本の本質を表徴すると思われる「あだ」について考えてみたい。

二

「あだ」は「婀娜」、「徒」として中古から用いられている。が、本稿に於いては特に春水人情本に於ける「あだ」の活用に注目したい。『守貞漫稿』に次の如く述べられているように、中古以来の「あだ」と、近世後期の「あだ」

とは異なるのである。本稿で採り上げる「あだ」は「婀娜」あるいは「仇」で記されているものである。『守貞漫稿』では次のように「あだ」を定義している。

今世江戸婦女の卑なれども野ならざるを婀娜其人をあだものと云と云反レ之を不意気或は野暮やぼ野夫訛歟京坂にては不粋と云（第九編『女扮上』）

此書は天保八年から嘉永六年に亘って書かれ、補訂されたものであるので、ここに「今世」とあるのは、人情本全盛の頃と一致していると見て差支えない。したがって、この書によると「あだ」は近世後期に至って流行した一種の俗語であることが知られる。「徒」を宛てる「あだ」は措くとして「娜婀」という語は、

翡翠のかんざしは婀娜とたをやかにして……（『卒都婆小町』）

と謡曲にもあるように、「たをやか」の意を以て用いられてきていたのであるが、『守貞』にある「卑なれども野ならざる」風を「あだ」と称するようになったのは近世後期であるということになる。そしてまた、「品はないが野暮ではない」という美的評価が珍重せられるようになったのが江戸後期であるといえる。江戸も前期にあっては、

年の程十五、六斗《ばかり》の美女の、婀娜《たをやか》なるが行なやみたる靚粧《よそひ》ながら……（『近代艶隠者』）

あだなりと花に五戒の桜かな（『炭俵』）

といった風に、後の「あだ」とは意義が違うようである。(注6) これらが俗語で書かれたものでないことも「あだ」の意義を崩していない原因の一つとなっている。後期になると、

あだついた客ははしごでどうづかれ（『誹風柳樽』初編）

と、「あだつく」として「色っぽいことをする」という意味に用いられている。川柳には俗語が多いのであるが、既に明和頃には「あだつく」という俗語が流布し始めていたということになる。俗語は往々にして本来の意味を卑俗なものに変えてしまうのであって、「あだ」が「たをやか」から色気を含む語へと変化したことも当然考えられるのである。式亭三馬の作品には、江戸庶民のことばが忠実に写されているが、そこに「あだ」が散見出来る。

あんまりべたくと化粧したのも、助兵衛らしくしつこくて見つともないよ。諸事婀娜とかいつて、薄化粧がさつぱりして能はな。（『浮世風呂』）

うぬが女房は不器量でもいいから、がうぎと野暮でおとなしくて、亭主を大切にしてしまつ者で内を納めるのがよし。友達の女房は小意気で婀娜で、夫者《それしや》あがりか鯨舎あがりで……（『浮世風呂』）

ここでは、「あだつく」から「あだ」へ転じ、しかも完全に「たをやか」からは離れている。特に後者の場合、「野暮でおとなしくて」の対として「小意気で婀娜で」と言っているが、「夫者あがりか鯨舎（芸者）あがり」で

あるから、「あだ」がずぶの素人女よりも所謂恋の手管に長けた女に冠せられることを示している。『守貞漫稿』に述べられているところに近くなっているのである。こうして「あだ」は初期の「たをやか」から近世後期に入って俗語として「艶っぽい」意味をもつものへと変化していったのである。「あだ」が俗語であっただけに、会話文を多くとり入れた平易な人情本の文章には容れられ易かった。読本に「あだ」が殆ど用いられていないのは内容もさることながら、そうした理由もあったのであろう。逆に、同じ人情本でも殊に春水人情本に多く用いられているのは、春水人情本が「あだ」の要素を多く含んでいたからであり、婦女子向けに口語的な文章が書かれたからであろう。さて、春水人情本に於ける「あだ」は、如何なる用法・構造をもっていたのであろうか。漸く春水人情本の特質に及んできたのであるが、妻妾共存の結末、深川という背景との関連に於いてこの「あだ」を考えてみたい。

三

爰に肥前の長崎は……意気なる娘婀娜なる年増女《としま》かぞへも尽ぬ……（『春色恋白波』）

年のころ二十七八の寡女《やもめ》……その風俗の仇めきたる色気たっぷり愛敬も十人まさりの靨《ゑくぼ》に……（『錦の袿』）

内義さんは年の頃三十二三才うつくしいといふにはあらねど何れ苦労人とか何とか他《ひと》の目につく婀娜な歳増女《としま》（『春暁八幡佳年』）

右の三例のうち、『春色恋白波』では「意気なる娘」と「婀娜なる年増女」とを使い分けている。「あだ」が年増女に相応しいことを示しているのである。それは後の二例についても言えるのであって、いずれも二十七、八歳から三十二、三歳の年増女に対して「あだ」を適用している。つまり、「あだ」はまず年増女のような熟した女性の形容に用いられているのである。したがって、その女性は必ずしも美人でなくともよい。そこで「うつくしいといふにはあらねど」といった表現が為されて、年増女の魅力を示しているのである。春水は年増女に「あだ」を見出し、その「あだ」を強調すべく、作中に盛んに年増女を登場させているのである。(注7)『春暁八幡佳年』では、話の本筋から全く離れて、年増女と年下の男との恋をわざわざ挿入しているほどである。このように、年増女の美は熟したものであって、整った美から見れば「崩れ」を感じさせる。この「崩れ」が深川という背景にも反映しているのである。吉原の花魁の完全美に対する深川の羽織芸者の奔放な美、これが「崩れ」ということばで表現出来よう。こうして「あだ」の要素として「崩れ」が挙げられるのである。

しかし、無論「あだ」は年増女ばかりに適用されているのではない。若い娘に用いられることもある。先に挙げた「意気なる娘」は、熟した魅力をもつ年増女に対するものとして述べられているのであるが、この場合は色街の娘を描いているのであって、極く当り前の素人娘は「うひうひし」、「うつくし」、「あどけなし」等で表現されている。「崩れ」が「あだ」の要素として大きな位置を占めているとすれば、それが当然なのであるが、次のような例もある。

二八あまりの婀娜娘《もの》はこれも看官《みなさま》お馴染の……お冬といへる愛敬もの今日は取わけ美麗洗清《うつくしくみがき》あげたる嗜みは男の心を悦ばする……（『春迺若草』）

一日増に仇になるおめへを他人《ひと》中へ手放して置くが気になつてならねへ（『春色梅児誉美』）

私こそ野暮らしくてお前さんの婀娜で可愛らしい所には何様《どう》しても叶ひませんから行《いけ》ませんよ（『梅の春』）

なお、「仇」は先にも「仇めきたる」とあったが、「婀娜」と同義と見てよい。ところで、「年も二八のあだ娘」という言い回しは他にも出てくるが、十六の娘を「あだ」と表現する以上、「崩れ」とは別な要素がそこになくてはならない。ここでお冬という娘が愛敬もので男の心を悦ばせるとあるところから、この「あだ」は男の目から見た「肉感的魅力」或いは女の側から言えば「男に対する媚び」というものになる。年増女でなくとも、男性にとって生ま生ましい魅力のある女性はやはり「あだ」なのである。『梅児誉美』の米八は、春水人情本中最高の理想的女性というべきものであるが、彼女は情人丹次郎に対して精一杯の媚びを示すのである。もう一人のお長は、初めは羞らいを含んだ可憐な女性であるが、後に娘義太夫として苦労し、男女の仲を深く知るようになる。そのお長に対して丹次郎が嬉しがらせを言うのが例に挙げたところである。女性が喜ぶ最も効果的な美的表現として「あだ」を用いているのであるが、それが男の目から見た「肉感的魅力」であり、女の側からは「媚び」ということになる。『梅の春』の例についても同様である。ここでは一人の男を想う二人の女のうち、二十過ぎの女が、十七八の娘に、自分の美しさを謙遜し、相手の娘に妻の座を譲ろうとしてその娘を誉めているのである。春水人情本にはよくある手法であるが、この二人の間で問題にされているのは、単なる美しさよりも男の関心を惹く性的魅力ということなのである。こうして「媚び」とか「肉感的魅力」というものが、「あだ」の第二の要素として挙げられる。

ところで、「あだ」は『守貞漫稿』にもある如く、女性に冠せられることが多いのであるが、次の例のように直接女性を形容しない場合がある。

おめへが今斯いふ仇な活業《しやうばい》をば誰に頼まれて仕て居るのだか（『花名所懐中暦』）

垣根越には仇な声清元の二上り（『春雨日記』）

「花名所」の方は、男が昔の恋人に巡り合った時のせりふである。女は芸者となっており、ここの「仇な活業」は芸者稼業を指している。芸者のイメージからは、「あだ」の本来的な意味である「徒」すなわち「はかない」気分が連想される。それに「媚び」が絡んで「浮気な稼業」という意に解せられる。前に述べたように、吉原の花魁に比較して奔放な魅力というものが芸者にはあるのであるが、「仇な活業」となれば「浮気な稼業」とみてよかろう。したがってここから抽出される要素は「崩れ」に近いものと考えられよう。しかし、『春雨日記』の「仇な声」の「あだ」の表わすものはそれとは別である。これに類した表現は、「婀娜な文句」とか「婀娜なる声の新唄」とか、頻繁に見られる。さて「あだな声」とは如何なるものであろうか。一般に邦楽と洋楽を比較してみると、洋楽を歌うに際しては声は腹の底から出し、喉に力を入れてはならない。邦楽の場合は喉を絞るような発声をする。或いは鼻へ抜けるような感じの発声もある。人情本に於いて「あだ」なる性格を以て描かれ、引用されているのは清元、新内、小唄等であるが、これらの発声はいずれも喉先から為される。喉声は振幅が狭く、不安定である。それだけ微妙な技巧が必要となる。その微妙さ、不安定さが、洋楽の開放的気分に対する邦楽の閉鎖的気分を示す。不安定さ、頼りなさは、先に挙げた「崩れ」をも感じさせるが、同時に「色気」をももたらす。また、その文句は、男女の情の絢をうたったものであり、しかも堂々たる愛の讃歌ではなく、繊細な感情と微妙な恋の手管を表わしたものである。そうした文句を「あだ文句」と称するとすれば、そこに「そこはかとない色気」を感じるのである。その「色気」をもたらす「不安定」が「あだ」の第三の要素として挙げられる。これは女性に直接冠せられるものではなく、女性の行為、状態等から醸成される雰囲気のもたらすものである。したがって、「媚び」や「崩れ」とは別にしたい。春水人情本では、新内や小唄等を登場人物の心境を代弁するものとして引用していることが多いが、それが春水人情本の「あだ」な調子を助長しているのである。

かくして、「あだ」は飽く迄外観的なものであり、特に女性の性的魅力を表現するものであることが知られる。「いき」とは異なるのであって、たとえば「いきな服装《なり》」とか「いきな髪」とかはあっても、「あだな服装《なり》」というのはないのである。多少とも精神美を示すようなものには「あだ」は適用されないのである。春水人情本の舞台となっている深川は、一面「いき」な土地柄なのであるが、春水は精神美を含んだ「いき」より、直截的に婦人読者にアピールする「あだ」に目をつけ、深川の「あだ」な面を強調したのである。先に洒落本『淫女皮肉論』を引用した如く、(注8)吉原と深川との差は「ぼつてりした風」と「しやんとしたいき」の違いである。この「しやんとしたいき」は単に「さつぱりした気風」というものであろう。深川から即座に連想される辰巳芸者と、吉原のきらびやかな花魁とを比較すると、辰巳芸者には気取りがなく、「さつぱりした気風」があるということなのである。洒落本の「いき」には気安さがない。「いき」を具備する「通」も、少なからず作為的なのであって、決して一朝一夕に成るものではない。深川にはその作為が要らない。そこから来るくだけた美が「あだ」を含む深川の美なのである。「いき」の徴表を求めると「垢抜して、張のある、色っぽさ」となるのであろうが、(注9)「垢抜け」は必ずしも「あだ」には必要ないようである。少なくとも「すい」に通じる内面的洗練味は「あだ」にはなさそうである。「あだ」は「いき」に比して、より風姿美を評価する語であるといえよう。すなわち、「崩れ」がここに窺えるのであって、洗練された、隙のない物腰・衣装を「いき」とするなら、それが崩れて必ずしも洗練を必要としない、溢れる色気を「あだ」としているのである。尤も、「いき」も「あだ」も、その反意語が「やぼ」である点からみても共通点は多いのである。そしてまた、両者混然としていることも多いのである。たとえば、「半衿黒繻子へ白粉のすこし染《しみ》たる」(注10)は「あだ」であるが、薄化粧は「いき」でもあり「あだ」でもある。ことばを定義することは、そのことばが明確な概念を以て用いられている場合には易いのであるが、「あだ」は俗語であるだけに、一種の流行語として極く無造作に用いられている節がみられ、概念規定が難しいのである。初期人情本には「いき」で表わされているものが春水人情本に「あだ」で表現されているものと殆ど変らないという例も、窺えるのである。(注11) しかし、春水は先に挙げた三つの要素を「あだ」に見出し、その方向に於いて使用していたようである。

ともあれ、「いき」と「あだ」の違いは吉原と深川の差であり、花魁という高級遊女と、芸者という素人臭の濃い女との違いであるといえよう。

以上、春水人情本の特質が「あだ」にあるという観点から、「あだ」の要素を眺めてきたのであるが、これらの要素が相互に関連して一つの雰囲気を生み出し、更に春水人情本全体の精神を形成しているのである。永井荷風がその著『為永春水』の中で推賞している次のような部分は、その儘「あだ」を示している。このことは、読者が歓迎したのが「あだ」であったということの証左ともなる。

丹次郎の呑かけし茶を採てさも嬉しさうにのみ、また茶をついで二口三口のみ歯をならしてくゝみし茶を縁頬《がは》より庭へ吐出し軒端の梅の莟をちよいと三ツばかりもぎりてかみながら、丹次郎の傍を少しはなれて寝ころぶ。(『春色恵の花』)

ここには「あだ」という語は全くないが、頽廃的な状況を如実に表わしている。「崩れ」も「媚び」も「不安定」も、すべてがこの文からは感じられよう。「莟をもぎりてかむ」動作は「いき」かも知れないが、「呑かけし茶」を「嬉しさうに呑」むのは「あだ」であろう。この動作の主は米八である。芸者の米八には恋の手管など、この場合全くない。男に惚れ切った女の弱さと、一途さを示しており、「いき」の徴表たる「洗練味」や「はり」は感じられないのである。その上、素人女の恋の如き「うぶ」なものもない。「崩れ」と「媚び」と「あぶなっかしさ――不安定」とがあるのである。この部分は、まさに「あだ」の要素をすべて包含しており、春水人情本の描写に於ける一典型といえよう。一方、「あだ」を筋書きの面から伝えるものとして、再三触れてきた妻妾共存の結末ということが挙げられる。妻が夫に貞節を尽くし、その夫の愛人を怨まず妾とし、男は妻と妾を仲良く住まわせる、という結末は、春水人情本中に非常に積極的に採り入れられている。当時の倫理観からすれば、妻と妾が喜んで共存するというようなことは歓迎されるべきものではなかった筈である。事実、読本や文政年度人情本等には殆ど見られない。むしろ勧善懲悪を売り物にしている読本等にあっては、夫の浮気に怒った妻が、相手の女を呪って悶死するという凄まじい経過を辿るようなものが多いのである。人情としてもその方が自然であろう。それが、春水人情本では、妻の貞節が夫の愛人を快く迎え入れるという形で、寧ろ妻の寛容と貞心を賞讃しているのである。倫理上、貞節は女性の守るべきものとして大いに尊重されたのであろうが、それと妻妾共存という倫理観とは相容れないものである。それを春水が敢えて描いたのは、読者がそうした謂わば背徳的な雰囲気の中に自己を没入させ、貞節というヴェールによってその背徳感を相殺して春水人情本を歓迎したからである。玄人女である芸者達は妾の姿に自己を見出し、素人の町娘達は妻の立場を守るべく努力する女の健気な姿に同情したことであろう。爛熟文化の下、「戯言を言われても顔を赤らめない(注12)」ほど色事に興味を示した女達の秘やかな欲求を春水人情本は満たしたのである。それはまた、徹底的に読者に迎合して道徳観を崩した春水の手法に「あだ」が窺えるということにもなろう。「崩れ」が物語全体をけだるい感覚に陥れているのである。

春水人情本は、以上のように「あだ」の活用にその特色をもっている。確かに天保年間に「あだ」が流行したのであるが、その流行に目を向け、読者たる婦女子を喜ばせる為にそれを活用したのは春水の才能であるといえよう。文政年度人情本と春水人情本との差がその「あだ」の活用にあることは再三述べてきたのであるが、これは春水以後の人情本にも言えるのである。天保改革の煽りを受けて手鎖の刑に処せられた春水は、心痛が重なって世を去るが、以後の人情本はすっかり勢いを失う。取締りの厳しさが一因ではあるが、作品自体面白味をなくしてしまうのである。春水人情本のもっていた艶情味が節度を失い、露骨な描写に変り、或いは内容が教訓的になり過ぎて無味乾燥になったりしているのである。春水は女性読者に対して艶情味を描いて「あだ」を売ったのであるが、底の浅いものでありながら単純な女性読者にはかえって歓迎された。しかし、同工異曲の恋愛・風俗小説は流石に単純な女性読者にも飽きられ、少しずつ描写を露骨にしてゆかざるを得なかったところへ改革の打撃を受け、逃げ場を失った人情本作者達は勧懲物や滑稽本趣味の戯作に活路を見出そうとしたのであった。だが、文政年度人情本の如き勧懲物や、露骨な描写の滑稽本的な人情本が、もとより女性読者に歓迎される筈もなかった。結局、春水以後、春水の描いた如き「あだ」を描き得た者はいない。それだけに、春水の「あだ」の描き方は見事であって、戯作者春水の通俗的ではあるが非凡な才能の一端を窺うことが出来ると思う。戯作などというものは、本来高い意識を以て書かれたものではない。遊び気分で書かれたものが大部分であるが、春水はそれを割切って読者へのサーヴィスに努め、結果的には興味の焦点を「あだ」の一点に絞ったことになったのである。

以上、春水人情本の特質を「あだ」の面から考察した次第である。

注

（1）中村幸彦『近世小説史の研究』（昭和三十六年、桜楓社出版）、同じく『近世作家研究』（昭和三十六年、三一書房）、神保五彌『為永春水の研究』（昭和三十九年、白日社）参照。

（2）叢書江戸文庫『人情本集』（平成七年、国書刊行会）に翻刻。

（3）阿部次郎『徳川時代の芸術と社会』（昭和六年、改造社）には、「彼等（作者）は譬へば遊女の如く、原則としては読者の機嫌を取結ぶ商売意識を中心に据ゑて、頻りに人の顔色をのぞかうとするのである。」としてあるが、戯作者を以て任じた春水の場合、寧ろそれが当然であった。

（4）洒落本『淫女皮肉論』（安永七（一七七八）年）に「ふか川はよし原のぼつとりとした風におよばず、よし原はふか川のしやんとしたいきにいたらじ。」とあるが、以後その傾向が愈々顕著になったということであろう。

（5）前記神保五彌『為永春水の研究』参照。

（6）幸田露伴『俳諧七部集評釈』に『伊勢物語』の「あだなりと名にこそたてれ桜花年にまれなる人もまちけり」の歌をひき、「この物語のあだなりとの語をふまへたれどここはあだの本義より転じて愛好の極わが心を苦しむる程なるを言へる方もありとしるべし。あだ人といへば恋人といふ心なるが如し云々。」と評している。また『去来抄』に「春雨にこかすな雛のかごの衆」の句に対して「先師此句を評して曰く「伊賀の作者あだなる処を作して尤なつかし」と也。」とあるが、この「あだ」も人情本にある「あだ」とは別であろう。

（7）『吾妻春雨』『春雨日記』『花名所懐中暦』等。

（8）（4）参照。

（9）九鬼周造『「いき」の構造』（昭和四十二年、岩波書店）参照。

（10）『吾妻春雨』初・上。

（11）『教外俗文娘消息』（初・二編曲山人〈三文舎自楽〉作、三・四編春水作）初・上に「名はお初とて色白く。目鼻だちよき愛敬たつぷり。はでな浴衣に前垂がけ。尺巾の帯をしどけなく結びさげ。鯨舎まがひの意気なつくり」とあり、三・下には「私も唄女《げいしゃ》になつてからは娘のお初と違つて何様視ても婀娜だらふネ」というお初のことばがある。曲山人の「鯨舎まがひの意気なつくり」は春水のあだであることが言えよう。

(12) 文化七（一八一〇）年『飛鳥川』に「昔若き女中へいたづらに戯言など申せば、顔を赤め殊の外迷惑がりし也、近年は十六七の女子にても、却てはり込をいひて男の方貌を赤くするは、きつい違ひなるべし。」とある。

第二章　文政期人情本の一側面
――『桐の一葉』をめぐって

一

文政年間（一八一八―一八三〇）の為永春水は、書肆青林堂経営のかたわら作者二世楚満人として中本を数多く執筆しているが、その中本の大部分が代作者を用いて成ったものであることは、既に神保五彌が詳しく説いている。(注1) 本稿は、文政年度の人情本『風縁情史桐の一葉』を通じて、代作者の一人である東船笑登満人、文狂亭綾丸をとりあげ、更に本書の出版過程に触れて、文政期人情本の一端を述べてみようとするものである。

『桐の一葉』は三巻三冊、上巻は二回、中巻は三回、下巻は三回という構成をもつ。二世楚満人の序文は文政十年六月に記されている。作者は文亭連の一人の文狂亭綾丸である。順序として内容を記す。

麹町の質屋の息子京次郎が、とりまきと市村座へ芝居見物に行き、隣の桟敷の娘に関心をもつ（上・一）。滑川の元柳橋にある豊後屋へ遊びに行った京次郎は、出初をしたばかりの芸者おいねをつれて舟遊びをする。座敷に上がった二人が語り合ううち、おいねは芝居見物の時の隣桟敷の娘であることがわかる。おいねは親の不都合で芸者になったものであり、以後二人は惚れ合う（上・二）。京次郎は深川へ行き、そこから葭町の三浦屋へおいねに会いに行く（中・三）。両親が京次郎を軽くたしなめる（中・四）。京次郎は外出をやめ、おいねのことを心配しているうち、おいねから文がくる（中・五）。それを母に知られて意見される（下・六）。

母のお鶴は峯吉という出入の鳶の者に始末を頼む（下・七）。母の実家の一人息子熊太郎もおいねに執心するが、おいねはその高慢ぶりを嫌う（下・八）。

巻数の割に話の運びが緩慢である。この話の続きは『桐一葉后篇花廼黛』と称し、松亭金水の作である。続篇の方はテンポが速い。簡単に梗概を記すと、熊太郎の妨害で京次郎とおいねの仲がこじれ、おいねは悲観して自殺を図るが、熊太郎に助けられる。実は熊太郎は叔母お鶴に頼まれ、おいねの心底を試したのだということがわかり、京次郎とおいねはめでたく結ばれるというのである。筋書きは起伏に富んでおり、狂蝶子文麿の洒落本『奇談書繋禿筆』（国会図書館蔵本の表紙には本町庵三馬作と墨書されている）とよく似た趣向で、演劇的手法である。この続篇と比較した場合、『桐の一葉』の冗漫さは顕著である。たとえば、上巻第一回は、先に記した通り、京次郎が芝居見物に行き、おいねを見かけるというだけの筋であるが、そのほとんどが芝居見物の場面で終始しているのである。会話は概ね、

娘〽アレごらんなさいまし。粂三ハ町風もよく似あひますね母〽そふよのう。おひ〱芸が上るのさ。今の若手はミんな上手になつたのサ。わたくしなぞのわかい時分ハ。坂田半五郎正月や三暁といつてハ敵役で舞台へ出るにも。おしろいを付ず。薄紅ばかりでその素顔の奇麗なこと。

という穿ちめいたものとなっている。また、京次郎ととりまき連中の会話も、洒落と滑稽から成っている。上・二でも、舟遊びの際の座敷の場面は、たいこもち同士の会話のみ徒らに長く、更に中・三では京次郎の扮装を、

上着ハ結城の藍弁慶。下着は薄御納戸の中形縮緬。羽織は古渡りの唐織。帯は恵知川仕立の遠州緞子。持ものもそれに准じて。よろづ花車に沈風《そこいたり》に。諸叓いやみなき色男。

と洒落本風に詳細に描写している。文政二（一八一九）年以来、所謂文政期人情本の内容は種々雑多であったが、その中で二世楚満人一派の狂言仕立ての作風、更にそこから転じた恋愛情緒主体の作風が一応主流を占めてきていた。しかし、こうした鼻山人調の作風が楚満人一派からも出ているということが、この時代の人情本の混沌をなお示しているといえようし、作者綾丸の中本作家としての力量の限界を示してもいるのである。二世楚満人の、書肆青林堂の方の一面が、このように自己の作風とは凡そ不似合な作品をも梓に上せしめたと考えられよう。また、そうせざるを得ない事情が楚満人と綾丸の間に介在していたのであろうとも思われる。それは後に触れることにしたい。

二

文狂亭綾丸は文亭綾継の所謂文亭連の一人である。文亭連についても、神保五彌の詳しい考証が既にあるが、[注2]ここではその論考を踏まえて些か述べておきたい。綾丸が江戸通塩町の薬種問屋の主人であったことは、神保が紹介しているが、文化十（一八一三）年の『江戸十組問屋便覧』によると、大伝馬町組薬種問屋の中に通塩町の店は「ミのや吉兵衛」一軒のみであり、これが綾丸の店ではないかと思われる。いずれにせよ、綾丸が富裕な町人であったことは確かで、役者を贔屓にしていたのであろう。春水自身、文政期にあっては狂言仕立ての作風を見せ、代作者にも狂言作者が多かったし、また歌舞伎役者の賛や序文を自分の作品の中にしばしば用いていたほどであるから、綾丸の芝居通には多少なりともある種の期待を抱いて、書肆の立場から執筆を依頼し、自ら序文を記したのであろう。しかし、綾丸は単なる芝居通以上ではなかった。そもそも、文亭連は薬種問屋大坂屋主人の綾継のもとに、綾丸や実亭綾軽、文樹堂綾春（『清談松の調』二篇序）などが集って出来たもので、戯作だけでなく狂歌や俳諧等の風流の道を楽しんだ集いであり、春水の贔屓として文字通り戯れに筆を染めた人達であった。しかも綾継が文政七年頃「十九《つづ》や二十歳《はたち》」の身であったというのであるから、謂わば若旦那の手すさびに過ぎなかった。駅亭駒人や瀬川如皐らの狂言作者と、綾丸とでは、文才の上に大きな隔りがあっても、当然なのであった。従って、春水が綾丸の作品を上梓したのは、ある種の期待からよりも、むしろ贔屓筋の御機嫌取りという方により多くの比重がかかると見る方が、あるいは自然なのではないかとも思われるのである。事実、綾丸の筆の運びは緩慢であった。これは、裏返していえば、当時の中本（人情本）に対する認識が、未だに明確でなかったということにもなろう。しかし、単に筋書きの面で興味を殺いだばかりでなく、綾丸は春水の門人東船笑登満人を、作中で揶揄するということを行っているのである。

三

文政十一（一八二八）年刊『婦女今川《をんな》』三編に「南仙笑門人。東船笑登満人ト。名からして先万葉《まづ》だネ」。と出ている登満人は、先述の神保によれば文政九年に二世楚満人の許に入門し、遅くとも文政十一年四月には春水の門から離れている。僅かに二年ほどの門人生活だったことになる。この登満人について、文政十年六月の序をもつ『桐の一葉』で、綾丸は次のように書いているのである。

①順〳〵さつき一寸見かけましたが。苦人子が来て居りますが。多分《おほかた》大和屋の部屋でございませう春〳〵登満人とハ油街《てう》の舎中か京〳〵弟だそふさ。逢ても能《い》が面倒だ。うつちやつておくべしサ。（上・一）

②清〳〵あの丁子車の披露時分。登満人さんが毎日三階へいつた処が。まだ行馴ねへ内だから。馴染ハ少なし。大和屋の部屋にばかり居ても退屈だから。成田屋の部屋へいつたり（中略）して居ると。その内じやうだんに築地が化粧《かほ》をしてから（中略）そつと羽織をかづら笘のかげへかくして苦さん四の桟敷で女中がちよつとトいふと。（中略）ハイといつて羽織さがすめへ叓か。（中略）能〳〵なるほと彼《かの》ミえぼうたつぷりの苦人。こいつァおかしかつたらう。（下・八）

③とく〳〵おぼろ月夜ハはじめが一九の作だから。おもしろい筋で。わたしも三篇までは見たヨ。（下・七）

③については後述するが、①②は一読して登満人を揶揄したものであると感じられる。①では登満人を油街即ち楚満人の舎弟だと紹介しながら「逢てもいいが面倒だ」と扱い、②では芝居の楽屋で登満人が茶にされたことを述べている。原文はかなり長いのであるが、紙幅の関係で省略した。登満人が羽織を隠された上で、女が待っているという風にからかわれ、それと知らずに慌てて羽織を探し、挙句の果てに古い羽織を裏返しに着せられて飛び出していく滑稽が描かれているのである。馴染のあまりの筆の滑りとも考えられないではないが、「ミえぼうたっぷり」とか、ここに引用はしなかったが「例のそそっかしい男だから」とかいう表現には度の強い揶揄が感じられるのである。③の『朧月夜』に関する条下も、ここには引用しなかったが、同書四篇が「此間出《こないだ》た」旨作中人物の口を通して述べた後の部分である。ここでは、三篇までは一九の作だから面白いとしながら、四篇には全く触れていない。実は、四篇は楚満人の名で出されてはいるが登満人の作であることが神保によって証せられており、[注4]そうだとすれば仲間内では当然それは周知の事実だったことになる。つまり、三篇までは一九作だから

面白い、として四篇が出ているにもかかわらずこれを無視しているのは、四篇の作者登満人へのあてこすりと考えられるのである。以上の如き点から、綾丸と登満人との間に何らかの軋轢があったのではないかということが考えられる。登満人が春水の許を去ったのが文政十一年四月以前であるから、ここらにその原因を求めることも可能ではなかろうか。神保は、登満人が春水の許を去った原因に、自分が書いた『朧月夜』四、五篇が楚満人即ち春水の名で出されたのに失望したことを挙げている。『朧月夜』は、五篇の序が文政十年六月であるところから、同年乃至翌年の刊であると思われる。偶然、『桐の一葉』の楚満人の序も同様に文政十年六月となっている。したがって、『朧月夜』五篇と『桐の一葉』との間には、時間的な差はないことになる。しかし、『朧月夜』四篇が出たばかりであることが、『桐の一葉』には記されているので、四篇は文政十年六月以前には出版されていると考えてよい。その時点で、登満人は自分の作が楚満人の名で出されていることに気づいているわけで、文政十年六月の日付の序を登満人が『朧月夜』に書いているということは、彼自身さほど自分の作が楚満人の名で出されたことに不満はなかったとみてよいのではないかと思われる。そこで、むしろ登満人が去った原因を綾丸との軋轢に求めたいのである。その軋轢の原因は知る由もないが、芝居に関連したものではないかと推測出来る。②に示したように、芝居の楽屋話にかこつけた登満人への揶揄が最も甚しい点からそう考えるのである。綾丸は『桐の一葉』の上・一を殆ど芝居の話で埋め尽しているように、芝居好きであった。もとより文亭連の一人として風流の道に遊んだのである。登満人が楽屋に出入していたのは、あるいは狂言作者のようなこともしていたからであろうか。彼は大和屋岩井粂三郎と親しかった。この作からも知られるが、『朧月夜』五篇序にも「三階にあそぶゆふべ、是は梅我《くめさ》ぬしがいひ出るまにまに、鏡台の傍についゐて、紅粉筆を借つつつけ侍りぬ」とも述べている。一方、春水も大和屋とは親しかった。小説年表には、文政十一年の人情本の『磯馴松』が、作者岩井粂三郎、代作為永春水となっている。春水となるのは文政十二年であるから、この記述には疑問もあるが、この他に、春水の店が扱っていた歯磨「丁子車」も「粂三郎家法の良剤」と謳ったものである。こうした関係からみると、一九門人十字亭三九が楚満人門人登満人となったのは大和屋の縁によるのかも知れない。それはともかく、綾丸は薬種問屋の主人、登満人は戯作者、という立場から考えて、綾丸が登満人に優越感を以て接したことは充分想像される。綾継が文政十年当時二十二、三歳であるから、その一門の綾丸もそれとあまり大異はないと思われる。登満人の方は、その戯号三九が三九二十七の洒落からきているので、当時三十歳は越えていた筈である。したがって、軋轢というより、謂わば通人気取りの大店の若旦那が、一方的に芝居通の戯作者に八つ当たりしたという風なものだったのであろうか。間に立った春水は収拾にかかったが、我儘ではあるが贔屓筋である綾丸と、従順ではあるが単なる門人の登満人とを比較して、結局綾丸を選んだという結果になった、というのが私の推論である。

登満人は元来が一九門人であったし、再び三九となっても不安はなかったと思われる。事実、春水の許を去ってすぐ書いたと見られる中本『谷中の月』は、序にも春水に対する怨み言もなく、内容も谷中の遊廓を舞台にした茶番の趣向となっているもので、文政期人情本の作風とは大きく異なる。登満人としては、楚満人を離れて、もとの三九に返って、水を得た魚の如くに所謂滑稽本風の作品を著わしたというべきである。戯作者らしく根無草のように流れるところへ流れたということになる。綾丸の方は、その後も春水の許に留まり、序を記すなどしている。続篇『花の黛』にも「此間《このちう》もわたいが処《とけ》へ春水さんと綾丸さんといふ人が来ましたがね」などとあって、その後の二人の交友ぶりが窺えるのである。『桐の一葉』序において、楚満人は綾丸を、

余が朋どち文亭主人《ぬし》の門弟《をしへご》にして。頗る風流の意ふかく。よく世叓に行わたる。当今一個の通子たり。此ごろ登満人等にそゝのかされて。曽て一小冊を綴《あ》む。

と紹介しているが、この後暫くして登満人が去っているのであるから、「登満人等にそゝのかされて」に、両者の間に立った春水の気持を見る思いがするのである。神保は、為永春雅作『春色雪の梅』(天保九〈一八三八〉年)の跋にある「楚満人と呼れし節の、門弟等に困りし事を忘れねど」という春水のことばを、登満人が去ったことを意味する、ととっている。確かにそうではあるが、「門弟等」の「等」から見て複数を考えた方がよさそうで、ここでは登満人と綾丸との間のことと見ておきたい。ここには、作者楚満人と書肆青林堂との相剋が見られるのであって、模索期の春水の苦闘ぶりと、戯作者とパトロン的な門人との複雑な間柄とが想像できるように思われるのである。

四

最後に、本書の出版事情について考察しておきたい。口絵五ウの隅に、

巻端半員の余楮あるをもて。作者に乞ふて備筆を労し。営生要緊乃旨を挙て。四方の看官に告奉る　青林堂主人

として、丁子車などの広告が出ている。したがって、本書が青林堂即ち春水の手によって出版されようとしたことは確かである。しかし、巻末には『花酒黛』『秋雨夜話』などの広告と共に奥付があり、「天保三年壬辰歳初冬　深川油堀小松町仮宅　東都書賈耕文堂　伊勢屋忠右衛門購板」と記されている。私の見たものは東京大学図書館蔵本で、管見によれば、他に所在が知られず、比較の仕様がなかった。後に中村幸彦所蔵本があることがわかっ

たが、これも奥付は同様だということである。ところで、続篇『花迺黛』の奥付は、『桐の一葉』『花迺黛』の広告の後に「天保四年癸巳歳孟春　発行書賈」とあり、発行書賈の下は黒く潰してある。この奥付をその儘信じると、前篇の『桐の一葉』と後篇の『花迺黛』との時間的間隔は僅か四ヶ月足らずとなる。しかし、『花迺黛』の巻末には、作者松亭金水によって、

④是この草紙の前編三冊。文狂亭の主人が稿にて。世にもていたく流行《おこなハ》れたれば。頓に嗣集の稿なるを。彼人《かの》雅友の音信《おとづれ》繁く。(注5)筆を弄するいとまを得ず。予にもて篇を嗣《つげ》といふ。（中略）漫言《そゞろごと》。書ちらしたる嗚呼のものハ。彼《かの》戯作者の前の楚満人。為永春水が舎《やど》りの友なる。松亭といふ漢痴《しれもの》なり。

と記されている。「世にもていたく流行れ」というのは世辞交りの叙述であろうが、その書きぶりからすると、少くとも前篇が刊行されて、一通り読まれてから後篇『花迺黛』が執筆されたことになり、両者の奥付から窺える三ヶ月そこそこの時間的間隔というのは、まず考えられない。従って、両者の奥付を白紙に戻して考える必要がある。まず、④の金水の言にある「前の楚満人。為永春水」という点を見ると、これが書かれたのは、楚満人が春水と改名した文政十二（一八二九）年からさして遠くない時期ということになり、天保元年頃と考えられる。とすれば、天保元年以前には『桐の一葉』が「世にもていたく流行《おこなハ》れ」ていたのであって、遅くとも文政十二年には出ていたと思われる。更に、『桐の一葉』の巻末広告にある『秋雨夜話』第三篇の予告が問題となる。即ち、『秋雨夜話』前後篇の広告と共に並べられている第三篇の広告は「近日うり出候間御評判よろしく奉希候以上」として刊行予告となっているのである。『秋雨夜話』第三篇は、遅くとも天保二年、早ければ文政十二年乃至天保元年に出されていたと考えられる。(注6)ところで、その広告と並んで『花の黛』の広告もある。したがって『花の黛』

の刊行は文政十二年乃至天保元年となるが、先に記した如く、文中に楚満人が春水となっているので、天保元年刊と考えてよいと思う。そこで、『桐の一葉』は当然『花の黛』より前に出されたので、文政十一年刊と見たい。これは青林堂から出されたと考えられるが、『花の黛』を含む広告は再板の際のものと考えざるを得ないのである。ここに、『秋雨夜話』の線から再板の板元として文永堂大嶋屋伝右衛門を想定する。即ち、『桐の一葉』は、青林堂→文永堂→耕文堂と渡ったと考える。但し、青林堂は初めから文永堂に板を譲ったとも考えられる。青林堂から出た『秋雨夜話』初・二篇の再板が文永堂から出されているが、その頃に同時に渡ったと考えることが出来る。『花の黛』の方は、青林堂は絡んでいない。文政十二年三月の大火で青林堂は焼失してしまっているからである。そこで、『花の黛』は文永堂→耕文堂のルートをとったと考える。あるいは、文永堂は実際に出版せず、耕文堂にその儘渡ったかも知れない。尤も、この仮説はあくまで初板本に当るものが存在することを前提としている。発行書肆の下が潰してあるが、巻末の「粒甲丹」の広告に伊勢屋忠右衛門の名があるから、耕文堂が天保四年に出したことは確かであろう。耕文堂は、文政十一年刊『逢初恋私衣《なれぎぬ》』初篇の奥付で木挽町四丁目となっている住居が、天保三（一八三二）年の『桐の一葉』の奥付では深川油堀小松町仮宅となっている。文政十二年三月の大火で青林堂同様焼けてしまったのであろう。そこで、文永堂あたりから板木を譲り受けて『桐の一葉』を刊行し、火災の後を埋める一助としたものと思われる。そして、たて続けに『花の黛』を購板刊行したのであるが、天保五年孟春には『逢初恋私衣』後篇を、金水に勧めて書かせて、西村与八と共に刊行している。青林堂を失って作家一本になった春水が、決定打『春色梅児誉美』を放った天保三年という年も、その前後はまだ文政期人情本の余燼をくすぶらせていたのであった。

以上、『桐の一葉』という駄作の中から、当時の戯作者と贔屓の関係、出版過程などをとり上げて推論し、文政期人情本の一側面を考察した次第である。

注

（1）神保五彌「「春色梅児誉美」まで」（『為永春水の研究』昭和三十九年、白日社、所収）
（2）同右。
（3）同右。
（4）同右「十返舎一九附東船笑登満人」（同右所収）
（5）金水は他人の作の嗣作をすることが多く、『逢初恋私衣後篇』でも、前作者小笠釣翁が「雅友の音づれ繁きによつて」自分が嗣いだといっている。「雅友の音信繁く」というのは前作者に対する嗣作者の謙辞であるかも知れない。
（6）（1）に同じ。

第三章 「人情」から人情本へ

一

中村幸彦は、文渓堂丁字屋平兵衛の蔵販目録（天保十〈一八三九〉年刊『南総里見八犬伝』第九輯下帙之下上編巻末）にある中本の宣伝広告文を分析し、人情本の狙ったところを箇条書きにしている。(注1)すなわち、ひたすら人情世態を写さんとしたこと、あわれと情と、幼稚ながらも直接に人生問題に何か関したものを提出しようとしたこと、平明な表現をことことしたこと、を挙げる。そして、中本型読本の中でも人情本がこの線を目指したことで、中本といえば人情本を指すと考えられるほどに人情本が中本のほとんどを占めるようになったと説く。まことに簡にして要を得た分析であって、容喙の余地はないのであるが、ここでは、この目録を手がかりとして中本の歴史を遡り、人情本の「人情」がどう生まれてきたのか、「人情」がどのように人情本と結びついていったのか、などをまず考えてみたい。さらに、書肆と作者との間の人情本刊行の意図についてのズレなども考え、その観点から天保後半の「人情読本」なる語の穿鑿に及んでみたい。

まず、中村の挙げた文渓堂蔵販目録を更めて見てみたい。たまたま同じ目録を、天保十一年刊『艶情奇言六玉川』初編巻末所載のものによって見ておいたので、それをここでは用いたい。

文渓堂蔵販目録は、「中形絵入よみ本之部目録」として、天保十一年現在における文渓堂丁子屋平兵衛の出版広告の形を為しているものである。書肆の方では、「中形絵入読本」ということで一括しているのであるが、中村も指摘するように種々の本が見られる。その点では、『洞房語艶以登家奈幾』（糸柳）初編（天保十一年刊）巻末にある「金幸堂蔵版中形絵入読本類標目」と同様である。こちらには、金幸堂菊屋幸三郎で出された為永春水『春暁八幡佳年』などの人情本、式亭三馬『客者評判記』などの滑稽本の他、十返舎一九『絵本武勇錦』などの読本まで入っている。ただ、各書の広告案文は載せられていない。その点文渓堂目録と異なる。

さて、文渓堂目録に目を向けてみよう。まず滝亭鯉丈『大山道中膝栗毛』は、文化十四（一八一七）～文政四（一八二一）年に連玉堂加賀屋源助方で出された『大山道中栗毛後駿足《くりげのしりうま》』の改題再板本であるが、同様な滑稽本に類するものに『滑稽和合人』『浮世風呂』『善悪表裏人心覗機関』があり、これらと所謂人情本とがないまぜに載っているのである。さらに、『日本国事考ひらがな絵とき中形本三冊』といった「児女童蒙」向きの書もある。中形本という書型によってのみの分類であることの証明になりそうであるが、いずれにせよ、「中形読本」の枠からはみ出たものもあるとは言え、概ね滑稽本と人情本とを併せて「中形読本」としている文渓堂の規定は窺い知ることができる。人情本が「中形読本」の主流となっていた天保十一年（この目録の掲載された）の時点でも、そうした書肆における分類は変わっていないのである。

文渓堂や金幸堂の蔵板目録だけでなく、他の書肆の巻末広告においても、事情は同じである。例えば、為永春水作『吾妻の春雨』初編（平川舎伊勢屋忠右衛門・天保三年刊）中巻の巻末には、

黒塚奇談今様姿中形よみ本　全本六冊

彼黒塚の鬼老嫗《ばゞ》がむかしがたりにさも似たる（中略）為永が丹誠なせし当年《ことし》の新板

といった広告が見られるし、同書二編下巻の巻末広告は、『一休坐席講釈狂画中本入』『滑稽俗物酔狂伝』『裏店滑稽年中行叓』と、

すべて滑稽本で埋められている。因みに同書二編中巻の巻初広告は、『風月芦談灘波乃俄雨《ゆふだち》』『真情奇遇都の秋雨』『俚言実情田家の時雨』と、すべて人情本である。なお、『年中行叓』は「曲山人戯作　元日より大晦日までうら長屋の混乱おかしみをつゞる」とあり、人情本の数種のみが知られている曲山人に滑稽本の作をする意図があったことを示している。但し、未刊であったため、内容は不明である。

右に見るように、平川館も「中形読本」「中本」などの語を用いて、所謂滑稽本も人情本も同じ範疇に扱っているのである。更に、文永堂大島屋伝右衛門の場合はどうであろうか。文永堂は『春色梅児誉美』で大当りをとった書肆である。天保十一年刊の人情本『清談松の調』初編序（松亭金水）に、

> 書林の多かる中に、文永堂の花園は、花暦八笑人の笑ひ初《ぞめ》より、目出たき評判四方に広がり、梅ごよみの薫を伝えて、至らぬ隈もあら磯の、笘屋の蜑まで噂する、其製本の精工佳帋、山と積たる蔵版に、かぞへ尽《つき》さぬ新板もの

とある。この後に、文永堂板の『花名所懐中暦』『恵の花』『永代談語』『辰巳の園』『玉つばき』『娘太平記』の名が散りばめられた戯文が続く。ここに出てくる『花暦八笑人』は、文政三年初編刊の滑稽本であるから、金水の序文は、滑稽本も人情本もなく、中本の当たり作を羅列していることになる。この調子の序文は、天保十二年刊『春色伝家の花』二編にも「彼花暦梅暦花に所縁《ゆかり》の草紙に富たる文永堂の庭に移し」などと見られる。これらの序文では、文永堂という書肆を中心にして、そこで出板されたものを中本という大枠で捉えているのである。なお、「文永堂の庭に移し」とあるのは、この作の初編が文栄堂前川忠右衛門の板であって、(注2)二編から文永堂に板が移ったことを表している。

以上の若干の例でもわかる通り、中本という枠の中で、書肆の側は人情本を捉えていたのである。では、春水が『春色梅児誉美』四編序の中で「江戸人情本作者《もの》の元祖」と称えた由来はどういうことであったのか。また、作者自身は人情本に対してどのような認識を持っていたのか。それらについて、文渓堂・文永堂の出板した中本にある序文や広告を中心にして検討してみたい。

二

先に挙げた『春色梅児誉美』四編は、春水の序文の後に『浮世人情万歳暦《まんねん》中形六冊』の広告を有する。「狂訓亭戯作」とあるこの書の広告文には、

> 百万年の御いはひと、年立かへる元日《あした》より、大晦日にいたるまで、かはらぬ世間の人情を、深く穿《うがち》し全六冊。親父気質の発端より、母親気質の痴情を穿《さぐ》り、娘気質の上中下、息子気質の粋不粋、旦那気質の倹約《しまつ》をあらはし、手代気質の善悪邪正、合《あはせ》てしるす万年暦、是は笑人《はなごよみ》梅暦の大当から思ひつく、販元気質の新板もの。
> 近日出版仕候。
> 花暦梅暦其外人情物の書林《はんもと》　　文永堂主人敬白

とある。この書自体は出版された形跡がなく、どういう内容なのかは確かめられないのであるが、少なくとも広告からは所謂気質物の一種であるかのような印象を受ける。気質物と言えば八文字屋本を思い出すのであるが、実際、八文字屋本がこの時期にまで影を落としていたらしいことは、次のような例から考えることができる。

そも〳〵狂訓亭の一流を感ずべきは、八文字やの古風によらず、浄瑠璃本の文句にならはず、小説者流の古事来暦（マヽ）を、引書に用ゆる翻案も、絶てなけれど（『花名所懐中暦』三編序）

毎春発行《うりだす》新板歳々に数百部なれば、やゝともするときは八文字屋の古きが種にほしくなり、浄留理本の趣向を借たくなり、歌舞妓の正本を用ひたくなる事あれど、人情一家の風調を改めず（『一刻千金梅の春』三編巻八）

右の両作とも、天保九年あるいはそれ以後の刊であり、春水の人情本がすっかり定着してからの文である。したがって、人情本の初期には八文字屋風の種を用いようという意図が作者の側にあったと想像出来るのである。冒頭に挙げた「文渓堂蔵販中形絵入よみ本の部目録」に、楚満人稿・駒人執筆『藤枝《ふぢかづら》恋乃柵《しがらみ》』初編から三編まで（二・三編は『藤枝　紫後咲《ゆかりののちざき》』）の広告がある。これは、初編が文政七年刊である。(注3)二・三編は不明であるが、春水が楚満人を名乗り、駅亭駒人が代作しているのであるから、文政年間刊であることは確かである。この広告文に、

　傾城早衣の素生より喜之介の実意をはじめ八文舎の古風にたよりて田舎道より解いだして、直に繁華の廓にいたり云々

とある。これもまた、文政期の人情本に、八文字屋本の手法が取入れられていたことを示す例となろう。

この八文字屋本の摂取は、中村幸彦によれば、滑稽本の分野により早くから見られる。(注4)例えば、十返舎一九の『世の中貧福論』（前編文化九年刊）は『商人軍配団』や『浮世親仁形気』に拠り、式亭三馬の『浮世風呂』前編上（文

化六〈一八〇九〉年刊）には『鎌倉諸芸袖日記』が利用されている、というのである。中でも、『東海道中膝栗毛』（初編享和二〈一八〇二〉年刊）によって中本に新生面を拓いた一九は、滑稽本の中でも物語性に富んだ作を多くなしているだけに、中本に八文字屋本の手法を持込み、初期人情本の形成に大きな影響を与えたと考えられるのである。一九は、書肆の望むままに様々な傾向の作品をものした典型的な職業作者であったのであるから、書肆が八文字屋本の読者よりも更に一段低い読者層の開拓を目指して、八文字屋本をより大衆的に編み直すことを考えた結果、中本というジャンルが膨らんだとも言えるのではあるまいか。

ところで、「八文字屋の古風」とは、どういうことなのであろうか。これもまた、中村によれば、八文字屋本が享保（一七一六―一七三六）以後新しくふえた民衆の読者に喜ばれたのは、「浄瑠璃、芝居で耳なれた人物を面白く活躍させて、文章はやさしく、筋は軽く、理は常識で、情は温和、世のむつかしい問題など薬にしたくともない、読んでたのしく、人前の話にも出せる」[注5]ものであったからだということになる。ここに、「八文字屋の古風」を読み取ることが出来そうである。つまり、「文章はやさしく」以下は、後の中本と共通するところであり、前半の「浄瑠璃、芝居で耳なれた人物を面白く活躍させて」が、「八文字屋の古風」として天保期の人情本作者、就中為永春水が避けようとしたものではなかっただろうか。

裏を返せば、為永春水が『春色梅児誉美』で新境地を開くまでの人情本は八文字屋風の趣向を持っていた、ということになる。実際、文政期の多くの人情本には、八文字屋風演劇趣向が多く見られる。『藤枝恋乃柵』の広告文も、そう考えることによって理解されるのである。

とはいえ、文政期の人情本が「八文字屋の古風」だけによって成っていたのではない。洒落本の真情描写がもたらした影響も、従来言われているように多分にある。しかし、その他にも人情本独自の形成要因はあるはずである。それを、人情本の「人情」という語に求めたいのである。

「人情本」という名称が見られる時期については別稿に記した。その「人情」なる語は、どの辺から江戸小説には出て来たのであろうか。これもまた、八文字屋本に戻って考えられるのではあるまいか。

八文字屋本と言って文化文政期の読者達が思い浮かべたイメージは、先に挙げたようなものであった。が、八文字屋本の一ジャンルとしての気質物も、読者には馴染んだものであったはずである。『枕草子』で思い浮かべられるのが類聚物であるように、八文字屋本の気質物も、八文字屋独特の分野として読者に親しまれたのではないだろうか。そう考えた時、『浮世人情万年暦』の広告文にある「気質」尽くしが「世間の人情を、深く穿」つ手段として存在していることの意味が、更めて注目されるのである。

この広告からは、『浮世人情万年暦』は人情本とは思われない。滑稽本と見る方が自然であると考えられる。ということは、滑稽本においても、「人情を穿つ」ことが目的の一つとなっていたと考えることが出来るのである。この広告が書肆によって作られたものであるとすれば、書肆にとっては滑稽本も人情本も中本として一括出来るのであるから、中本が「人情を穿つ」ものとして書肆には認識されていた、とも言い得るのである。この広告の終りに「花暦梅暦其外人情物の書林」と文永堂が名乗っているのも、そう考えると自然のこととして受取れるのである。

中本と「人情」との関わりは、天保期人情本以前、というより人情本以前の文化期の滑稽本に既に見える。すなわち、八文字屋本の趣向を取入れた滑稽本は、同時に「人情」への指向を見せているのである。例えば、式亭三馬『浮世風呂』初編（文化六年刊）の口絵には、

一夕《あるゆふべ》歌川豊国のやどりにて三笑亭可楽が落語《おとしばなし》を聞く。例の能弁よく人情に通じておかしみたぐふべき物なし。（傍点筆者。以下同）

とあり、同じく初編跋には

　人情すべて履物の変るが如く

と出てくる。また、『浮世床』二編（文化九年序）の巻末には、三編の予告広告の中に、

　俗談平話のおかしみあることどもをひろひあつめ、人情のありさまをくはしくうがちて、来春嗣て出す。

と見られる。これらの「人情」は、「人間の感情にもとづくさまざまな人間の生態」[注6]、つまり人間の性癖を意味している。もちろん、この「人情」という語が、この時期に急に出てきたものではないことは、伊藤仁斎の「文学は人情を道《い》ふ」説が既に挙げられていること[注7]からも、周知の事実である。本居宣長の「もののあはれ」もまた、「人情」を意味している。これらの人情は、更に『詩経』大序の注あたりまで遡れることも事実であろう。

しかし、「人情」なる語が、近世中期以降、殊に気楽に用いられてきたことも窺える。

　通客のふところに入ツてその人情をさぐり（天明八〈一七八八〉年刊『吉原楊子』）

　なんじ吉原びいきなれども、いまだ吉原の人情を知らず（天明八年刊『会通己恍惚照子』）

などは、その例として適当なものであろう。このように、「人情」は微妙にその意味を変化させつつ、広く近世

の文芸に用いられてきたことになるが、ともかく、目新しくもない「人情」の語が、中本（滑稽本）に於いて執筆目的として掲げられていた、という事実はとりあえず指摘される。

さて、先に記したように、中本（滑稽本）には八文字屋本の摂取が見られるのであるが、考えてみると、一九がその趣向の面を多く借りたのに対し、三馬の方は気質物のパターンを多く借りた、ということが言えるようである。(注8) つまり、八文字屋本の気質物への指向が「人情」への意識を強く引出したということになるわけである。

三

以上のように「人情」は中本（滑稽本）に取入れられてきたのであるが、その「人情」は、中本刊行に携わる書肆の側で徐々に膨らみを増して行き、「人情」を描くことで八文字屋本の持つ要素を凝縮させて新しい読者の要求に応え得る、と考えられるようになったのではないだろうか。書肆としては、中本が「人情」をどう表すかを課題の一としたのではあるまいか。

そこで、「人情」をより強く追求することにした結果、文政期に人情本（名称はともかくとして）が生まれたものと考えられるのである。というのも、中本が目指したのは新しい読者層であった。この中には、従来あまり小説を読まなかった女性読者も含まれている。彼らに「人情」を強調するには、彼らが受入れやすい方法によらねばならない。それには「人情」を笑いで訴えるよりも涙で訴える方が効果的である。滑稽主体の中本から、別な方向が模索されたというわけである。

涙で訴える「人情」は、芝居に見られるものである。新しい読者達の多くは当然芝居好きであり、演劇趣向の強い八文字屋風の作が文政期の人情本において行われたのは、その意味でも当然であった。後にこの期のものが

「八文字屋の古風」と呼ばれたのも、無理のないことなのであった。

その後の人情本が「人情」を「男女間の情」に絞ることによって発展して行ったことは、文学史の上で周知の事柄なのであるが、中本が文政中期頃から人情本風のものを主流として行くにつれ、この種の中本をいつしか人情本と称するようになる経緯は、こう考えてくれば、想像に難くない。人情本発生当初、「泣き本」と呼ばれたのも、以上の事実から納得出来るであろう。

ところで、中本の主流が滑稽本から人情本に移った理由は何であったのか。女性読者の好みに投じたのも理由の一ではあるが、更にもっと端的に言えば、三馬・一九という滑稽本の人気作者を相次いでこの時期に失ったからであろう。三馬は文政五年、一九の超人気作『道中膝栗毛』が足かけ二十二年かけて完結した年に没している。一九は、天保二年に没したが、既に文政末年から病気のため執筆活動をしていない。こうした間隙を衝いて、二世南仙笑楚満人こと後の為永春水らが中本界の主流を占めたと考えられる。

書肆の方もそうした趨勢は察していて、殊に天保期には、中本と言えば人情本というような方向に出版傾向を変えて行ったのであろう。文永堂が『花暦八笑人』（文政三〈一八二〇〉年初編）の大当たりを自慢したのも、既に滑稽本系統のものが少なくなっていたからであると思われる。そうした傾向をよく示しているのが、先に挙げた「文渓堂蔵販中形絵入よみ本之部目録」である。更めてこの目録を検討する。

この目録には、文渓堂が再板した滑稽本が数種収められている。このうち、『浮世風呂』の広告文には、

人情を穿て教訓となるまことに奇代滑稽いにしへより今にいたるまで是につゞくものなし

とある。教訓云々は、天保末期の政治体制への迎合と考えてよい。他の広告文にも多く出てくるが、ここでは特

に取合わない。「人情」に関しては、例の『浮世風呂』口絵の一文よりも「人情」への傾斜が著しくなっていると言えよう。また、『人心覗機関』初編（文化十一〈一八一四〉年）の広告文には、

人の心の裏表世事でまろめた人情を穿ちさぐりし古今の貫通、一度これを読ときは万端にゆきわたり、帳台にかしづかれて在《ある》貴人といへども下情を知るの一助となり、野暮を忽ちに好風《いき》と変ず（下略）

とある。『浮世風呂』の方には「滑稽」の一語が入っている分、その内容が滑稽本風であろうという見当はつくようになっているが、『人心覗機関』の方になると、この広告文からは人情本を想像してしまいそうである。実は、この文の後に「下略」とした所には「竹田も及ばぬ早がはり胸のからくり、おもしろき奇妙の細工と是をいふべし」とあるので、何とか滑稽本らしさが出るかも知れぬが、同じ作品の二編の広告文になると、完全に人情本風の惹句となる。

こは殊さらに新しく覗て見たる人心、当世女の人情をうがち貫《ぬい》たる仇ものがたり、好風《いき》にしてよく教訓となる一流の新板なり

という文から滑稽本を想像するのは難しい。『浮世風呂』は、文渓堂の天保期の後板であり、『人心覗機関』初編も再板である。したがって、天保期の再板で右のような広告文が書かれていることは、読者に「人情」を以て売込むように書肆の姿勢が変化してきたことを物語っているのである。『人心覗機関』二編は、嘉永元（一八四八）年に梅亭金鵞によって書継がれて出板されたものであり、広告案文はその予告であると考えられるが、この文で

見ると、書肆の思惑が人情本寄りに大きく傾いているとさえ言えよう。

　文渓堂の広告を見る限り、中本における「人情」は滑稽本に発して人情本に吸収され、それがそのまま中本の中の勢力の推移へと表れたという風に考えられるようである。

　一方、作者の方は、そうした推移の中で人情本をどう捉えていたのか。当然ながら、人情本作者の側、もっと端的に言って為永春水とその一派は、書肆の中本への観点とは異なり、人情本と滑稽本とをはっきり弁別していた。その点に若干触れておきたい。

四

『婦女今川』三編（文政十一〈一八二八〉年刊）で、作者二世楚満人こと春水は、自分の手がける中本について、

　戯言《うそ》が原稿《もとで》の作者活業《しやうばい》誠をいはゞ中本《このみち》は、売るやうには不作《かけぬ》がならひ。女子の好た婦夫《めをと》事、あるひは道行心中もの、愚智に不解《くだらぬ》泣本が、流行《はやる》中にも少しづゝ、始終《すぢ》や眼花《めさき》を書かへる、

と記している。ここでは、中本の一種として泣本が位置させられているが、中本の目指すものを「女子の好た婦夫事」等と自覚している。すなわち、文政十一年の時点で、春水は、自らの書く中本が女性好みの「婦夫事」であるという認識を持っていたのである。この時点で、春水は中本のイメージを彼なりに抱いていたことになる。

　そのことは、『重陽嘉言応喜名久舎《おきなぐさ》』初編（天保三〈一八三二〉年刊）叙にも示されている。

中本は辛気心苦の愁嘆場、古いと思へば新玉の其春毎に成人の娘御方の看ものなれば、入組すぢは好ましからず、たゞやすらかに読やすく（中略）京摂《かみ》では粋書　お江戸では中本とよぶ人情物の作者（中略）為永春水誌

ここには、中本の特徴に「辛気心苦の愁嘆場」が挙げられている。また、読者に「成人の娘御方」が宛てられている。これを中本と称しつつ「人情物」という語も用いている。しかも、上方では「粋書」と呼ぶとしているのであるから、ここでの「中本」は、本人も称するように「人情物」なのである。天保に入ると、中本の概念としては人情本の方がより明らかに捉えられてくるのである。そして、作者春水自身も、次第に人情本作者としての己れを自覚するようになる。例えば、滑稽本『花暦八笑人』四編（天保五〈一八三四〉年刊）序で東船笑登満人は、作者滝亭鯉丈の滑稽の才を称揚した後、春水にはその方面の才がなかったということを、

杣人《そまびと》（＝春水）は篤実《ものがた》く、専ら世の人情を、ありのまゝに綴りなして（中略）東都《あずま》に流行《もてはや》す、人情史《にんじようぼん》は著はせど、（滑稽は）旨とせざる処なりと、自慢《てまえみそ》のすましで食はせる。

と記す。これによれば、春水は自ら滑稽本向きではないと公言していたことになる。また、「世の人情」を綴るというのが、滑稽本の場合とは異なる意味を持っていたというのも、ここから判断出来る。この辺は、書肆の中本に関する認識と明らかに異なるのである。もちろん、書肆の側も中本の主流が今や人情本になってしまったという認識は持っていたであろう。

こうした関係は、春水に連なる松亭金水にも窺われる。金水の作も、書肆から普通の中本とは異なるものの由

宣伝されている。金水作『伊達模様錦迺袿《にしきのうちかけ》』四編（天保八〈一八三七〉年刊）の上巻末に同じ金水作『閑談娯色糸《ごしきのいと》』の広告があり、

これは世にありふれし中本にことかわり作者丹誠をこらして人情の実《まこと》をつゞり、四方の女児《ひめ》たちに閲《みせ》て女の操を知り身の行ひをしるの一端となるべき艸紙也

と述べてある。ここでいう「世にありふれし中本」とは、やはり従来の滑稽本を含めた中本と見るべきであろう。この広告は、『錦迺袿』の板元連玉堂加賀屋源助の名によるものであり、春水の作を多く扱った文永堂・文渓堂のみならず、書肆の側にも人情本を中本に一括しつつ、それなりに弁別する姿勢があったことを示していると言えよう。

さて、春水は遅くとも天保十（一八三九）年以後、自らの作を振返り、文政四（一八二一）年の所謂人情本初作『明烏後正夢』を初めとする一連の中本を人情本であると、更めて自ら認定している。例えば、『春色伝家の花』三編（天保十二年刊カ）序に、

八文字屋の佳なるものは合巻先生の種となり、雑長持と下手談義は古道具屋店にならび読ものではなき様になり、小説稗史《よみほんもの》は馬琴の外読人《よみて》もなしと定れり。其人情を推量《おしはかり》て明烏より二十余年同じ形なる中本を流行させんと工夫をこらし

と、他の分野との比較において、自らの中本の位置づけをしている。ここでの「中本」が人情本を意味している

ことは、同じく春水の『一刻千金梅の春』三編（文渓堂・天保十年刊カ）巻八に、作者の註の形で、

そも〳〵此人情本《もの》といふ草紙の一流を発《おこ》し為永物と御評判御ひゐきを蒙りしより以来《このかた》二十年、毎春発行《うりだす》新板歳々に数百部なれば

とあることによって明らかである。同じことが、『春色鶯日記』二編（文永堂・文渓堂他・天保十年刊カ）の為永春蝶の序にも、

そも梅暦に対する春告鳥、辰巳のそのに八幡鐘、四方に響きし妙作新案、既に人情の極意を著されしより以《この》来《かた》小説《よみほん》合巻旅日記《すゞめ》とまりについて流行に遅れ、大人先生の名家までつひに中形本《ちうほん》を著述《あらはす》事とはなりぬ

と述べてある。

これらの叙述を見る限り、春水らの創作意識では、「人情」は男女の間の情を表すものとして捉えられ、その「人情」を主題とするものが中本である、という見解が明らかにされていた、ということが言えよう。文政期の人情本では、その辺りが明確には表現されていないが、天保後半になって春水自らが文政期の諸作を顧みた時、文政期の作品を更めて人情本と確認した、という経緯も窺えるのである。

五

以上述べ来たったことで、書肆と作者との中本意識については、ほぼ言を尽くしたと考えるが、終りにこれに関連して、天保末年近くに登場する「人情読本」という語句について若干触れておきたい。

春水作『風月花情春告鳥』初編（文渓堂・天保七〈一八三六〉年刊）の口絵の終りに『仙遊枕娯楊貴妃桜人情読本全部五冊春水作』という広告があり、この『人情読本』がどういう性質を持つものか、については、既に神保五彌による詳細な検証が具わる。(注9)『楊貴妃桜』自体は、予告のみで出板された形跡はないのであるが、神保によれば、この「人情読本」は、春水が心機一転して「伝奇性を確保しながら色情の世界を描こうとする、新しい作風に意欲を見せた」結果出てきた名称であり、その意欲は『春色袖之梅』二編（文栄堂・天保九年刊）以下に示されている、ということになる。この点については、示唆されるところが大きいのであるが、書肆と作者との関係を考えると、この「人情読本」という語の出現には、上方書肆の介入も絡んでいたと言えるのではないだろうか。

神保も指摘するように、『春色恋白波』（大文字屋専蔵等・天保十〜十二年刊）の初・二編裏表紙には「当世流行人情読本仕入問屋」として、京都大文字屋専蔵の他、江戸・大阪のそれぞれ二書肆の名が連ねられている。これは、『教外俗文娘消息』三編（天保九年刊カ）など他にも見られる。(注10)こうした事実を見ると、「人情読本」の名は書肆の命名によると考えるのが妥当ではないかと思われる。それも、江戸の書肆ではなく、むしろ上方の書肆によるものではないであろうか。以下、そのことについて考えてみたい。

桃山人著編・楚満人校合『涼浴衣《すゞみゆかた》新地誂織《しんちのおりだし》』（文政十年刊）は、皇都山城屋佐兵衛を中心に、東武文渓堂、尾陽美濃屋清七、浪速河内屋長兵衛等八書肆によって刊行されている。巻二の終りに「東都《ゑど》の見看《ごけんぶつ》に申、京にてやかたといふは芸者屋のことなり」と楚満人が断るほど上方言葉が用いられた、文政期人情本の特徴である演劇趣味の濃厚な作である。したがって、所謂人情本の特色はあまり具えていないだけに、上方書肆が絡んでも不思議はないのであるが、（注11）この作が、二世十返舎一九閲『清談花可都美《はなかつみ》』初編（天保七年刊）の山城屋佐兵衛「蔵板小説目録」には、当時上方で流行した図会ものである『前太平記図会』などと共に並んでいるのである。ここには、他にも『絵本双忠録』などの上方読本、『落噺題掛鎖』などの滑稽本風作品があり、上方における人情本の扱いぶりを窺うことが出来る。すなわち、上方では文政十年当時は勿論、天保七年においても人情本という観念はあまりなく、読本の勢力が依然として強かったと考えられるのである。

上方書肆が、江戸で中本が流行していた時点でも読本に執着していたのは、上方における読本人気の故である。既に論じられているように、（注12）文化から天保初年にかけて読本人気凋落の江戸から岳亭丘山らの読本作家が上方へ移住したほどである。そこで、文政期に書かれた人情本（中本）も、上方書肆の絡むものは演劇趣味の強い上方好みのものであり、書肆も人情本（中本）の扱いはしていなかったわけである。したがって、人情本が人情本らしい体裁を整えた天保前半は、人情本はほとんど江戸の書肆によって作られていたのであった。

しかし、天保中頃から上方における読本人気も下火となり、上方書肆はその資金を江戸の書肆に提供し始める。この頃から人情本の板元に上方書肆の存在が目立ってくるのである。江戸の書肆としても合梓には心が動いたはずである。但し、上方書肆は読本への執着をまだ捨て切れない。江戸は江戸で、そろそろ人気作家春水の趣向にタネ切れの様相が見られ、春水自身もその思いを強くする。そうした両者の思惑がうまく嚙み合ったところで、「人情読本」という名が出来上がった、という風に考えられるのである。

そうした経緯を示す作に、先に挙げた『教外俗文娘消息』がある。初編（天保四年刊カ）・二編（天保五年刊）は三文舎自楽（曲山人）作、三編（天保九年刊カ）・四編（天保十年刊）は為永春水作となっている。（注13）三文舎自楽が歿した後を春水が嗣いだのであるが、書肆は初編は明記されていないものの、二編と同じく大坂河内屋長兵衛（石倉堂）・江戸丁子屋平兵衛（文渓堂）であると考えられる。この二編までは文渓堂の出板広告などから文渓堂が主な板元と見てよい。しかし、三編は上記二肆に京の大文字屋得五郎（宝珠軒）が加わり、四編は江戸文渓堂の他は、浪花秋田屋市兵衛・皇都大文字屋仙蔵（専蔵）となっている。このうち板元は、春水の三編序文に、

予ハ石倉堂の索めに応じ、三編四編を継作して

とあるので、三・四編とも石倉堂となりそうであるが、四編の方には石倉堂の名はなく、三編のみ石倉堂と考えられる。四編は、春水の序には、

蓬莱に聞ばや伊勢の初だより、それにはあらで難波津の、梅より粋な書林《ふみや》の音信《おとづれ》

とあるので、秋田屋と考えるのが妥当なところである。が、下巻の挿絵にある讃の作者に「板元専造」とあるので、大文字屋専蔵を主たる板元としてよさそうである。(注14)いずれにせよ、天保五年の時点では文渓堂の方が主導権を取っているのに対し、天保九年には上方書肆がリードしているのである。

なお、ここでは、一旦中断していた作を、上方書肆の要望で書継ぐという形をとっている。これは、上方書肆の積極的介入を物語っている。同様な例を、『風俗吾妻男』（天保四〜九年刊カ）に見ることが出来る。これは、初・二編が三亭春馬作で、三編が為永春水閲・一文舎柳水校であるが、三編序（春水）に、

今年其三編の稿本を尾陽の書林《とひや》より平川館に委ねて予に閲し校ぜよと乞ふ（中略）いかで予が手に補綴の業をなさじといなみしかど平川館これをゆるさず、既に尾陽の版元の所望にして僕《われ》その求を応諾して亦今さらにならじとは遠境の信情の好意にそむけり、是非其稿を補ひ給かしと頻にせかれて

とある。名古屋の書肆が三編用に適当な稿本を平川館の所へ持参して春水に校合補綴させるよう頼んだというのである。素人の草稿を適当に編み直すというのは、人情本の常套手段であるが、それをわざわざ名古屋の書肆が江戸の書肆に持込んだ点が、『娘消息』に似ている。なお、草稿を持込まれた平川館伊勢屋忠右衛門は、所見の板本には三編の奥付がないため、本書の板元であったか否かわからない。本書は初編にのみ奥付があり、西村与八・柴屋文七・平林庄五郎の合梓となっている。ただ、これには「天保六年未春新版」とあるが、表紙裏には「癸巳発市　東部書賈両書堂合梓」とあり、扉にある発句の下には「書賈平林堂」の文字が見える。癸巳は天保四年であり、奥付の天保六年とは合わないし、「両書堂」も奥付の三書肆とは符合しない。平林堂平林庄五郎の名は奥付にもある。こうしたことから、奥付は再板時のものかと考えられる。三編の刊年を天保九年頃としたのは、三編口絵に、

前編二編の作意好《よし》といへどもすでに五六年の流行におくる

と記されていることによる。ともあれ、中断した作の嗣作を、地方の書肆から依頼してくるという形態は、天保後半の人情本刊行の在り方の一面を表しているのである。

話を「人情読本」に戻さねばならない。春水の『春色恋白波』初編における序には、

例《いつも》の人情ものがたりとは、はるかに趣向をかえたれども、看官《みるひと》児女童蒙《ぐ》にはおなじみの、その口調《よみくせ》に同じく
よませ、古風《じだい》を当世《せわ》の一思案、新に一流の冊子《とぢぶみ》とあらはすものは　　東都人情本一家の元祖　金竜山人狂訓
亭　為永春水

とある。これで見る限り、春水自身は已れの作を人情本と呼ぶことには執着を見せていたことが窺われる。読者をも従来の人々と同じ層に想定しているのである。「人情読本」は、少なくとも春水自身の口から出た語ではないと考えた方がよさそうである。となれば、これは書肆の側の造語であって、しかも「読本」の語にこだわる上方書肆から出たものであるということが、ここからも言えるのである。

この点についても、書肆のジャンル意識と作者のそれとの間に一種の隔りを見ることが出来るのではあるまいか。鼻山人のように読本風の作風を持つ作者はともかく、春水の場合は、そうした書肆の注文には理解を示しつつ、しかも人情本作者としての肩書は外そうとしなかった。もっとも、上方の書肆にしても、人情本作者春水の江戸における名前を利用する意思があったのかも知れない。

確かに、神保が指摘するように、(注15)『春告鳥』二編以下には春水の新境地が窺えるが、その二編自序には、

鳴呼、我ながら人情本はその極意を得たるかな、其主要《ところ》を得たる哉、と自讃をしるしてはしがきに備ふ。
江戸人情本作者の元祖　狂訓亭主人

とあるし、春水の人情本の中で最も読本に近いものというべき『正史実伝いろは文庫』二編〈天保十〈一八三九〉年刊〉

自序にも、

忠臣義士の列伝を当世様の長物がたり、人情本に写しかへて、児女子に会得青史実伝、孝女節婦を是に加へ、いよ〳〵益義党の為に光をそふる伊呂波文庫、狂訓亭の反古なれど、例の艶語の中本とは事かはりたる忠勇節義

とある。自作を明確に人情本であると記している。ただし「例の艶語の中本とは事かはりたる」という条下に、春水の意欲を感じるが、それとて、人情本の範疇でのことである。

天保後半に見えるこの「人情読本」の語は、それ以後見られないようである。天保改革への慮りがあるのか、天保改革によって人情本そのものが危機に直面したのを機会に上方書肆が人情本への熱を冷ましてしまったのか、その理由は不明である。あるいは、この語は春水の作品を念頭に置いて作り出されたのかも知れない。とすれば、天保十四年に春水は没してしまうのであるから、この語が消えて行ったのも当然のことなのである。

以上、人情本の形成と名称、またそれに関する書肆と作者との意識の違いについて、書肆の出板広告、作者の序文等を通して考えてみた次第である。

注

（1）中村幸彦「人情本と中本型読本」（『近世小説史の研究』所収。昭和三十六年、桜楓社出版。『中村幸彦著述集』〈中央公論社〉第五巻に再収）
（2）神保五彌「人情読本論」（『為永春水の研究』所収。昭和三十九年、白日社）
（3）同右「『春色梅児誉美』まで―文政度春水人情本の展望」（同右所収）
（4）中村幸彦「八文字屋本版木行方」「人情本と中本型読本」（（1）に同じ）
（5）同右
（6）神保五彌校注『浮世風呂』（昭和四十三年、角川文庫）脚注。
（7）中村幸彦「文学は『人情を道《い》ふ』の説」（『近世文芸思潮攷』所収。昭和五十年、岩波書店。『中村幸彦著述集』第一巻に再収）
（8）神保五彌「八文字屋と式亭三馬」（『随筆百花苑』第六巻付録、昭和五十八年、中央公論社）
（9）（2）に同じ。
（10）これらの書肆名は、作品や版の違いにより異なっている。
（11）文政期人情本には、他にも上方書肆との合梓は多い。中には『阿七吉三逢染恋私衣』の如く小笠釣翁著の初編（文政十一年刊）は上方書肆との合梓であり、松亭金水が書継いだ後編（天保五年刊）は江戸書肆のみであるなどの例もある。
（12）長友千代治「上方読本の展開」（横山邦治氏編『読本の世界江戸と上方』所収。昭和六十年、世界思想社）など。
（13）五編まであるが、五編は未見。
（14）大文字屋が主たる板元と考えられる『春色恋白波』二編巻末に『教外俗文娘消息』の広告がある。なお、この『春色恋白波』二編には、石倉堂も合梓者の一人として名を連ねている。
（15）（2）に同じ。

第四章　『春色梅児誉美』の成立

野に捨てた笠に用あり水仙花、それならなくに水仙の、霜除ほどなる侘住居、柾木の垣も間原《まばら》なる、外は田畑の薄氷、心解《とけ》あふ裏借家も、住《すめ》ば都にまさるらん。実《じつ》と寔《まこと》の中の郷、家数もわづか五六軒、中に此ごろ家《や》移《うつり》か、萬《よろづ》たらはぬ新世帯、

一

という有名な書出しによって、『春色梅児誉美』はその世界を獲得した。それまでの人情本が有していた、吉原や深川などの遊里、あるいは武家屋敷や町家などの町中の住居を離れ、隅田川を渡った侘しい場所である向島を物語の世界としたのである。向島は、単に場所として設定されただけではない。物語全体を支配する婀娜な雰囲気を表現する舞台として芝居の書割りの如き役割を果たしているのである。これは、人情本の世界設定としては画期的なことなのであった。すなわち、ここでは向島という空間が登場人物の境遇や性情の象徴となっているのであるが、従来の人情本のほとんどは、遊里なり町家なりが登場人物を設定するための舞台としてしか機能していなかったのである。

しかも、遊里で展開される話の中の主人公達には、作者と読者との間に暗黙のうちに成立している一種の類型があった。例えば、遊女は数奇な運命を辿って身を売った存在であり、遊里の外にはその遊女と偶然姉妹の名乗

りを挙げることになる女性がいる。客として通ってくる若い男は商家の息子で、紆余曲折の末に遊女と結ばれる。いうならば、芝居でいう世界と趣向が人情本でも通用していたわけである。事実、武家や町家を舞台にした人情本は、多くが芝居種を絡ませたものだったのである。

　向島は、違った。従来の約束事から解放される土地であった。川向うの別荘地であって町家から離れた場所であった。読者は、話の展開に予想をつけ難かったはずである。当時の読者にとって向島は、日常生活との関わりの薄い土地であった。作者為永春水は、冒頭にこの向島中の郷を持ってきた。「家数もわづか五六軒」である。その中に近頃引越してきてまだ住み慣れていない一軒の家をクローズアップする。掲出した引用箇所の後には、

　主《あるじ》は年齢《としごろ》十八九、人品《ひとがら》賤しからねども、薄命《ふしあはせ》なる人なりけん、貧苦にせまる其うへに、此ほど病の床にふし、不自由いわん方もなき、

と、その家の主を描いてみせる。何やら秘密めき、淫靡な展開を予想させる。しかも、その後に女性が訪れるのであるから、その気分は益々増幅される。前田愛は、『春色梅児誉美』を初の郊外小説と規定して、「じつは、この冒頭の場面は、私生活の場景のなかでむきだしにされた性を、戯作の世界にとりこんださいしょの実験だったのである。」と論じた。[注1]適切な指摘である。秘密の情事を匂わせる場所向島で、若い男女の出会いが展開されようとしている。人目につかない一軒の家での出会いは、あるいは当時の恋に悩む男女にとって憧れであったかも知れない。こうして、天保三（一八三二）年初編刊『春色梅児誉美』は、秘密めいた淫靡な世界の獲得に成功したのである。それはまた、演劇的あるいは洒落本的桎梏からの解放をも意味していると言えよう。

二

冒頭の、主題に直ちに転じる段取りも従来の人情本にはなかったものである。これの持つ効果についても、触れておかねばならない。

前に掲げた書出しは、従来の人情本の書出しと比べて格段にテンポが早い。試みに『春色梅児誉美』以前のいくつかの人情本の書出しを示してみる。

まず、春水（二世南仙笑楚満人）自身による作品のいくつかの書出しを挙げてみる。

偽のなき世なりせばいかばかり、人の言の葉うれしからまし。実《げに》や仏の方便品、道家の寓言何の其《その》、名は変れどもうそなくは、実と告る由なからん。今説出す物語も、誠から出た虚らしさ、趣向を花の一奇談《くだり》。

（文政七〈一八二四〉年初編刊カ『芦仮寝物語』）

摂津の国芦屋のさと味沼村に処女塚といふあり。相伝へて云従古這里《むかしこの》に一人の女あり、其名を菟名負《うなひ》処女《おとめ》といふ。然るに男二人あり。倶にこれを慕ふ。

（文政九年初編刊『松月露譚玉川日記』）

古人有《いへることあり》レ謂 夫妻猶如レ瓦と。人の道の根本これを以て始とするゆゑ、詩には関雎《くはんしょ》をおき、和哥には八雲だつの神詠をもつてはじまりとす。されば大極両儀を生じ、両儀陰陽を生じ、陰陽夫妻を生ず。

（文政九年初編刊『深情俚言婦女《おんな》今川』）

一読してわかる通り、読者が即座に物語世界に引込まれるような書出しにはなっていない。

『芦仮寝物語』は、親子の義理と因縁を絡めた芝居めいた筋立てで、作者自身が初編巻末に「此一段むかし良弁僧正の、鷲にさらはれたる謡曲《じやうるり》に、山中左ヱ門が一子三之助が事に略似《ほゞ》寄たる物語」と説き明かしている。つまり、良弁僧正の説話と浄瑠璃や歌舞伎の『花衣いろは縁起』を絡めた話で、書出しも教訓風になっていて、いかにも内容に相応しい常套的な文章なのである。読者が冒頭からその筋書きに期待を抱く意外性には乏しい。

『玉川日記』は、商家を舞台にした転生譚風の話で、男女の貞節が絡んでいる。そこで菟原処女の説話から説き起こしたのであるが、古典的な印象を免れない冗長な書出しである。

『婦女玉川』は、楚満人作ではなく校となっている。前半は商家の家中のごたごたと男女関係を描き、後半は勧善懲悪色の濃い内容で、結びは妻妾共存となる。その書出しは、男女の道に関する教訓風なもので、これが暫く続いた後に、「爰に国初の頃、本町辺の薬屋《きぐすりや》に、綱治屋此右衛門といふ人、子供二人あり。」と人物紹介に入る。読者に対してほとんどインパクトを感じさせない書出しである。妻妾共存の結末に至る割には、読者に何の期待も抱かせ得ていない。

右はほんの一例であるが、少なくとも春水が冒頭から物語の世界を作り出し、素早くその世界に読者を引込もうとする努力を見せているとは、とても思えない。もっとも、この時期の春水の作品は、狂言作者等による代作が多いので、一律には論じられないにせよ、事実としては右の通りである。

春水だけではない。他の作者達の作品もあまり変わらない。

よに色情に耽るものほど、一茎《いつけう》に逼《せま》るはなし。しかれ共源氏ものがたりに、おほくの婦女のことをかけるうち、紫の上ほど、貞操逞一《ていいつ》なるはなく、余はみな失ありて薄情軽率なるのみおほく、

（文政四〈一八二一〉年初編刊『風声玄話所縁の藤浪』十返舎一九）

人の善にすゝむも悪に落るも、俄には成がたし。其君を弑《しい》し、其父を害するも、一朝一夕の事にあらず。その始になるを見て、其の終の大なるを察せよ。巫山雲雨《ふさんのうんう》洛川神《らくせんのしん》君子《くんし》尚迷《なほまよふ》 況《いはんや》小人《せうじんをや》と狂雲集に載たるはさしも大悟の妙偈なるかな。爰に鎌倉の稲城家に仕て方瀬清作といふ者あり。

（文政九年初編刊『閑談春の鶯』墨川亭雪麿）

（文政十年初編刊『阿七吉三逢初恋私衣《あひそめてこひのなれぎぬ》』小笠釣翁）

『所縁の藤浪』は、商家の後妻の継子いじめ風の話を軸にした勧善懲悪物で、冒頭は女性への戒めを説いている。その後に「此《こゝ》にむかし〱の事なりける」として、登場人物が紹介される。一九の人情本と言えば、文政二年刊『清談峰初花』が、人情本の嚆矢として知られているが、その書出しもまた教訓的なものとなっている。むしろ、『所縁の藤浪』がそれを踏襲したというべきであろう。ただ『所縁の藤浪』の方が本題に入るまでが長い。

『閑談春の鶯』は、千葉家を舞台とする忠臣の忠義話である。その意味では、書出しが内容を暗示するものと言えようが、この書出しから、人情本の読者である女性に興味を持たせるのは、容易ではなさそうである。

『逢初恋私衣』は、鎌倉稲城家の名刀詮索を軸に、それに絡む男女の情話を扱った話で、ここではすぐに主題に入る書出しを見せている。その点では、司馬山人（曲山人）の諸作の書出しにも共通する所がある。その他、鼻山人は、作品自体に勧懲色濃厚なものが多く、当然書出しも教訓的で本題に入るのが遅い。

以上、大まかに『春色梅児誉美』以前の作品の書出しを概観してみた。ここから導かれる事実は、これらの書出しが、読者の意表を突くものではなく全て常套的なものだということである。作者達の多くは、中本型読本の書出しに倣っていると言えるが、それは人情本を恋愛話を中心とした中本型読本という程度に捉えていたからであろう。つまりは、これらの書出しは落語のマクラの如きものであって、作者達は忠実に中本型読本の型を守り、マクラから徐ろに本題に入ろうとしたわけである。

ところが、『春色梅児誉美』は常套的なマクラを省略し、いきなり物語世界を端的に表す情景描写から入っているのである。このことの持つ意味はどういうことなのであろうか。

三

モダン・ホラーの代表作家の一人とされるディーン・R・クーンツは、読者を惹きつけるには、最初の三ページが勝負だと述べ、読者が本屋の店頭で本を買う際の五つの基準を挙げている。(注2)すなわち、

(1)作家の名前　(2)小説の種類　(3)表紙　(4)表紙に書かれた宣伝文句　(5)第一ページ

無論、これらは現代のベスト・セラーに該当するものであるが、大衆風俗小説としての人情本にも共通するところはある。文政二年に最初の人情本が出版されてから既に十年を経た天保初年は、読者にも人情本のイメージが出来上がっていた。板本であるから表紙で好悪は判断しにくかったが、題名の『春色梅児誉美』は読者に何かを期待させたはずである。南仙笑楚満人改め為永春水の名も、字面からして新鮮な印象を与えたであろう。そして、第一ページである。

貸本屋から題名に惹かれて『春色梅児誉美』を借りた読者は、新奇な舞台と単刀直入の書き出しに、第一ページつまり一丁目から大いに読書意欲をそそられたに違いない。一丁目で、春水は読者を捉え切ったのである。クーンツは、自作を例にしてオープニングの章の狙いも挙げている。要約すれば、

(1)できるだけ早く読者の心をつかむ。
(2)主人公を早く紹介する。
(3)主人公を恐ろしい困難につき落とす。

⑷読者には多少なりとも笑ってもらう。
⑸単なるコミック小説ではなく、サスペンス溢れる小説であることを読者に知ってもらう。
⑹強烈なリアリティを生み出す。

この六点は、実作者であるクーンツの経験に基づくだけに説得力を持っている。これを『春色梅児誉美』に当て嵌めると、共通性を持っていることがわかる。

⑴の点に就いて言えば、既に述べた通り、書出しが充分効果をもたらしている。⑵は、掲出した冒頭部分の主人公丹次郎紹介の直後に、芸者米八の会話を通じて二人の関係を描出することによって、条件を充たしている。予め名前や境遇を示すことなく、会話によって読者に主人公を認識させるという、巧みな技法を用いているのである。⑶・⑷は、当然クーンツのモダン・ホラーを引合いに出しての叙述であるが、米八と丹次郎との会話の中で同様な効果が見られる。登場人物の会話を通じて事の経緯を語るというのは、芝居でしばしば用いられる方法であるが、春水はこの冒頭部でそれを援用している。すなわち、米八のせりふの中で丹次郎の境遇がこと細かにとき明かされて行くのである。更に米八の問いに答える形で、丹次郎が落魄に至る事情を自ら説明する。これで、読者には丹次郎の哀れな身の上と、米八と丹次郎との関係が読めるのである。主人公を恐ろしい困難につき落とすのと同様な手法を、春水が用いていることになる。

さて、読者が主人公の悲しい境遇に同情していると、米八の恋情とさりげない嫉妬が次に米八の口から語られ、更に二人のあぶな絵風のやりとりが展開される。「恐ろしい困難」から「多少なりとも笑ってもらう」段取りを間違いなく春水も踏んでいるのである。開巻部の僅かな叙述を経て、あとは会話だけで巻之一第一齣を描き、大衆小説が求める効果的方法を春水は用いているのである。

更に、クーンツの挙げる⑸・⑹に就いても『春色梅児誉美』は成功している。丹次郎の口から語られる唐琴屋の番頭と養子先の番頭との悪企みは、結末の勧善懲悪を期待させるが、一方では丹次郎と米八との情事が、この物語の艶冶な先行きを期待させるのである。しかも、完全な口語体による会話が日常性を導き出し、市井の平凡な人情を写し出しているのであって、クーンツの言うリアリティを読者に印象づけている。読者は、この物語を架空の荒唐無稽な話とは思わなくなるのである。

このように、『春色梅児誉美』は、起筆から冒頭部に於いて、近代大衆小説が人気を得る条件を全て満たし、読者を惹き込むことに成功したのである。火災で財産を失い、改名して再起を図った春水にとって、これは予想以上のことであったに違いない。

四

『春色梅児誉美』の特徴に関しては、既に中村幸彦の詳細緻密な分析が具わっている。(注3) ここでは、それを視野に入れつつ、文章に即した、謂わば読者の立場からの解釈を試みてみるつもりである。

向島中の郷から始まる『春色梅児誉美』は、話の進展につれて舞台を吉原、深川、深川の鰻屋、小梅、吉原、亀戸、向島の料理茶屋比良岩（平岩）、洲崎、中裏、洲崎、牛島、吉原、山の宿と変えて行く。この中では、吉原と深川が従来の人情本ではお馴染の舞台であるが、吉原は花魁此糸が登場する場面に限られている。花魁を一人話に絡ませた以上、これは仕方がない。深川は、芸者米八が船宿の二階で千葉の藤兵衛と逢う場面に用いられている。船宿の二階というのは、出逢いの場に利用されることが多いのであるが、春水は、この二人の出逢いを艶冶なものとして描いていない。藤兵衛の米八に対する恋情は実は擬装であることが後にわかる仕組みになっている。深川も秘密めかされていないのである。

深川の鰻屋の二階も、また男女の出逢いに適当な場所である。丹次郎が偶然再会したお長を連れて行くのがここである。注文を聞いた下女が「階子《はしご》の手すりの際に寄せありし衝たてを二人の脇へたて、下ヘトントンおりて行」く行為が、この二階の役割を暗示している。船宿でも鰻屋でも、二階は恋する男女にとって租界となり得るのであるから、このような設定は当然考えられる。しかし、春水はこの鰻屋の二階でも、丹次郎とお長を結ばせていない。折悪しく米八が邪魔に入るように仕組んでいるのである。

米八の出現によって結ばれ得なかった二人は、米八と別れた後、本所割下水方向に歩くが、途中の武家小路《やしきまち》は往来の人も稀で、ここで二人はしっかり抱合いながら歩く。往来の少ない小路は、恋の情緒をもたらすに相応しい場所であり、春水はこれを効果的に用いて読者の共感を呼ぼうとしているのである。

その後、お長が丹次郎の侘住居を訪れて、誰の邪魔も入らぬまま二人は甘いラヴ・シーンを展開するが、「白《かほ》と白」の段階まで行ったところで悪漢の乱入に遭う。春水は、米八とお長とを同様に描くことを避け、更に人里離れた場所で二人を結ばせようとするのである。それは、向島の遥か東南の地である亀戸の、梶原家抱屋敷（別荘）の離れ座敷という想像外の舞台である。梶原家の茶会の接待で偶然行き合わせた二人が、離れの障子を締切って結ばれるのであるが、『春色梅児誉美』の情調を作り出している向島と同趣の効果を、春水は亀戸に期待したことになる。

お長の世話をする女髪結お由が、七年前に別れた恋人藤兵衛と再会して涙ながらに結ばれるのは、出養生に来ていた洲崎で、これも向島の地である。

深川の中裏は、隠れ家向きではない。米八の世話で中の郷から中裏へ移り住んだ丹次郎は、米八の同僚芸者仇吉と秘かに情を結ぶが、あっさり米八に見破られてしまうのである。読者が胸をときめかす秘め事の舞台は、やはり人目につきにくい隠れ家でなければならなかった。

冒頭から向島を出して世界を作った春水は、こうして『春色梅児誉美』全般を通じて統一を保ったのであるが、春水の工夫はそれだけではなかった。『春色梅児誉美』の題名を裏切らぬよう、季節もほとんど春にしたのである。「ほとんど」というのは、例えば冒頭に「田畑の薄氷」とあり、三編巻八第十五齣の書出し部分にも「愛敬をこぼせし水か薄氷」とあって冬を感じさせるのであるが、第十五齣の末には「時まさに春正月十日あまりのことにして」と記されているので、冒頭も正月のことと考えてよさそうだからである。冬が一度だけ出てくるのが三編巻七第十四齣で、米八が義理に絡まれて藤兵衛と平岩で逢う条下で、半分近くは米八が読む本の内容となっていて、筋の上では重要ではない。

前述したように、『春色梅児誉美』に至るまでの人情本と比べて、題名の面でも春水は一工夫凝らしている。それまでの人情本は、『清談峰初花』『明烏後正夢』『仮名文章娘節用』等、教訓臭か演劇臭かを感じさせる題名のものがほとんどで、事実、内容も題名から連想されるのに近いものであった。そこへ「春色」である。「春色」は春の景色を謂うが、同時に浮き浮きした艶めかしい感じも連想させる。この題名が読者のそこはかとない期待を招いたことは、想像に難くない。

その期待通り、春水は梅の香匂う春の季節に何組もの恋を描いてみせたのである。それは、芝居の舞台を見るような効果を持っていた。梅の木を背景にして向島の隠れ家のような侘び住居が設置され、やつれた主人公が思いに耽っている。そこへ花道から急ぎ足に芸者風の女性が訪ねてきて戸を叩く。あとは、『春色梅児誉美』の記述通りの光景が舞台上で展開されるのである。例えば、鰻屋から出てきた丹次郎とお長が人気のない路で抱き合いながら歩く光景は、花道で展開されればよいのである。本稿冒頭に「芝居の書割りの如き役割」と記したのは、このことである。そのことを更に実感出来る条下を挙げてみると、四編巻十第十九齣（抑々「齣」とは芝居の一幕を指す語であるが）で一旦逃げ出した悪人が捕えられて連れ戻される場面がある。

丹次郎が顔を、こぶしにて二ツ三ツうちなやまして、欠出す二人。それと見るよりお蝶は走出《はせいで》（中略）ト泣声すれば、お由も門《かど》へ出る向ふの縄手道、今欠出した五四郎と、彼《かの》岡八が衿がみを、つかんで投出す千葉の藤兵衛。

これは、観客が舞台を見ていると、一連の動きが全て一つの枠の中で進行し、事の経緯が一目瞭然に理解出来るという仕組みを示している。前述の通り、『春色梅児誉美』は向島の侘び住居、吉原の廓内、鰻屋の二階といった幾つかの場面から構成されているが、それらが回り舞台の如くに転換され、そこに登場人物達が入れ代わり立ち代わり出てくる様式を持っているのである。その意味で、春水は『春色梅児誉美』を台本の形に書いてみせたと言ってよい。

ジャン＝マリ・トマソーは、メロドラマの背景となる場所に就いて、多種多様ではあるがいくつかの定石は挙げ得るとした上で、例えば藁ぶき小屋の基本的図式は「農耕地帯にあり、労働または貧困、あるいは幸福をあらわす空間である。幸福をあらわしている場合は、一定の空間をしきる囲いに保護されており、それを破って悪者が侵入してくるというぐあいである。周辺には危険な場所があることが多い。たとえば、崖、峡谷、激流にかかる橋などである。」と述べている。(注4) つまりは、メロドラマの背景には作者と観客との間に一定の共通認識があるということなのである。春水もまた、作者と読者との間の共通認識に基づいて、ドラマを作ったと言えるであろう。トマソーはまた、十九世紀フランスの代表的メロドラマ作家であるヴィクトール・デュカンジュに関するジュール・ジャナンの批評を紹介している。すなわち、デュカンジュは知っていたのだ。大衆が長い台詞を好まず、それを理解しないことを。言葉のあやを嫌っていることを。（中略）また、この世でもっともエゴイストなのは大衆であることも知っていたのだ。それゆえ、彼は大衆の悲惨、美徳、憎しみ、愛、信仰、迷信しか客にむかって話さなかった。

というのである。これは、その儘春水の方法である。「大衆」を「女性」に置き換えれば『春色梅児誉美』に対する春水の姿勢そのものになるのではあるまいか。女性に対する徹底的なサーヴィス、女性の好む読み易い文体等、『春色梅児誉美』は読者としての女性への迎合に徹し切った作品であり、その範囲で大きな成果を挙げたのである。

前田愛は、『春色梅児誉美』を郊外小説という基準でリチャードソンの『パミラ』と比較し、共通点も多いが決定的な差異もあるとする。（注5）その差異として挙げられるのは、性の真理の探求の仕方である。「サディスティックな傾向をしだいにあらわにして行くMr. Bの執拗な攻撃と、自分の貞操をできるかぎり高価に売りつけようとするパミラの無意識の偽善がつくりだす陰鬱なドラマの傍らに、春水の人情本をおいてみると、わが江戸の恋人たちがいかにも可憐な人形めいた姿に見えてくるのもやむをえない。」という前田の言は首肯出来る。しかし、春水にそれを望むのは酷であろう。人情本の読者は、デュカンジュの考える大衆の中でも最も直截的な嗜好の持主であったし、春水もまたその読者の期待に応えるに相応しい力量の作家だったからである。むしろ、前田が「妻妾共存のめでたい結末がはじめから予定されている春水の物語は、日本流の密室の効果を最大限に生かした愛の技術《アルス・エロティカ》のあの手この手を披露することに力が注がれていたのである。」と言うその技法自体、春水が『春色梅児誉美』で初めて成功したものだったのである。

春水の大の愛好者であった永井荷風が讃美しているのも、（注6）『春色梅児誉美』等に於ける「情味と情趣」「余情」「風俗描写」であって、いずれも春水の表現技巧への讃辞である。中村幸彦の所謂「人情本一流の嫌味[注7]」も、それに属するものであろう。『春色梅児誉美』は（前田の言葉を借りれば、）愛の技術《アルス・エロティカ》を描くことに関して、近世文学史上最も秀れた作品であると言える。それをリアリティを以て描き得たのは、向島を初めとする郊外に人物を配置した故である。郊外の一室こそ、恋人達が誰憚ることなく情を交わし得る理想的な空間であった。その空間の持ち味を充分に活用したところに春水の才が認められる。

その系譜を引く代表的な作品は、『風月花情春告鳥』とともに天保七年初編刊『花名所懐中暦』である。花名所に従って、中野、十二社《そう》、多摩川、武蔵野などが初編だけでも舞台となっており、殊に多摩川の庵に於ける茂兵衛と年増の豊浪とのやりとりは、人情本流のいやみを充分に含み、郊外の人里離れた庵の効果が鮮明に表れている。

五

ところで、文政期の春水人情本から『春色梅児誉美』への急激な変貌は、如何にして起こったのであろうか。直接の動機は、文政十二年の火災で全てを失い、改名までして再起しようとしたところにあろう。それにしても、下地がなければここまでの変貌は不可能だったはずである。殊に会話文を主体とした柔軟な文章と、艶冶な情趣の描写とは、最も大きな変貌である。文章に関しては、講釈師としての経験が役立っているというのが、一般的な見方であると思われる。艶冶な情趣の描写には、深川の芸者や芸人達との交流が役立ったと考えられている。しかし、そこへ春水を導いたものは何だったのであろうか。

永井荷風は天保二（一八三一）年刊『松間花情吾嬬春雨』を『春色梅児誉美』の先蹤作として、「芝居がゝりの筋立を去り、人物叙景両ながら当時の読者が日常見聞するものを取って之を描写した。」「春水の筆は前作には曾て見られなかった程流暢になり、事件を叙すること極めて簡明で直に物語の本題に入り、読者をして忽恍惚の境に遊ばしめる。」と評価している。(注8)『吾嬬春雨』は『春色梅児誉美』と同年の天保三年刊であり、天保二年刊は誤りであるが、先蹤作である点は中村幸彦も記している通りである。(注9)「直に物語の本題に入り」は、先に書出し云々で記した事柄で、その点でも『春色梅児誉美』の先蹤たるに相応しい。

一中琴うた　〽ふけてあほたにこがるゝほたるれんじまできてかやのそと。あゝなんとせう。」ト唄ふはたしか
吉原八景〽ハテナ　余程さえたばち音だわへとイむ軒は露むすぶ竹の根岸の隠居《かくれずみ》。

という書出しは、確かに『春色梅児誉美』に通じる趣きを持つ。舞台も郊外の根岸である。尤も、荷風は『春色梅児誉美』について「事件の発展する場面は吉原から深川へと転じて行くが、いづれも絃歌の巷より外には出てゐない。」と記しており、『吾嬬春雨』の舞台根岸が郊外であることには興味を示していない。『吾嬬春雨』には、まだ前作までの伝奇性が残っているにせよ、主人公の女性を「ぞつと素白の色白く、こぼれかゝりし愛敬は」と描写するなど、文政期人情本からの大きな転換を感じさせるのは事実である。

したがって、『吾嬬春雨』をステップとして『春色梅児誉美』が成立したという図式は正しい。『吾嬬春雨』を入れることで、『春色梅児誉美』への転換の急激さは柔らげられる。春水自身にとっても『吾嬬春雨』は自信作だったと見え、天保九年初編刊『春色英対暖語』に、冒頭の根岸の里に於ける男女の出会いのプロットを用いているほどである。

しかし、『吾嬬春雨』を間に挟んでも、急激な転換へのきっかけは見えにくい。作者一本でやってみようと考えた時、春水は何を目指したのか。これ以上のことは多分に推測に過ぎないが、ここに式亭三馬の存在を考えて

みる余地はありそうである。

周知の如く、為永春水は文政三、四年頃に式亭三馬門人三鷺や二代目振鷺亭を名乗っている。『花名所懐中暦』三編冒頭に振鷺亭の洒落本『意妓口』の引用が見られるなど、振鷺亭との接触も窺えるが、三馬への親しみはそれ以上だったようである。『春色梅児誉美』には三馬の狂歌が引用されており、後編巻四第八齣には「辰巳婦言の藤兵衛にどうか似よりの役まはり」といった千葉の藤兵衛のせりふもある。したがって、新出発を図った春水が三馬の戯作に示唆を得た可能性は考えられるのである。

三馬の洒落本に『石情妓談辰巳婦言』（寛政十〈一七九八〉年刊）とその続編『船頭深話』（享和二〈一八〇二〉年刊カ）があり、更にその続編『船頭部屋』（文化年間〈一八〇四―一八一八〉刊カ）がある（但し、『船頭部屋』の作者猪牙散人は、三馬とは別人と考える説が有力である）[注10]。これらから、春水が示唆を得た可能性がある点を挙げてみる。
1　深川古石場という、従来採上げられなかった場所を舞台としている。更に七軒堀という遊里外に舞台を広げている。
2　土地の風俗描写が背景として生きている。
3　『船頭部屋』で「第一（〜五）齣」という章立てを用いている。
4　一人の遊女に対し三人の客が絡み達引を見せている。
5　交情場面にいやみらしい描写が見られる。
右のうち、1・2は『春色梅児誉美』の舞台設定に通じ、3は同じく章立てに通じる。4は、ややこじつけになるが、『春色梅児誉美』で丹次郎に対して米八、お長、仇吉が達引を見せており、男女が逆転した形になっている。妻妾共存の形は既に文政期にも見られるが、一人の男が三人の女性をうまくあやなそうとするのは従来見られず、三馬作でおとまが三人の客を巧みにあやなすのに通じるものがある。5に就いては、例えば『辰巳婦言』

で、おとまと客の喜之助との間に、

[と]（中略）ヱ、いつそじれツてへ見ればみる程此かほがにくいぞヨウ（トしつかりだきつく折ふし隣の二上りも仕舞と見へて）（二上り）〽ぶつもたゝくもしかるもおまへ情かけるもぬしばかり[喜]ア、こんなに愚痴に迷つたも此うつくしひしやつつらからチヨツいめへましい（ト引よせて夜着へはいる○此うつくしひしやつつらとはさすがにかわゆひ情にしてナント有がたき所ならずやかくのごときあだなるかたちに魂天外にとばすもむりならず）

といったやりとりがなされるが、他の洒落本に見られぬいやみな描写になっていると言えよう。交情場面の背景に音曲を用いるのも春水の得意な方法である。女性の容姿に「あだ」の形容をするのは、ほとんど春水の特徴となるところであった。

更に、芝居の如く場を一定にして、そこに出入りする登場人物のやりとりを会話文主体に描くというのも、無論洒落本全般から得られる方法ではあるが、三馬の滑稽本を念頭に置くと、春水への示唆をより強く想像させるのではないか。三馬の滑稽本は、『浮世風呂』『浮世床』の如く舞台を定めてそこに集う人物の会話で話を進めるという定点観測風の方法を特色の一としている。春水がこれに倣えば、写実的な会話もまた倣うことになる。

このように、春水の文政期人情本と『春色梅児誉美』との間に式亭三馬を投じると、両者の懸隔は一気に解消するのではないか。尤も文政期の春水は狂言作者等に代作させていることが多い。したがって、『春色梅児誉美』との懸隔と言っても、むしろ新生為永春水の処女作が『春色梅児誉美』であると言って良いのかも知れない。

注

（1）前田愛「濹東の隠れ家」（『展望』昭和五十二年七月、『都市空間のなかの文学』昭和五十七年、筑摩書房に再収）本稿は、右の前田論文の驥尾に附したところが多い。
（2）ディーン・R・クーンツ著、大出健訳『ベストセラー小説の書き方』（朝日文庫、平成八年、朝日新聞社）
（3）中村幸彦校注『春色梅児誉美』（日本古典文学大系第六四巻、昭和三十七年、岩波書店）解説。
（4）ジャン＝マリ・トマソー著、中條忍訳『メロドラマ―フランスの大衆文化』（平成三年、晶文社）
（5）前田愛「幕末のアルス・エロティカ」（『大江戸曼陀羅』平成八年、朝日新聞社、初出『朝日ジャーナル』昭和六十二年）。なお、同じく「『パミラ』と『梅暦』」（講座比較文学第三巻『近代日本の思想と芸術Ⅰ』昭和四十八年、東京大学出版会）に詳説がある。
（6）永井荷風「為永春水」（『荷風全集』第十五巻、昭和三十八年、岩波書店）
（7）（3）『春色梅児誉美』頭注。
（8）（6）に同じ。
（9）（3）に同じ。
（10）棚橋正博『式亭三馬―江戸の戯作者』（平成六年、ぺりかん社）に、刊年、作者説は従う。

第五章　「春色梅暦」シリーズの変貌

一

「梅暦」シリーズと、他の人情本とを比較した場合、最も目立つことは、勧懲色が薄いという点である。もちろん、春水の天保年度人情本には、全般的に勧懲色は濃くないが、「梅暦」五連作には若干目立つのである。「梅児誉美」の成立については既に別稿に述べたが、（以下、単独に『春色梅児誉美』を指す場合には「梅児誉美」、五連作を総称する場合には「梅暦」と記す）にはまだ勧懲色の名残りがある。プロットも、お家騒動を絡ませた所謂絵入中本型読本の匂いの強いところがある。したがって、読本風な描写が散見される。例えば、四編の巻十で、五四郎・岡八なる悪人が梅のお由を尋ねて騙りをしようとする条下で、丹次郎によって企みが暴露されると、二人は丹次郎を突き倒して逃げる。そのすぐ後で、藤兵衛が二人を捕えて登場する場面は、

蝶「お兄ィさん、丹さん、お怪我《けが》はなさいませんか。どうなすったのでございます、泣声すればお由も門へ、出る向ふの縄手道、今欠出した五四郎と彼岡八が衿がみを、つかんで投出す千葉の藤兵衛。

という、芝居風な省略を用いて場面転換をしている。この辺には読本風な描写の一端を窺うことができる。ただ、その悪人二人の悪人たる所以は簡単に地の文で説明しているに過ぎない。その他、悪人の登場する場面では勧懲

色が見られるのは当然であるが、それもただ主人公丹次郎と相手役の女性群との恋愛模様を際立たせるための道具立てに過ぎない。「春色辰巳園」以下には、そのような道具立てすら見当らない。天保四(一八三三)年の「辰巳園」以後天保十二年の「春色梅美婦袮」まで、春水とその一統は多くの人情本を書いているが、それらの殆どには多かれ少かれ悪役が配され、プロットを複雑にする役割を担っているのに対し、「梅暦」シリーズにはその傾向が見られないのは、意味のあることであって、以下その点に触れながら「梅暦」を見ていきたい。

「梅暦」に描かれるのは主として男女の交情であって、「辰巳園」以下にはそれが甚しい。一人の男性対複数の女性の恋愛というパターンは「梅児誉美」によって好評を得、以後の春水人情本の性格を形成していくものであるが、「梅暦」では、それだけに焦点が絞られている。「辰巳園」以下には武士が登場しないのも、「梅児誉美」以後の春水人情本の特徴を「梅暦」もまた有しているということなのであるが、「梅暦」ではその傾向が顕著である。「梅児誉美」の終章で武士に「出世」する唐琴屋丹次郎も、「辰巳園」以下には町人の身分として、また武士の風格を全くもたない人物として登場する。

「梅児誉美」が予想外の人気を収めた結果、自他共に(書肆の要望もあって)書きつなぐことを余儀なくされたのが「梅暦」五連作なのであるが、これは既に文政年間に『明烏後正夢』で二世楚満人時代の春水が経験済みのことであった。「明烏」の場合、発端として更めて書かれた「教訓廓里の東雲」と、続編の「寝覚繰言」がある。「寝覚繰言」の方は「明烏」から時代を二十年後のことに移してしまったので、筋書きも自由奔放に展開しているが、発端の方は先に出た「明烏」に話を符合させなければならないため、筋書きも大きな発展のしようがなく、洒落本仕立ての窮屈なものに終始している。そして、「梅暦」も「明烏」の発端と同様の立場に立たされたのである。ただ、単に発端・続編というだけでは如何にもタネが尽きるおそれがあるので、拾遺あるいは余興という形で書き継ぎ、前編での主役を端役に回し、謂わば狂言回しの役を与えて登場人物を増し、話の幅を広げようとしたのである。しかし、如何にせよ、「梅児誉美」の拾遺を謳っている以上、「梅児誉美」と離れて存在することは許されなかったし、作者自身にも不可能なことであった。そこにプロットの上で限界があった。その制肘の結果は、殊に「英対暖語」「梅美婦祢」に著しく現われる。その点については後述する。

二

既に古く「名著全集」の解説で山口剛が説いた如く、「梅児誉美」は山東京伝の読本「梅花氷裂」の趣向を借りたものである。また洒落本「辰巳婦言」の想を借りてもいる。しかし、当時の草双紙・読本の類が大方何らかの典拠をもっていたことを考えれば「梅児誉美」に関してもさして特筆するには当たらない。ただし「梅児誉美」の場合、同じく想を借りるにしても、それが一つのストオリイの中に巧みに融合しており、独自の物語となっている。それは春水のいう「人情」によるものであり、「人情」は「あだ」という美意識に依っていると考えられる（第一章「あだ――春水人情本の特質」参照）。そうした読本や洒落本の文体・書式が「梅児誉美」に見られることは、先述の例でもわかることであるが、例えば洒落本風の割書きが見られる個所もある。

此頃目見に来て居るしたじッ子がこれげいしゃしたじの子といふりやくしことばなり　（初・一）

また登場人物の服装描写を詳細に試みるところも洒落本風な叙述といえる。

アイと出立風俗は、梅《くめ》我《さ》にまさる愛敬白、上着ははでな嶋七子、上羽の蝶の菅縫紋、下着は鼡地紫に大きくその他滑稽本風な描写もあるが、これらは結局、人情本というジャンルが確立していなかった時点では、むしろ当然あってしかるべきことであったというべきであろう。もとより「梅児誉美」当時、人情本なる用語はあったが、ジャンルとしてはまだ強く意識されていない。所謂中本型読本の一端として書かれている。「梅児誉美」四編序において初めて春水は「人情本元祖」を名乗るのである。すなわち、文政年度から中本型読本を書き続けてきた春水が「梅児誉美」においてさまざまな様式を試みつつ、読者の好みを探った結果、行き当ったのが人情本というスタイルだったのである。したがって「梅児誉美」で読本の材料をとり、更にそれを易しくしようとして人口に膾炙した芝居の世界を借りてくることになったのも考えられることであった。それは、同じように教養の低い婦女子を対象とした合巻が、芝居仕立てを多くとったことと似ている。その意味では「梅児誉美」は文政年度人情本の殻から完全には脱け出してはいなかったのである。ただ春水が新しいものを模索していたことも確かであって、その努力の一端は、洒落本風を採り入れながらも洒落本とは一線を画そうとした次の文からも窺うことができる。

作者曰この草紙は米八お長等が人情を述るを専らとすれば青楼の穿を記さず。元来予は妓院に疎し、依て唯そのおもむきを略すのみ。必しも洒落本とおなじく評し給ふことなかれ。（初・二）

こうした模索の中から春水は新しい読者を摑み、予想外の成功を収める。その新しい読者とは、春水が富商津国屋藤次郎の取り巻きとして遊んだ深川の芸者達であった。彼らが中心となって「梅児誉美」を流行せしめたのである。春水が講釈師為永正輔として高座に上っていた時、彼を贔屓にしたのがその深川の連中で、「梅児誉美」は、その折の世話講釈の調子をそのまま保っているものだというのが通説である。とすれば、「梅児誉美」には読者として深川の女性達が大きな比重を占めていたのも当然ということになる。なおまた、春水は「梅児誉美」を高座で演じたということであり、それによって「梅児誉美」の評判が口から口へと伝えられたことは充分想像されるところである。かくして、女性を読者として確認した春水は以後の作品をその方向で作り上げたのである。

三

「梅児誉美」が模索の中から漸く光明を見出した作品として、春水にとって記念すべきものであれば、「辰巳園」は「梅児誉美」の人気の要因のみを巧みに採り入れた「梅暦」中の白眉である。既に「梅児誉美」四編序で「人情本元祖」を名乗った春水は「辰巳園」では明確に人情本というものを意識したといってよい。

ここに描かれているのは、「梅児誉美」に多少なりとも表わされたお家騒動での勧善懲悪ではない。米八・仇吉の二人の芸者が丹次郎という一人の男に注ぐ貞操と実意を主題にし、二人と丹次郎との交情を描いているのである。初編から四編巻十まで、米八と仇吉の確執が書き続けられる。この筋立ては、他の作者のものはもちろん春水の作品においても、全く類がないといってよいものである。「梅児誉美」には、丹次郎を中心にお蝶・米八が張り合う構成が用いられているが、お蝶と米八は、当初から正妻と妾として予想される存在であり、しかも、お蝶はおぼこ娘、米八は「意気地」と「張り」を売物の芸者という設定で、二人が正面から嚙み合っても勝負は自から明らかである。したがって、同じ一人の落魄した男に献身する二人の女性といっても、男への接し方が異なる。お蝶は丹次郎を兄と慕い、いじらしい恋心を見せる。米八は飽くまで情人として丹次郎に貢ぐ。対照的な恋であり、小説的素材としては好適であるが女性二人の葛藤という面では物足りないことになる。ここに仇吉を登場させる必要が出てきたわけである。それはしかし、単に構成の都合からのみの発想ではなかった。「梅児誉美」において主たる読者となった深川の芸者達が直接春水に注文を出したのである。そこで生まれた構想が米八・仇吉という深川芸者同士の確執であった。二人とも、深川芸者が理想とした「意気地」と「張り」を具えたものである。同じ理想的なタイプ同士の衝突は、しかし、プロットを創り出すに当たっては、伝奇性などの点で困難を生ずる。そこで二人の心理描写に紙幅を費やすことになる。例えば、

此時さすが仇吉も、女心にギックリと、思ひまはせば過しころ、彼中裏にて米八と、出合がしらの其節《とき》に、丹次郎が方へ落したる笄のことを気がつきしが、またつく〴〵と考へるに、それを証古になせばとて、言抜ならぬ事もなし、また丹次郎と私とはなるほど恋情《いろ》サと、言たところがしれてわるいといふは、世話になってゐる旦ばかり、（中略）あんまりたんと言つのりて、もしまた丹次郎にさげすまれんもはづかしと、（初・一）

というような叙述がかなり多く見られるのである。しかも、結果としてこれが「辰巳園」を小説として味のあるものにしているのである。なおそれだけでは読者を惹きつけるには不足している。楽屋落ちや穿ちもぬかりなく設けた。手法は既に「梅児誉美」で経験済みである。しかも深川に精通している春水には、芸者の生態を描くことなど、自家薬籠中のものであった。

幸「ヲイ〳〵寿楽子、左様は言せねへ。まづ此近所はいふに及ばず、芝の神明浅草の境内。何でも女の居るところといふと、其方のまごついて居ねへことはねへぜ。此間も柳屋のお吉が見世で、只一《たつた》人何か談じて居

たじゃァねへか。(二・六)

以下長々と客と取持との穿ちの会話が続くが、これは単に洒落本風な穿ちというより、更に読者を意識した意図的なもので、春水の仲間意識を如実に示している。このような深川描写が歓迎されたことは春水にとって幸運であった。それだけに「梅児誉美」と比較して遥かに筆の運びは生き生きとしているのであって、如何にも「梅児誉美」の成功に依る春水の自信が窺えるのである。

とはいえ、「辰巳園」にも「梅暦」の制肘があることは争えず、結末に話を強引に収めるために、伝奇的なプロットを用意して慌しくまとめているのは、四編巻十までの情趣を、四編巻十一・十二で損ねてしまっていて、惜しまれることである。すなわち、仇吉が病気をし、米八がすべてを忘れて看病する。その恩を感じた仇吉が丹次郎の胤を宿した時、姿を消す。数年後、池上本門寺へお参りに行き、お蝶の子が迷子になる。見つけて連れてきた子は、お蝶の子でなく、実は、姿を消していた仇吉の子であった。そこでお蝶・米八・仇吉は再びめぐり合うというのである。この筋書き自体は人情本らしい趣きをもったものであるが、四・十までの米八・仇吉の確執から、一転して僅か二巻の間にこうした波乱を描いてしまうのはあまりに唐突過ぎるのである。このような無理な結末は、以下ますます目立ってくるのである。

四

「辰巳園」によって方向を把握した春水が、すっかりペースに狎れて書いたのが「恵の花」ということになる。その反面、恐らくこの流行作家の下に集まってきた作家志望の者達の代作もかなり大胆に行われてきたものと思われ、全体の流れに不統一なものが見え始めている。

春水人情本の最も強く志向したのが「人情」であり、その「人情」は「あだ」という美意識によって表出されていることは前述したが、「あだ」のもつ気分を端的に示しているのがあぶな絵風の濡れ場描写である。この濡れ場が最も多く描写されているのが「恵の花」である。春本もかなり手がけている春水にとってはそうした描写はお手のものであった。初・一における米八・丹次郎の濡れ場は、永井荷風がその随筆「為永春水」の中で称讃しているものである。これらの描写は恋の手管ともいうべきであるが、「恵の花」の主眼はその描写にあったといえる。専ら読者サーヴィスを心掛けた春水であればそうした意識が働いたと思われるのである。天保七年の「恵の花」刊行時は読者層も広がりを見せている。したがって、「辰巳園」のような、深川芸者同士の「意気地」と「張り」の確執といった、特定の読者のみが興味を示す構想は姿を消し、もっと直接的な男女の情愛を具体的に描く方向が打出されたのである。そこで、心理描写から現象描写へと筆が移り、小説としての厚味はなくなってしまった。

「恵の花」は「梅暦発端」である。ストオリイに気を遣わず、情痴場面だけを描いているだけなら「恵の花」にもそれなりに存在価値があった。しかし、ストオリイを発展させるとなると、発端に戻るという点で無理を生ずる。いかに杜撰な春水でも「梅児誉美」に捉われざるを得ない。しかも紙幅だけは一応充たさなければならない。そこで、春水人情本の一特徴である模倣と冗漫が顔を出すのである。初・三・六のお由と父親が田舎へ稼ぎに出て難儀に会う条下は、春水自身がその後で述べているように、前年の天保六年刊「春雨日記」に用いられている手法である。売れっ子になった春水が、殆ど同時に二作を手掛け、同じ手法を両作に用いたものであろうがそれによって、「恵の花」のアイディアの貧困を救おうとしたのである。あるいはまた、二・上・八における如く、男芸者達の俄の稽古と会話など、話の筋と直接関係ないところで「花暦八笑人」を思わせるような条下を描く。

▲「イヤじゃうだんじゃァねへ、いい芸者だ。まづけんばんにあのくれへない、女はねへぜ。大かた辰巳だろふ。×「インニャいたちかもしれねへ。●「ねこだろふぜ。×「なるほど猫の縁ははなれねへの。●「にやんと違へ、有めへが。

その他、二・下・十一にも藤兵衛・此糸・米八などが、むだ口を叩き合う座敷の場面が描かれるが、これも本来の「くだくだしければ略す」春水の手法とは矛盾する。こうした手法は、代作者の存在を想像させる。この時期には明確に人情本のスタイルを把握している筈の春水にとって、愛欲描写こそ真骨頂であれ、滑稽などは意識の外にあったであろう。結局、愛欲描写のつなぎに、代作者達が好きなように書き進めたということになる。流石に、「発端」ということでは話の発展を如何ともし難く、「梅児誉美」「辰巳園」の四編に比して、その半分の二編で「恵の花」は終了している。しかも、最終回の二・下・十二になって、急に話をまとめている。もっとも、これは「辰巳園」や「英対暖語」も同様で、「梅暦」にはよく見られる手法ではある。「梅児誉美」以後の春水人情本がプロット本位でないことを考えれば当然ともいえよう。「恵の花」は、そうした短いものであったが、書肆の方でもこれで打切るには惜しい人気をもっていると判断して、更に続編を出すことになる。しかし、話を展開しやすくするために、「拾遺」とした。拾遺なら、操作は自由ということになる。ただ、春水自身は既に「梅暦」への情熱を失っていた。彼は人気作家の地位を得てしまったので、最早「梅暦」の人気に負う必要はなくなったわけである。したがって、「英対暖語」では代作者の執筆は更に大胆、露骨になる。

五

「英対暖語」には、殆ど各巻の終わりごとに「門人為永春蝶補　門人為永金賀校」などと、代作者を明記している。天保九（一八三八）年にこの書が刊行される間にも『花名所懐中暦』『春暁八幡佳年』などを書いている春水が、かなり多忙になってきたことは事実であるが、それでも各巻ごとに校合者（代作者）の名を明記したことはなかった。「補」とか「校合」とかは「八幡佳年」や「懐中暦」にも見られるが「八幡佳年」には四編から出てくるのであり、四編の刊行は「英対暖語」と同じ頃と考えられる。「懐中暦」も四編の奥付に「校合狂詠舎春暁」とあるが、これも四編は天保九年以後の刊行である。いずれにしても「英対暖語」の場合ほど校合者の名は頻出しない。校合そのものは、既に文政期から行われているもので、春水にとってはさして特筆するに当たらない。しかし、天保に入っての「梅児誉美」では、その真作であることを強調している春水が、早くもその姿勢を崩したというのは、前章で記した如き理由によるものであろうが、その点を更に考えてみたい。天保期の場合、その校合をしているのが、文政期のいわば仲間達とは異なり、春水の弟子達であるところに特徴がある。それでも「恵の花」には、具体的に校合者の名は示されていない。それが「英対暖語」でこのように露骨になったのは、春水の自信の表われである。「八幡佳年」などに校合者の署名があることでもわかる。しかし、「英対暖語」の場合は、その上に、春水が「梅暦」に飽きたことをも示している。「英対暖語」「梅美婦禰」は、春水の手が殆ど入らず、門人達の代作のみで成立しているかの如くである。これは、春水が「梅暦」の評判の上に安住し、門弟達の代作でも売れると判断したことにもよるが、春水自身これ以上「梅暦」に関わりたくなくなったということの証でもある。その代わりに、「梅暦」の人気に便乗して、門弟達の売り出しを図っているのである。大量の門弟の名を出して、読者に売り込み、早速その翌年の天保九年に門弟作の第一号として為永春雅作『春色雪の梅』を出版しているのである。その春雅が「八幡佳年」二・二の跋に、

予師《わが》狂訓亭例の走筆をもつて此段を綴り一冊の稿成て後門人等左右にむかひ子弟此次の案をなすべし秀八お君弥三郎三人の落着いかにとするや云々

と戯れに書いているが、門弟達の修業は右のような形で為されたのである。それが「英対暖語」では、あからさまな修業としての形をとっており、次の「梅美婦禰」は殆ど習作の場となっているかの観がある。そして、そのような臆面もない代作者起用の裏で、「八幡佳年」五の跋のように「狂訓亭為永春水真作稿本」とわざわざ謳い「真打登場」を自ら演出している面も、春水は見せるのである。

こうした背景の下に成った「英対暖語」は、登場人物を多数にし筋書きを複雑にしているが、テンポの乱れは如何ともし難い。これは代作の連続によって生じた欠陥である。

ただ、「英対暖語」においては、登場人物に素人娘が入ってくるのが前編までと異なっている。もっとも、その素人娘が結局は男のために玄人になって苦労することになり、その点では前編と同様である。次の「梅美婦禰」では素人娘の登場は「懐中暦」や「八幡佳年」で試みられているものであるが、これらは読者層の広がりを示している。「英対暖語」初・二には「そもそも此一章はおさな子どものよみて、さらに面白からぬことなれども」といって、読者への心遣いを見せているが、四・十には次のように述べている。ここは、素人娘から遊女になった柳川が、別な男に操を立てて振り続けてきた宗次郎へ文を送った条下で、

此草紙の初編にしるせし如きの柳川娘のときの名はお柳が、今になりて宗次郎へ文を送りしは何ゆゑぞ。これ則ち其業体に馴たる心から、素人の節《とき》の了簡と変り、情人文次郎へ操をば捨ずといへども、身の為に客がなければ主《おや》人《かた》の前に対しても、傍輩の侮りも悔しければ、今は一人なりとも馴染の客を余多よびて、全盛を争そふ気になるはなくて叶はぬ人の意地なり。此柳川の行状をよみたまふの看官《けんぶつ》、処女《むすめ》お柳の節の心にて、評したまふことなかれ。

とある。ここは春水流の教訓癖の表われでもあるが、読者に人情本の世界を啓蒙しようとする姿勢を見ることも出来、読者層の広がりを示していよう。男性読者にも初・三で、

いかに世界の好男子《いろおとこ》達、此苦労を慎んで用心せずはあるべからず。読では何のこともなき様なれども、その身にとりては、いかに其節《とき》の心配《こころづかひ》ならんと察し給へ。

と呼びかけ、一旦読者対象から外した男性に再び接近しようとする構えを見せている。男性読者の増加を意味しているところである。そもそも「英対暖語」には右のような読者への呼びかけが多い。次の如く、読者に創作をすすめる呼びかけもある。

看官《みるひと》よろしく推して、若《もし》本意なく思ひたまはゞ紙を綴足して、はなれ坐敷の段を慰みに作りたまへ。（中略）親疎の隔なく、右の段をしるして送りたまはゞ、その出来の巧拙を撰みて、かならず追加の板行となすものなり。（三・七）

このような遊びの目立つ反面、話そのものには全く特徴がない。男性対女性の関係を一対二としているのは例の通りであるとしても、折角人物を増して、男女の組合わせを幾組か作りながら、その各組の女性同士の葛藤が見られないのである。僅かに、岑次郎との組合わせにお粂・お房という姉妹を配したのが新味といえる程度である。交情描写に狙いがあるのは当然で、初編から二編の終わりまでは殆ど濡れ場・口舌の連続であるが、そこへ行くまでの筋書きは牽強付会といえるほど強引である。また、宗次郎とお増の結びつきのきっかけが、宗次郎の雨宿りであることなどは既に「吾妻の春雨」で見られたプロットであり、その二人が交情に至るまで曲折を重ねるわけでもない。門弟達の代作が、読者の好みに媚びて、安易な妥協に陥っていることが窺える。女性達が恋人のために苦界に身を沈めるというのも、為永連の常套手段として用いられている。五・十五の、易者がお増に対する怨みから宗次郎とお増を陥れようとする条下に他の人情本に見られる伝奇性があるが、その企みもすぐに看破され、悲劇を招かずに終ってしまう。お増とお柳が仲睦じく宗次郎につくすというのも「辰巳園」の米八・仇吉の仲直りとは趣を異にし、ドラマ性をもたない。交情描写という、春水人情本の主眼を門弟達があまりに露骨に追いすぎた結果、迫力をなくし、遊びが目立ってしまったのである。代作による弊害は「梅美婦禰」には更に顕著に示されるが、「英対暖語」の平板さは、女性描写のマネリスムが、従来も手薄であった男性描写の貧弱性を暴露したところにもある。宗次郎と岑次郎は、丹次郎に輪をかけて男妾的な存在なのである。人情本において、元禄期の男性のヴァイタリティを望むのは無理としても、男性にあまりにも生活が感じられないのである。これは、春水が深川を主たる生活の基盤とし、男性の実生活の場をあまり知らなかったことによると思われる。そしてその結果、女性中心の描き方によって人気を得、女性特有というべき「あだ」という美意識の追求に専心せざるを得なかったことが男性描写の不足に拍車をかけ、春水人情本の公式にのみ神経を奪われた門人達の手になる「英対暖語」を活気のないものにしてしまったのである。

六

「春色梅美婦禰」は、結果的には梅暦の最終作となったもので、代作の貼り合わせによる不統一性を露呈しているが、それが一つの特色を生んでもいる。

まず、筋書きが伝奇性をもち、舞台が青森にまで広がっていることである。もっとも、プロットとしては「梅児誉美」の二番煎じといってよい。既に「英対暖語」でお条・お房の姉妹を恋人とした岑次郎を、家の用件で津軽まで行かせ、そこでまた新しく従妹お京との恋を得させる。このお京は素人で「梅児誉美」のお蝶の役割に当たる。また「梅児誉美」「辰巳園」で僅かに顔を見せた半次郎と此糸の組合わせにお園という娘を絡ませる。お園の養父である武士の自殺などあって話が複雑になり、当の此糸の手引きでお園と半次郎が結ばれるという形をとる。さらに、お条はお房に対する義理から家出し、悪漢に襲われるなどして藤兵衛と知り合いの市郎兵衛に救われる。ここでは、お蝶の役割をお条が果たしている。すなわち、「梅美婦禰」はお蝶の復活という形でプロットを構成しているともいえよう。舞台が青森にまで広がった点は、天保九年の「春色恋白波」で長崎がとり入れられていることと相通ずる面をもつが、この天保十二年刊の「梅美婦禰」で長崎より更に辺鄙な青森が舞台となったことで読者層が大きく地方に広がったことが想像される。それと共に企画の貧困を打破する意味をも考え合わせることができよう。舞台を広げることによって、話に幅をもたせることが可能になったのである。ただし、それを春水に望むのは難しいのであって、結局その役割は主として地方出の門人達が担うことになる。「梅美婦禰」二編序に、春鶯《それがし》が生国《くに》ですら。米八の所行をしたひて。米吉と改名せし。歌妓《げいしゃ》の現に在《ある》にて知るべし。

とあるのは、手前味噌があるにせよ、「梅暦」が地方に広がっていった事実を物語っているが、自ら地方読者の一人であり、地方読者の好みをよく知る門人達が、天保八、九年頃からそうした地方の要求に応じるようになったのは自然の成行であった。春水の門人には、事実地方出が多い。名古屋の春鶯、尾張一の宮の春蝶、伊予宇和島の春英、川越の春友などで、彼らに柳水・春江らの江戸っ子を加えて「梅美婦禰」が書かれている。同じような代作は「英対暖語」で主として春蝶によって行われているのであるが、春水の跡をなぞるだけであった「英対暖語」と比較すると、それから三年後の「梅美婦禰」は、為永連といわれる彼ら門弟達に全面的に委されたものであったが故に、「梅児誉美」の二番煎じの感は免れないものの、既に硬直した春水のアイディアより新鮮なものは持っていた。全面的に委されたということは、春水が「英対暖語」の段階より更に情熱を失っていたことをも意味する。前編から三年もの空白があったのも、春水と書肆文永堂との間の軋轢があったことをも思わせ、そのことも春水を気乗り薄にしたのであろう。こうして「梅美婦禰」は従前の作品より柔軟性は持ったが、しかし、合作による欠陥も否定できない。まず、夢の場面の頻出で、四、五個所も夢の場面がある。これは代作者の書き継ぎによって舞台や筋書きの設定に関して統一を欠いたため、人情本らしい交情描写に類するものは夢という形にならざるを得なかったということなのである。読者の方は、興味津々で読み進めて行くと実は夢であったという背負い投げを食わされて、興をそがれることになる。あるいはまた、前半人情本のスタイルを明確に意識しながら、後半は滑稽本風な描写が増し、作者の遊びが目立って、全体の統一がとれないという欠点がある。「恵の花」「英対暖語」にも見られたことであるが、更にひどくなっている。

たとえば、前半は、初・一に、

紅楓《もみじ》が恋が窪を出て、料理屋の唄女となることは容易《たやすき》ことにはあらねど、夫を委しくなす時は理屈にからまりて、婦女子の看官おもしろからず。

という説明があるが、「梅児誉美」において洒落本風の穿ちを示そうとしたのと対照的である。人情本の本質を摑んだことばであって初・一に「世間一統の丹次郎達」と男性読者に呼びかけていることばと共に、為永連の自覚が窺えるところである。殊に「世間一統の丹次郎達」というのは、固有名詞の「丹次郎」を普通名詞に転じているわけで、春水人情本の人気への自信を誇示しているのである。そして、右の如き表現を裏付けるように、二編までは如何にも人情本らしい流れをもっているのである。ところが、三編以下はすっかり調子を変えてしまう。二・五〜二・六など三個所に亘って、長々と滑稽本風な描写が続くのである。例えば七・十四の、

●「先その女の素生といっぱ。×「天竺にては玉藻前。▲「そりゃ又はじまった。梅舟さんも困った痟の虫だ。●「全体斯ういふ性には柳の虫が一番だ。打捨て置と鼻の下を赤くして、線香や火鉢の灰を舐たがるものだから。

という風に、いずれも数人の人物が集まって交わす会話で、滑稽本の典型的なスタイルである。「恵の花」にも用いられた趣向であるが、「梅美婦禰」後半は、大半がこうした調子であるといっていい過ぎでない。このような前後半のアンバランスが、代作の書き継ぎの所産であることは再三述べてきたが、代作者自身の未熟さにもよ

ろう。三・七には米八が判次郎を訪れる条下で、

米「今起たじゃァありませんョ。ヱ判さん、お前はんもあんまり然うお仕じゃァわるいョ。私も丹さんで覚へがあるがネ、娼女《おいらん》が斯やってお前はんを、不自由のないやうにして置なはるなァ、並大体なこっちゃァありませんゼ。

というセリフがある。女言葉に「ゼ」を使うなど、流行はあるにせよ「梅児誉美」の米八の言葉とはあまりに違い過ぎる。これなど、二編序に春鶯が、「尾張名古屋の好男子《いろをとこ》今年よりして江戸っ子の仲間入する為永連」と記しているように、入門したての地方の門弟が書いたものとしか思われない。しかも、こうしたことば遣いをも許容している点に、春水が「梅美婦禰」に対して示していた熱意のなさが知られるのである。その放任の結果が、門弟達に好き勝手なことを書かせたのである。その意味でも「梅美婦禰」における作者の遊びは前編以上に目につく。「英対暖語」でも春蝶作の人情本を引用していたが「梅美婦禰」でも楽屋落ち風に春暁の『春色乙女《むすめ》雛形』なる人情本を紹介し、次にそれを長々と引用している。また、二・五には吉原の年中行事の一である九郎助稲荷の縁日について詳細に記しているが、四・十一にも牛頭天王の来歴を詳説している部分がある。洒落本風な穿ちで、作者の遊びである。この二個所はいずれも、吉原の茶屋の主人である一文舎柳水の筆になるものと思われる。柳水は滑稽本風描写のかなりの部分を手がけているものと考えられるが、人情本の軌道から外れ、紙面を利用して自由に書き並べたという感じである。山口剛は、名著全集の解題で、このような吉原内部の描写は深川ばかりでなく吉原の読者をも摑もうとした配慮によるものだとしているが、他の春水人情本にはそうした配慮が見られないところからも、この部分は単に「梅美婦禰」だけの問題で、柳水の筆のすさびとして片付けてよいことであ

る。これほどに「梅美婦禰」は人情本の味をなくしてしまい、門弟達の習作の場と化し、「梅暦」は最早完全に春水の手を離れてしまったのである。「英対暖語」で第六編の「梅園余情所縁の色香」二編を予告しながら遂に出版されなかったのは、流石の春水も「梅暦」を投出してしまったということの証左である。また、恐らく読者も減少していたことであろう。「梅美婦禰」前後に作られた春水人情本『春色恋白波』『糸柳』『春色田家の花』などが、多少とも武家を舞台にし、伝奇性をもっているという、「梅暦」の性格に逆らうものであることを考えるならば、既に天保九年頃から春水人情本の方向転換が行われ始めていることが知られる。それは、当局の綱紀粛清の結果でもあろうが、春水人情本の行詰まりをも示している。その意味で、「梅美婦禰」は短い「梅暦」時代の終焉を象徴的に表わしているといえよう。「梅暦」は「辰巳園」で終わるべきであった。

第六章　『春色湊の花』の位置

一

古く昭和三（一九二八）年刊『日本名著全集　人情本集』解説で、山口剛は、松亭金水作『閑情末摘花』（天保十〈一八三九〉～十二年刊）と為永春水作『春色湊の花』（天保十二年前後刊）との間に明瞭な聯絡が見出される、と指摘している。神保五彌も山口の指摘に同意している。(注1) 神保の論拠に就いては後に触れるとして、山口の指摘の妥当性には疑問を感じる。以下、その点に言及しつつ、『春色湊の花』の性格を論じ、本作の春水人情本に於ける位置付けについて考えてみたい。

まず、山口の論点はこうである。「聯絡というよりは、春水が金水を模倣したのである。いなそれを面白いように訂正したのである。金水の折角纏めたものを、散漫にしたのである。その結果が為永式の面白さを添加したことになる。」

模倣云々はさて措き、為永式の面白さを添加したというのは如何であろうか。甚だ煩雑乍ら、『閑情末摘花』と『春色湊の花』との簡単な梗概を記す。論の進行上便利だからである。

『閑情末摘花』の概容は以下の通りである。

福見屋米次郎は、門付の娘お里を見染める。米次郎の馴染の花魁清鶴は実はお里の姉である。米次郎の妹遠世《おちせ》は桐生の叔父福富屋万右衛門の息子との結婚を嫌い、隣家の息子清之助と駆落ちし、お里の母親に保護される。万右衛門は娘お滋を米次郎と結婚させようとして断わられる。お滋は、道に迷って福見屋出入の縫箔屋久治に救われ結ばれる。万右衛門は清鶴を身請し、米次郎とお里との婚礼に乗込ませ、縁談をこわし米次郎を勘当させる。米次郎は久治の仲立ちで勘当を許され、お里と結婚し、清鶴を母親と共に忍ケ岡に住まわせる。久治とお滋、清之助と遠世も晴れて結ばれる。

一方、『春色湊の花』の概容は次の通り。

遊女お琴は年下の国吉と契る。国吉の叔父は娘お雪と国吉とを結婚させようとし、国吉は家出する。お雪は武家奉公先で、同輩の妬みから小姓門之助との仲を疑われ、二人で出奔する。お雪の父は、申し訳なさにお琴を身請して娘分とする。国吉の父はお雪を探し出し、事情がわかって帰参を許された門之助と結ばせる。国吉は家に戻りお琴と結ばれる。

詳細は省略して筋だけ記せば、右の通りであるから、確かに両者に共通するところはある。しかし、何組かの男女が入り乱れるのは人情本、殊に春水人情本の得意とする構想であるし、他の地からの縁談を避けようとする話も、『錦廼裢』（天保六～八年刊）で既に金水が試みている。殊更、この二作に関して春水が金水を模倣したと考える必要はないのではあるまいか。第一、『春色湊の花』は、「為永式の面白さを添加した」作とは言い難い、甚だ統一に欠ける作品なのである。以下、編を逐って、この作品の不整合性を確認してみたい。尚、『閑情末摘花』にはその傾向は全く見られない。

二

初編は、国吉がお琴と知り合う場面を中心に描かれている。久次郎、文五郎に連れられて国吉は深川へ来るのであるが、ほとんど冒頭から久次郎、文五郎と船頭次郎吉との会話で成り立っている。その内容は深川の噂話であって、人情本らしい趣きではある。しかし、初編巻之一第二回になって、娼妓お松と文五郎とのやりとりあたりから会話に滑稽味が強くなる。初編巻之一は、国吉とお琴との初対面だけが話の進行上必要なところで、あとは話の筋とは無関係と言っていい会話が展開されているのである。これに就いて、巻之一巻末に、

此草紙は何所と土地《ところ》を委しくせずむかし第一の流行を聞えし湊の酒楼《ちやや》の旨趣《おもむき》なりと門人がしるせしを種として不案内なる事を著したれば看官《みるひと》よろしく察てよませたまへといふ

と記されている。すなわち、これによれば、巻之一は深川という土地を朧化した舞台での場面を門人が記したものであるということになる。「不案内なる事」とあるが、春水自身が深川の事を書けば「不案内」とはならないはずで、ここは全面的に門人の筆になったものだと考えるのが妥当である。確かに、春水の描く深川は、ほとんど芸者の世界であり、娼妓の座敷のことはあまり見られない。それにしても、「看官よろしく察て」云々を作者自らが記するのは、この巻之一が春水の筆によるものでないことを示していると言ってよい。

結論から先に言えば、この作品は大部分が門人の手に成るものであると考えられるのである。先へ読み進める。

巻之二第三回は、冒頭二丁余に亙って遊女と客との間の遊興論が記され、その後漸く国吉とお琴のやりとりに

入る。春水は本題に素早く入る筆法を多く取っているのであって、前置きが長過ぎるこの部分も又、門人の筆によることを感じさせる。とはいえ、国吉とお琴との会話には、『春色梅児誉美』風のいやみなやりとりも見られて春水らしさも窺える。しかし、巻之二第四回になると、場面はすっかり変わる。話者の名も記さず、遊女上がりの女房と亭主との口舌が描かれている。夫は女房に愛想尽かしをする。この続きは、二編巻之四第七回に、土船の五郎八、お埴《へな》夫婦の許に肩身狭く居候となっているお富の苦労へと続く。暫くお埴に苦しめられるお富の様子が綴られた後、地の文で「そも〳〵此お富は第一の巻船中の段にしるしまた二の巻の末に男女の名をしるさず夫婦口舌の旨趣をあらはせしお富久次郎の続きの話説なり」と記されるのである。しかし、これは如何にも不自然である。確かに、二人の口舌の中に久次郎がお松と親しい旨のことが出てくるが、巻之一第二回のお松は寧ろ文五郎と親しいように描かれている。お松の名は、後から入れられた可能性もあるのである。もし伏線として挿入されたものであるなら、愛想尽かしの言葉の中に、後の展開と関連のある事情が記されてもよさそうなのに、それも見当らない。実は、久次郎はお富が別な男と通じたと勘違いしてお富を離縁することになった、と後に明らかにされるのであるが、二人の口舌からはそれらしい仄めかしは見られない。話者の名を伏せた意図も伝わり難いのである。すなわち、この部分は全く独立した一話をどこかから持ってきて挿入したものではないか、と思われるのである。

巻之三第五回は、風雅人仙雅の庵に集まった人々が前年の夷講に丁子屋平兵衛の茶番が行われた際の噂話をする場面を中心としている。ここでは、滝亭鯉丈や琴通舎英賀などの戯作者仲間の名が出される。楽屋落ちというべきものである。そこへ芸者谷菊、政吉、留次などというこの作品での脇役を務める芸者衆が集まって座が盛上がる。しかし、それだけのことで格段の話の進展はない。これに就いて作者は、「唄女《はおり》の姿と別荘の風情を画図にあらはして本文の助とせり然ばとてこの一回も後々の條下《つゞき》になればその筋綴《みちゆき》と察したまへ」と記し、第五回文末に「このつゞきは二へんの下のまきにくわしくあり」と割り書きを記す。ここまで見てきた範囲でも、このように話の筋と直接関係ない挿話が多く入れられ、非常にテンポが緩いことがわかる。しかも、「二へんの下のまき」を見ると、唄女の住居での様子が描かれるだけで、桜川善孝や和十といった男芸者が登場したり、丁子屋方で売られた春水の精製薬梅の雪の宣伝がされたりする。挙句にこの「二へんの下のまき」つまり巻之六第十一回の末尾に「此一段は只辰巳の唄女《はをり》の宅《うち》の体をしるすのみその委しきは三編にて知るべし」と記されるのである。一つ一つの挿話を各回に配し、徒らに後に引張って行こうとしていることがわかる。

巻之三第六回は、伊予掾河野通氏の御殿の雛祭の場面で、ここで小姓要人と腰元深雪とが腰元園菊の妬みで不義の濡衣を着せられる一件が描かれ、僅かに筋書きと関わってくるわけであるが、ここでも梅の雪の宣伝が長々とされ、話の腰を折っている。なお、要人の名は後に出る時には「門之助」と変わってしまう。ここもまた「此つゞきをば六の巻七の巻にくわしくしるしてあり」と文末に記されている。

以上、煩瑣乍ら初編を追ってきた。読んで知られる通り、ほとんど一回一回が独立した感じになっていて、読者にしてみればかなりはぐらかされることになるのである。これを発端として大団円に向けて急展開を見せればよいのであるが、以下もほとんど同じ傾向なのである。簡単に二編以下を検討する。

三

二編巻之四第七回は、前に触れた通り、久次郎と別れたお富が身を寄せた土船稼業の五郎八、お埴夫婦の家での出来事を記している。お埴が欲心からお富に辛く当たるのは、人情本の常套手段であるが、一通り会話を記した後に、この場の事情を地の文で説明するのがこの作品に目立つ手法である。従来の人情本では、芝居の脚本のように登場人物のせりふを通して事情を語ることが多い。その意味でも、この作品が辻褄合わせに腐心したものであることが窺える。この回は隣家の娘お留の慰めで終わるが、このお留は後に別な役割を担って登場することになる。その伏線が第八回で二人の会話によって語られる。お留の相手の粂次郎が世間から身を隠さざるを得ない立場にあり、いずれは二人駆落ちをしなければならないという見通しである。それらが、一中節や都々逸の文句を背景に語られるのであって、会話の内容と言い、情緒の醸し方と言い、漸く人情本らしい味わいを見せるのである。

巻之五第九回には、又前出の政吉、富次らのやりとりがあり、浄瑠璃の流派の評などが語られる。その後に、お琴と国吉との間の愚痴話が描かれるが、ここでも又国吉の身の上が地の文でまとめて語られる形を取っている。

第十回に国吉とお琴との、巻二第三回に見られたような春水流のいやみな惚気の会話が展開する。こう見てくると、この作品では、国吉とお琴との話は誰の分担、といったような、門人達の分担執筆と、既製の短章の挿入とを混在させているように思われるのである。それは、巻之六第十一回に描かれている唄女の住居の場面にも言える。ここには、建物の様子が詳しく述べられ、「簑垣建仁寺垣袖垣萩の枝折恰も手遊の箱庭のごとく」云々とあり、また桜川善孝や和十が登場する。これを前出の巻之三第五回の場面と比べてみると、唄女の住居ではなく仙雅という風流人の住居ではあるが、「長屋の裏に結まはしたる建仁寺垣庭のかゝりは植木屋が四季の手入れの行届きて主人《あるじ》の居間は簑垣を二方にかまへて」という描写は非常に似通っている。既に巻之三第五回の條下でも触れていることではあるが、この二章は同一人の筆に成るもので、第十回とは明らかに作者が異なるのである。

さて第十二回では、突然お政と孝次郎との道行が描かれ、そこへお政の強欲な養母が追付き金を強請る場面となる。更に武士が曰くありげに登場して養母をへこませ、二人を救うのであるが、第三編巻七第十三回がこの続きとなり、実はこれは唄女梅吉方で見た孝次郎の夢であるとわかる。しかも孝次郎は今は芳五郎と呼ばれる身となっている。読者はここで改めて第十一回に引戻されることになる。名を明かされず「このうたひめの名は三べんに出す」とされていた唄女が「孝さん」との仲を仄めかし、「美代さん」なる朋輩唄女がライバルであるとなっているのである。しかも、会話の中では、「孝さん」が途中から「政さん」に変わっているという念の入り方（?）なのである。つまり第十一回の唄女の名はお政すなわち政吉だということになりそうである。

その芳五郎は今は梅吉と深い仲なのであるが、何故孝次郎が芳五郎にならねばならなかったのか、さっぱりわからない。おまけに、作者はこの芳五郎と梅吉との痴話の後に、

此梅吉芳五郎の咄しは先此章《こゝ》にて筆を止む　前々段《さきにとく》十一回より此十三回までは湊の花の本伝にはあらず其頃斯る事も在《あり》しといふを聞て書加へしのみ　されば芳五郎が前の名孝次郎と呼てお政との情合《わけ》の委しき伝は閑暇《いとま》ある時に拾遺として綴り出すべし

と記すのである。要するに、第十一回からの段は、噂話を書き留めたもので、本筋とは何の関わりもないというのである。ここに至って読者は完全に混乱に陥ってしまう。それを見透すように、春水はよく知られた弁解をするのである。少々長いが、更めて記してみる。

或人狂訓亭《さくしや》を難じて曰《いはく》是まで多く出せし草紙を看るに大序より大詰までその段つゞきを首尾よく綴りしもの絶てなし　例時《いつも》咄しが前後して物語りを途中から説《はじめ》て途中で止め六ケ敷なるを拾遺と断り続編と迯出し猶その上に一回一章羽本《はほん》を読《よむ》がごとし　斯ても作者の本意なるや　予　答　曰《こたへていはく》羽本を読でも夫程の楽しみある様

に著《かき》て無理無体にも満尾をなす事是為永の一流なり　されば春告鳥の羽本梅暦の端本を集て人物の名に張紙をすれば一部の新作ともなり端本が全本ともなるべし　此故に予が作の古本端本を取あつめて楽しむ人もありと聞ぬ

この條下は、春水の杜撰な本作りを指摘する際には必ず引用されるほど著名である。しかし、本来一般論として書かれたものではなく、この第十一回から第十三回までの箇所を強く意識して書かれたものである。それ程に、流石の春水も一言弁解せずにはいられない支離滅裂さを、この作品は見せていたのである。従来既に露呈していた御都合主義が、ここに極端な形を取るようになったとも言える。

これでほぼこの作品の傾向を見得たと考えてよいが、もう暫く跡を辿ってみたい。

さて、国吉とお琴との話となる。国吉の叔父が河肥（川越）から出てきて娘のお雪との縁組をまとめようという。ここらが、『閑情末摘花』の構成と通じているわけである。国吉は出奔するが、お雪も前述の通り河野家から駆落しているので、国吉の叔父も何も言えない。そうした経緯は『閑情末摘花』に倣ったと言えば言える。この後、お琴は傍輩の富次に慰められる。第十四回はこれで終るが、前にも述べたように、国吉とお琴との関係を描いた條下が最もよくまとまっていて、春水人情本の趣きを感じさせる。この二人の絡みの部分は、同一作者の手によると見てよい。

巻之八第十五回、第十六回は、一転して芝居見物の光景を描く。中に恋の嘆きを訴える娘とその相手の息子の母親とが偶然居合わせて誤解が解けるなどという場面もあり、作者は「そも〳〵舞台の狂言よりまくの外なる見物にしゅ〴〵さま〴〵の人情は芝居にまさる意味深長」云々と述べている。明らかに、式亭三馬の『戯場粋言幕之外』（文化三〈一八〇六〉年刊）や『大千世界楽屋探』（文化十四年刊）などを念頭に置いたものである。尚、第

十六回には為永春水自身や文溪堂の番頭が登場する。殊に春水は、

左様いへば去頃《いつかぢう》ネ横店の講釈場へ玉川日記や梅ごよみの作者だといふのが出た時爺《おとつ》さんと聴《き》に往つたらネ武者修行をする人でネ後藤半四良という面白ひ咄しをしたハ

と噂されている。講釈師としての春水が出てくるのであるが、ここにある後藤半四良という名は、春水作『春色袖之梅』（天保八〈一八三七〉～十三〈一八四二〉年刊）に碁塔半四郎勝重として用いられている。(注2) 春水と三馬との関係に就いては今更触れるまでもない。(注3) ここで三馬の手法を真似ていることから、また春水自身を登場させていることから、この第十五回、第十六回は春水作の挿入と考えられる。

巻之九第十七回も、途中まで芝居風景の続きで、中に座頭による梅の雪宣伝の口上があり、梅の雪と花橘の引札をまくという趣向があって、芝居風景は終る。後半は、芝居見物から帰る政吉や谷菊、富次等の会話となる。その富次の口からお富の様子が語られるという点で辛くもストオリイとなっている。

第十八回は、お富に話が移るから、第十七回からの連続性を見ることが出来る。したがって、第十七回は春水ともう一人の作者、第八回は別な作者の手に成ると考えられる。ここまでで、ほぼ作者の構成は想像し得る。まず、芸者や風流人たちの会話の場面。これは第十一回の巻末に「此一段は只辰巳の唄女《はをり》の宅《うち》の体をしるすのみ」とあるように、深川芸者の内情を穿った描写であるから、それらを得意とする者が作者となる。三編口絵に讃を寄せている清元延津賀あたりが擬せられようか。

更に、冒頭からお琴・国吉の出逢いまでは滑稽味が強く、作者の特定は出来ないまでも別な一人が想定される。芝居の場面は、前述の通り春水自身か。

お琴と国吉とのやりとりには一貫性がある。お富と久次郎も同様。これはストオリイに徹した書きようになっており、一人乃至二人の作者の手に成る。

また、四編五編で多く描かれるお雪と門之助（要人）とのやりとりも別人の手によるものであろう。この二人は、初編に出てから再び四編、五編で活躍することになるのであるが、要人が門之助に変わっていることに就いて、巻之十四第二十八回で作者は「門之助の初の名を要人と言ひしに河野家に差合ありて名を門之助とはあらためしなり」と弁解している。したがって、ここにもまた別の作者が想定される。

このように数組の登場人物の組み合わせ毎に異なる多くの作者の混在を想定するのは、話の錯綜が第一の理由であり、それぞれの話での筆の運びが異なるのが第二の理由である。作者と想定される多くの人々は、春水の門人たちで、彼らが代わる代わる一作品を書継ぐのは、天保後期に於ける春水人情本の常套であって奇異とするには当たらない。しかし、作品によっては、「校合」の形で代作者を暗示することがあるのに対し、本作ではその方法を取っていない。したがって、ここは推量するしかないのである。門人たちの名は、口絵の讃に出てくる。春英・春鶯・春和・春蝶・文亭綾継・寿鶴女・延津賀等である。もっとも、四編、五編になると、讃に門人たちの名は見られなくなる。いずれにせよ、この作が多くの門人たちの書き継ぎによったのは間違いないことである。

四

四、五編もほぼ似た構成となっているので目につく点のみを記す。

四編巻之十第十二回は、お雪と門之助を英賀が匿まう條下である。この英賀は琴通舎英賀のことを指していると見られる。英賀と春水との親しい関係に就いては、既に論じられているので、(注4)ここでは更めて触れることはしないが、英賀の許に茶番連中が集まっている様子が描かれるなど、ここも春水の手が入った所と考えてよい。春水作『清談松の調』初編（天保十一〈一八四〇〉年刊）上之巻第二回にも、婦多川（深川）の別荘に狂歌師仲間や芸人たちが集まって茶番を催す場面が描かれている。英賀を通じて春水も茶番狂言に関わる機会があったと見てよい。

なお、英賀に匿まわれたお雪と門之助であるが、後に駆落ちの形で再登場する。ということは、ここで英賀に匿まわれたことはほとんど意味をなさないわけである。五編巻之十四第廿八回で隠れ家に侘住いする二人の会話が綿々と綴られるが、そこには英賀に匿まわれたことなど何も語られていない。したがって、このことは、第二十回の章が前後の脈絡なしに単独の形で作られたことを物語っているのである。

更に、巻之十一第廿一回では、冒頭に傾城の誠を表すエピソードとして三浦屋花園の昔話を記すという冗漫な構成を見せ、その後、第廿二回にかけて、久次郎の友人仙太郎がお富の書置きを見て出かけて行く場面が展開すると、これも、

是より仙太郎が出行し後如何なる物語となるやいまだ作者その続きを知らず　此書の二編目よりは販元文溪堂の聞伝へしといふはなしを種として綴りたれば例《いつも》のつくり物語とかはりてその昔日《むかし》ありしといふ実録をもまじへたればその儘に著しがたき所もありて看官に解しやすからぬ條下もあらんか

と断る。読者は第四編まで読んできて、第二編以後のまとまりの悪さに就いての弁解を聞かされるハメになるのである。ともあれ、この作品が文渓堂の持ち込んだ話をタネとして書かれたものだと知られるわけである。

先に挙げた『清談松の調』も、第四編序に人の身の上に起こった実話をもとにしたと断っている。序者春水は

「尓《され》ば普通の中形本とは尠しく変りし趣あるは、実話を交へし故なるに」と述べており、実話をもとにした結果通常の人情本とは趣きの異なるものが出来たとしているのである。天保後期の春水が〈時事雑説或は人の噂〉を素材にする態度を見せていたことは、既に神保五彌に指摘されているが、(注5)『湊の花』程の破綻は他にはない。

第廿三回、第廿四回は、国吉とお富が偶然巡り合うという話でまとめがついている。その故か、第五編は巻之十三第廿五回の冒頭から前回の続きに入っており、全編を通じて初めて前置きなしの書出しとなっているのである。これこそが春水人情本の特徴だったはずである。この時期の春水人情本の中でも、本作程前置きが長く本題に入るのが遅いものは見当たらないので、この回の入り方が寧ろ珍しく映るのである。第廿六回も、お留と粂次郎の件になってはいるが、話の筋は追っている。但し唐突にお留と粂次郎との話に転じたので、巻之十四第廿七回ではそれまでの経緯を例によって地の文で説明するハメになっている。

ところが、第廿八回に至ると、門之助の父花柳主膳と英賀が門之助の一件で話し合う場面となる。本来なら、ここまでの伏線があってこの場面となることで、一編の小説に筋が通るのであるが、ここもまた必ずしも前との繋りを感じさせるような構成にはなっていない。大団円に向けて、この英賀の許へ全ての登場人物を集めてしまおうという魂胆なのである。とにもかくにも、ここに五編十五冊の長篇は帳尻を合わせるわけである。つまるところ、第五編だけは、無駄な寄道をせず、話をまとめにかかろうとする作者の意図が見え、従来の春水人情本の風を見せたものとなっていると言えよう。

五

以上のように、『春色湊の花』は、この期の春水人情本の中でもかなり異質な作品と言わざるを得ない。いくつかの挿話が入りながら、それぞれの脈絡に欠けること。話の進行に無関係な場面が多いこと。何章かで書出しに前置きが長く本題に入るのが遅いこと。これはいずれも『春色梅児誉美』以後の春水人情本の特徴(注6)に背くものである。手詰まりを見せた春水の窮余の一策で書かれた作であると評せねばならない。しかし、冒頭に記したように、本作の評価は従来必ずしも低いわけではないのである。

山口は何を以て「為永氏の面白さ」と評したのであろうか。断片的な章の寄せ集めを指すのだとすれば、それは既に指摘したように、他の春水人情本に当て嵌まることであって、この作品の場合はあまりに杜撰な構成になっているのである。「散漫に」と言っても、その散漫さは決して良い印象を与えるものではないと考えられるのである。

また神保は、春水が金水を模倣していることに関して、

たしかに春水は金水を模倣しているのであるが、その「春色湊の花」で、春水が彼独自の作風、いわゆる為永流の作風を自讃している一文を、この場合想起すべきであろう。しかしその主張は、「春色湊の花」でもっとも強く、はっきりしていた。

と説き、その春水の主張は金水模倣への後めたさ、あるいは模倣した自分の作の方が好評を得るであろうという自負心に由るものだとする。(注7)しかし、そう考えることは妥当であろうか。

神保の言う「いわゆる為永流の作風を自讃している一文」が何を指すのかわかりにくいが、第三編の自序

千尋の底のいと深き趣向はなか〱思ひも寄らねど硯の海のかはく間もなく筆を浸して二十余年明烏の暁よ

り告わたりたる春告鳥の音色はます〳〵愛せられて月花の外題詠《ながめ》に倦《あか》ず　されど花園の名がきに等しければ河岸を換たる湊の花咲《さか》せて見れば浦千鳥鳴音《なくね》もやさしき唄女《うたひめ》の浜の真砂の尽《つき》しなき姿をうつす海市《しんきろう》見る人の心にしたがひていろ〳〵のおもむきあらむといふ

を指すのであろうか。あるいは、先に挙げた例のよく知られた「羽本を読ても夫程の楽しみある様に著て」云々を指すのであろうか。確かに三編自序は春水の自讃となっている。しかし、ここに至るまでの春水人情本の繁盛から考えれば、春水がこの程度の自讃を記すことはさして不思議なことでもないのではないか。むしろ、そうした自信がこのようなつぎはぎだらけの作品を生んでしまったとも言えるのではないか。また、「羽本を読ても」云々は、先に記した通りこの作品のあまりの杜撰さへの居直りと言ってよかろう。したがって、これらの春水の言に金水への思いが籠められていると考えるのは、穿ち過ぎなのではないだろうか。

　神保も言う通り、金水はかつての為永連の連頭である。しかし、人情本に於いて春水が他の作を模倣乃至転用することは別段珍しくもないのであって、春水が金水の模倣をしたところで、さしてそれを意識することはなかったのではないか。まして、ここまで縷々述べてきた通り、この作の模倣はそれ程のものではない。下敷きにしているということも強調するには及ばないのである。

　金水が春水に自己の作を春水作として出版されたことを、金水がどこかで根に持った可能性があるということで、神保は『娜真都翳喜《たまつばき》』の例を挙げる。[注8] これに就いては、機を更めて取上げてみたいが、少なくとも、『春色湊の花』に関しては、二人の間に特別な感情を見る必要はないと見てよいと思われる。金水は、先述の『清談松の調』（初編天保十一〈一八四〇〉年刊）の初編、三編に序を記している。春水と金水との間に行違いがなかったことの表れであろう。しかも、三編の序文に、然るにこの巻千年の松の、長たらしきは看官《ごけんぶつ》の、飽給はんかと、板元の尉と姥とが斟酌に、いかさまさうぢゃと三編の、さがり松をば編るものから

とあるところから、少なくとも三編は金水が筆を執ったと考えてよさそうである。春水と金水との関係は、文政期から天保末まで滑らかなものであった。

それにしても、『春色湊の花』は春水の人情本の中でどう位置付けられるのであろうか。天保後期から末期にかけての春水は、周知のように単独作はほとんどなく、門人たちの代作中心の人情本を出している。それでも、春水人情本の最大の特徴と言うべき艶冶な恋愛情緒の醸出には、春水自らが手を染めることが多かった。一方で、新しい作風の開拓を目指して、人情読本という分野を生んだ(注9)。

しかし、この『春色湊の花』は、そのどちらにも屬さないのである。確かに、明らかに門人たちの手に委ねた形跡が濃厚であるが、それを匂わす文言はどこにも出て来ない。一方で、春水自身が執筆したと推量される章を含めて、話の展開が滑らかでない。所謂人情本に至るまで、天保期の春水人情本の書き出しは前置きが短く、すぐに本題に入るのが特徴の一つであるのに、本作では数回の冒頭で前書きが長い。何より、天保改革前後の作品とは言え、艶情描写が全くない。男女の出逢いは何度も描かれているのに、ラブシーンめいた描写は皆無なのである。

これを金水の『閑情末摘花』と比較すると前書きの長さにはほぼ共通するものがある。鼻山人のようには仏典や漢籍からの引用が多くない点も共通している。金水も代作者の一人だったのかと考えたいくらいであるが、口絵の讃にも序文にも金水の名がないので、その推量は控える。ともあれ、この書出しを春水が容認してしまった

ことが、本作を春水人情本の路線から外させたのは事実である。

『閑情末摘花』にも、当然ながら艶情描写はないが、次のような思わせぶりな箇所はある。お滋と久治が偶然出会って品川宿に同宿する條下で、久治がお滋の足に出来た豆を潰してやる場面である。

久「豆ならば水を出すと能《よく》なる。ドレ出してあげよう。しげ「アレサ突《つ》ついちゃア否《いや》でございます。久「夫《それ》でも突つかなくツちゃア能はならない。アレサまア静《じっ》として居なヨ。しげ「ヲホ、、擽ぐつたい。そして其《そ》処《こ》じやアございませんといふのにアレサ」（三編巻之中第十六回）

以下、更に思わせぶりなせりふが続くのであるが、ここでは略す。教訓臭が強いと言われる金水でさえ、この程度の描写をして、艶本作者としての一面を見せている。それに対し、『春色湊の花』ではそれらしき描写は皆無と言ってよい。

こうした点を勘案してみると、『春色湊の花』は、春水の明確な意思が働いた人情読本でもなく、従来の春水人情本の読者意識に基づいた作でもなく、門人達の習作の場となった作品と言えるのではないか。そう考えて読んで、初めてこの作の散漫さが理解出来るのである。

注

（1）『為永春水の研究』（昭和三十九年、白日社）
（2）（1）参照。尚同氏校『春色袖の梅』（昭和三十九年、古典文庫）も。
（3）棚橋正博『式亭三馬―江戸の戯作者』（平成六年、ぺりかん社）等。
（4）（1）参照。尚高橋啓之「琴通舎英賀の周辺」（『語文』第八一輯、平成三年）も。
（5）（1）参照。
（6）別稿「『春色梅児誉美』の成立」
（7）（1）参照。
（8）（1）。金水作であるものを春水作として出版したということ。
（9）（1）参照。尚、別稿「人情から人情本へ」参照。

第七章　『多満宇佐喜』をめぐって

一

為永春水の人情本『光濤新話多満宇佐喜（玉兎）』（全四編）は、春水の人情本を考える上でさまざまな問題を含んでいる。この作品自体もまた、不明な点の多い作品である。この作品を検討することで、天保（一八三〇―一八四四）中期の春水人情本の一側面を見ることが出来ると思われる。

本稿では、成立時期、同期の他の春水人情本との関わり、本作の特徴と存在意義などについて検討してみたい。

本作は、『日本古典文学大辞典』（岩波書店）にも採上げられていないので、話の進行上、まず梗概を記しておく。

十五歳のお粂は、延命寺門前で墨筆鼻紙などを売る太田屋金右衛門の後家おさとの一人娘である。故金右衛門の弟分に、米町の道具屋半二郎がいる。三十九歳である。お伊代という女房がいるが、お粂は半二郎にほのかな恋心を抱いている。お粂が半二郎の家に泊った夜、お伊代は所用で外泊する。半二郎も外出して、一人で留守番をしているお粂の眼前に、芸者お米の霊が現われ、以前半二郎を慕っていたが、自分は隅田川の舟遊びで水死し、思いがけず半二郎に菩提を弔ってもらったのを嬉しく思うものの、半二郎への思いが晴れず、今夜お粂の体に霊を乗り移らせて半二郎と結ばれたいと話す。帰ってきた半二郎も、お米の霊に惑わされ、お粂と半二郎は思いがけず結ばれる。半二郎の同業片岡屋幸左衛門と中繾《はたし》の郷八は、さる大名が妾を探しているのに乗じ、お粂を世話することを画策する（以上初編）。お粂の実家の近所にある商家金沢屋福兵衛方の下女お玉は、十五歳で、気立ての良い美女である。両親はなく、後見人の叔父太郎兵衛は実直な野菜商人で、お玉に奉公人の心得を説く。お玉の利発さを見込んで、金沢屋夫婦はお玉を腰元に取立てる。二番番頭の平八はお玉に惚れ、主人の留守にお玉に迫るが拒まれ、腹癒せに十六歳の丁稚長松とお玉が不義をしたと騒ぎ立てる。しかし、本家の隠居の詮議で平八の嘘や悪事が知れ、平八は追放される。お玉は隠居に気に入られ、本家の娘お幸の腰元となる。十五歳のお幸は気立て良く、お玉に色々と習い事を覚えさせる。一方、お粂は、だまされて武家の妾奉公をさせられそうになるが、逃げ出して、まだ追放される前の平八に助けられる。半二郎が病気なのを幸いに、お粂の母親は、平八に請われるままにお粂を平八の囲い者にする。その後間もなく平八は追放となったため、お粂は平八と切れ、母の計らいで鎌倉の辰巳（深川）へ芸者に出ることになる。芸者夏吉に預けられたお粂は、既に病癒えた半二郎に手紙を出し、半二郎に逢う夢を見る（以上第二編）。お粂は、夏吉の情で芸者として人気を得る。ある日、半二郎の妻お伊代がお粂の許を訪れて、半二郎とお粂との関係に気付いていることをそれとなくほのめかし、三人同居することを希望すると話す。婦多川芳賀町（深川仲町）の裏借家に住む武士綾織錦左衛門は佞臣の讒言によって浪人している。倅錦次郎に譲るつもりで残しておいた金五十両と由緒書・感状等の入った小葛籠を、火事騒ぎの折に紛失するが、お玉の叔父太郎兵衛が届ける。そうとは知らず、紛失した小葛籠のことを心配する錦次郎に、勇み肌の年増女が巾着切だと難癖をつけ、無理に自宅まで錦次郎を引張って行き、二十両の金子を錦次郎の前に差出す。一方お粂の方は、片岡屋幸五郎なる客の囲い者になるよう強要される。支度金十五両を受取ってお粂を責め立てる母を避けて、お粂は半二郎に相談に行くが、半二郎は商用で留守のため、お伊代が知合いの絹物商石部屋夫婦に頼んでお粂を匿まってもらう（以上第三編）。年増女は、実は錦左衛門と同じく佐々木家の重役であった片岡幸太夫の養女で、当主佐々木判官が部屋住の折に侍女お貞に生ませた娘お幸である。幸太夫は主君に諫言したため手討となったが、錦左衛門が手を尽くしてお幸の暮らしが立つよう計らった。お幸と養母は、その後町人の親類片岡屋幸五郎方に身を寄せたが、幸五郎の不実を嫌い、そこを出た。養母の歿後、お幸はわざと勇み肌になって暮らしたが、偶然恩人錦左衛門の難儀を知り、錦次郎を我が家に連れてきたのである。お幸は、十六歳の折に武蔵国白子村で茶屋娘をしていた時、幼馴染の小間物屋の重三郎と恋をするが、結ばれぬまま重三郎は急死する。以来操を立て通してきたお幸は、年下の錦次郎に心惹かれる。重三郎の霊によるもののようである。錦次郎も心惹かれつつ帰る途中、平八に襲われていたお玉を偶然助ける。実は、錦次郎は丁稚長松である。錦次郎が平八と揉み合った際に、二十両の金子を平八に奪われたため、お玉は償いに身を売ると言い、太郎兵衛も賛同する。その心に感じ、錦左衛門はお玉を錦次郎の嫁にしたいと言う。そこへ、かねてから錦左衛門の世話をし、錦次郎を金沢屋へ口入れしたこともある半二郎が、偶然平八から取戻した金子を持って現れ、錦左衛門父子の佐々木家への帰参叶ったことを報告する。お幸は気楽な隠居暮らしとなり、お玉は金沢屋が娘分として錦次郎に嫁がせる。半二郎は佐々木の出入頭の町人となる。太郎兵衛も錦次郎の世話で気楽に暮らす（以上第四編）。

甚だ長くなってしまったが、論の進行上、やや詳しく記した。後に記すように、各編の執筆者が数人ずついて、書き継いだと考えられ、梗概を見ただけでも若干の齟齬あるいは矛盾を見出すことができる。例えば、長松は十六歳で丁稚であったにも拘わらず、錦次郎となってからも、ほとんど年齢が変わっていないこと、初編に片岡屋幸左衛門として出て来ている悪人が、多分後に出て来る片岡屋幸五郎と同一人物である筈なのに、名が異なること、逆に二人の異なる人物にお幸と名乗らせていることなどが挙げられる。その他、半二郎の名が、第二編では半次郎、第三・四編では判次郎となっていたり、初編ではお粂が十五歳、半二郎が三十九歳とあるのに、第三編ではお粂が十六歳、半二郎が四十一歳となっていたりなど、おかしな点がある。何よりも、お粂がいかに母親の勧めとはいえ、平八の囲い者になってしまうのは、性格に一貫性を欠いている。しかし、この程度の齟齬は人情本では珍しくない。むしろ、話としては全編よくまとまっている方である。その点は、作者もある程度心得ていたようである。すなわち、第二編六の巻第十一回の終りに、

凡此物語は初編にあらはしたる怪談と因果の所為《わざ》を説《とき》て世の常にはあるまじと思はるゝことを綴りいだして何事も約束の在りし前世《ぜんぜ》の宿業なる由を児女童蒙《こどもしゆ》に諭す方便《てだて》なり

と記し、その後にそうした意図が崩れてしまったことについて弁解している。そして、第四編末には、

作者曰く這編《このへん》は十二巻にして結局《きよくをむすび》、かの婦多川のお粂が身のおさまり又お幸錦次郎に重三郎が執着心の乗うつりたる怪談まで綴り込《こま》んと初めより思ひ定めて居たりしに云々

とある。第四編では、重三郎の執着心を描こうとしているのであって、これは初編でお米の執着心を描こうとしたのに照応する。すなわち、「怪談と因果の所為」を説こうとした趣意は一応一貫しているのである。但し、それが意の儘にならず、書き遺しが多く出てしまったのは、人情本のいつもの成行きというだけのことである。第四編末の前掲の文の後に、「拾遺」を出すという予告があるが、これもまた例によって出た形跡がない。

なお、梗概から窺える創作意図としては、これがお半・長右衛門の芝居を底に敷いているということも挙げら

れる。そもそも、本作の内題には、『光涛新話玉兎』の下に「一名二日　なぞらへおはん」とあるし、初編口絵三ウにも「桂川を綾瀬川と作りかへしも亦古瀬《ふるせ》となるを再度当世の和合情《まぜわ》にうつす新趣向」という詞書が見られる。無論、半（二郎）・長吉・石部といった人名や地名にも、その反映を窺うことが出来る。内容の吟味はいずれ改めてすることとして、刊記を持たないこの作品の刊年等を穿鑿してみたい。

二

管見の限り、本書に刊記のあるものがない。したがって、刊年に関しては推測でしか言いようがない。但し、これについては、既に神保五彌によって詳細な検討がなされている。（注1）それを紹介しつつ、若干の私見を加えてみる。神保によれば、初編は天保六年前川文栄堂刊で、第二編は天保十二年永楽屋東壁堂刊、第三編・第四編は嘉永末年か安政初年刊、但し草稿は天保十二年か十三年に出来ていたということになる。詳細は『為永春水の研究』に譲るとして、推定の根拠を簡潔に記すと、初編は前川文栄堂板『浪模様尾花草紙』に書名が見えているから、文栄堂刊となり、また、初編壱の巻第二回に「種彦の今年の新板では、諸国物語といふのが一番面白いネ」と見えているので、種彦の『邯鄲諸国物語』初・二編が天保五年刊であることから見て、天保六年刊となる。第二編は、天保十二年十二月の〈市中取締係三廻り〉の奉行所への上申書に永楽屋所持の人情本として『玉宇佐喜』の名が見られ、また内容と無関係の教訓的言辞が多いことから、天保改革頃の成立と考えられるので、天保十二年刊となる。第三・四編は、第三編の序文に「ここに玉兎は十年余りの以前《さき》の秋《あき》、既に朗に詠められんとなしけるを」とあるところから、天保改革後の十年余り後の嘉永末（一八五三）年か安政初（一八五四）年刊となる。

まことに整った推測であるが、再考の余地もあるのではあるまいか。初編の天保六年刊は、『邯鄲諸国物語』

の刊年から見て動かし難い。ただ、文栄堂刊については、必ずしも素直には呑み込み得ないのではないかと考える。神保と同様、文栄堂板を見ていないので、明確なことは言えないが、既に初編から東壁堂が出板に絡んではいなかったか。

初編壱の巻第二回に、「おらんだ煎餅」「在平煎餅《あるへい》」が出て来る条下に、

このおらんだ煎餅といふは糀町三丁目谷なる桔梗やと云《いへ》る菓子見せにて製す云々

という説明がある。また、壱の巻第一回に、「寒声」の説明があり、

寒中修行して美音を発す、これぞあづま乙女がふるくなしつたふ所為《わざ》にて世に寒声《かんごゑ》となづく

と記されている。壱の巻第二回に、お粂のせりふ「ア、そんなことよりか何ぞしてお遊びな」があり、それに続けて「作者いはくすべてむすめの返事、アイといふべきをア、といふはこれ大江戸娘の常例《つね》なればかくはしるせり。この外女の子ども片言おほくあり、すいりやうしてよみたまへ」と記されている。なおまた二の巻第四回には、半二郎のせりふ「これから末おれが苦労はどんなだろうか」の後に「どのやうにといふことばなり」と分かち書きがなされている。

これらの記述は、作者が読者を江戸の人間として限定していないこと、むしろ地方の人間と考えていることを示している。江戸の書肆が出板する人情本に江戸風俗が書かれているのは当然で、それらに一々注を施すことはない。しかし、初編では特殊な江戸ことばにわざわざ注を施しているのである。こうしたことから考えて、初編

は地方の書肆が江戸の人情本を地方読者に提供しようとしたものであると言えるのではないか。無論、文栄堂が主板元であろう。しかし、地方書肆が資本参加していたと見てよいのではないだろうか。その場合、地方書肆として浮かび上がってくるのが、東壁堂永楽屋である。ただし、江戸出店の永楽屋である。第二編の花山亭笑馬の序文に、

晦日もあかるき通人《とほりもの》の中へ出店の東壁堂五蝶と称《よば》る、販元が上梓《えりいた》とせし玉宇佐喜

とある。第二編の板元が出店の東壁堂であることはこれで明らかであるから、初編にも出店の東壁堂が絡んでいると見て差支えあるまい。言うまでもなく、前述の〈市中取締係三廻り〉で取締りの対象となったのは江戸出店である。この時、東壁堂は『玉宇佐喜』初・二編を所持していたのを摘発されている。ここでの初編は、文栄堂から板権を譲り受けたものであろうが、共同出資していた可能性もあろう。

神保が説くように、第二編には冒頭から相当に強い教訓臭が窺える。したがって天保改革を意識して書かれたというのは、十分考えられることである。しかし、教訓めいた言辞は、読者への呼び掛けの形で、人情本には頻繁に登場する。門人の代作と考えられる作品の中には、殊にそうした言辞は多い。そのことよりもむしろ、第二編が天保十二年刊とすれば、初編から六年も経て出たことになるにもかかわらず、序文にそれについて何も触れられていないことの方が、よほど不自然なのではあるまいか。やはり、第二編の刊年はもっと遡ると考えなければなるまい。

第二編の序を記しているのは、花山亭笑馬である。笑馬については、石川了に詳細な調査があるが(注2)、それによれば、笑馬は天保六年まで笑馬を名乗り、以後戯作活動に空白があって天保九年には咲馬として再登場している

という。となれば、笑馬の序は、天保六年までには書かれていたと考えてよかろう。初編巻末に、二編のことには全く触れずに第三・四編の草稿が出来した旨の広告があることからも、初編と第二編との刊年はほとんど差がないと考えたい。なおまた、天保十三（一八四二）年東壁堂刊と考えられる『春色袖の梅』第四編巻之十二第二十四回に、若い娘おひなが新板の本を見せてもらう場面がある。ここには、売出し前の本を見るという設定で、『修紫田舎源氏』と『多満宇佐喜』第三編が出てくる。それを手に取ったおひなが、「ヲヤ〳〵、この多満宇佐喜は久しぶりで次編《あと》が出来ましたねへ」と言うのである。これをどう解釈したらよいのであろうか。

前提として『春色袖の梅』第四編の天保十三年刊という事実は動かし難い。となると、天保十三年に『多満宇佐喜』第三編は出ていたことになる。その点に就いては後述するとして、おひなが「久しぶりで次編が出来ましたねへ」と言っているのは、第二編刊後から天保十三年までの間が「久しぶり」だということを意味している。これによっても、第二編の刊行は天保六年に近い時であると考えるのが自然であろう。

さて、第三編であるが、神保の指摘にもあるように、序文に、

ここに玉兎は十年余りの以前の秋、既に朗に詠められんとなしけるを、浮雲かゝりていと久しく朧の如くなりけるを、丈あるこゝろの桂男が思ひ発せし月見の再興

と記してある点から、第二編の十余年後に刊行されたと読み取れる。「狂訓亭主人」と序者をしてあるのは、書肆の作為であろう。この序文で見る限り、第三編が『春色袖の梅』にある天保十三年刊であることはあり得ない。仮に第二編が天保七年刊であるとしても、その十年後は弘化三年である。したがって、天保十三年には刊行されなかったと考えなければならないが、では、『春色袖の梅』の記述はどう解釈されるのか。これは、刊行される

予定で書名を出したが、実際は刊行されなかった、と考えるのが妥当であろう。すなわち、第三編は天保十三年に刊行の予定であったものが、刊行を見合わせることになった、というわけである。序にある「浮雲か丶りて」は、天保改革を指していると見てよい。ただ、「十年余りの以前」を天保十三年と考えると、第三編刊行は神保の言うように嘉永末年となるが、天保改革のほとぼりを冷ますにしても、少し長すぎるように思われる。ここは、序者が第二編から十余年後と言おうとしたと考え、弘化三、四年頃刊行としておきたい。

それにしても、初編巻末の広告に、第三・四編の草稿出来と出ていながら、天保十三年まで第三編刊行の気配がなかったというのも不可解な話である。第三編巻之九第十七回に、石部屋の座敷に娘達が集まって役者双六をする場面があり、そこに「うつくしき大本二冊物」の東壁堂刊『大日本国郡全図』が出てくる。これが『国郡全図』（青生元宣著）を指すとすると、文政十一年板と天保八年板とがあり、ここでは本の宣伝をする形で採り上げられているから、天保八年板であることになる。となれば、第三編の草稿は天保八年に成ったと言え、「草稿出来」は、早手回しの広告であったと考えられる。その草稿を天保十三年に刊行しようと試みたとしても、やはり間が空き過ぎている感じである。その間に何か板権上のトラブルのようなものがあったのかも知れないが、これ以上の推論は無意味であろう。

第四編に関しては、これといった手掛かりはない。第三編に準ずるとだけに止める。

以上、刊年と書肆について考えられる範囲のことを記し、『多満宇佐喜』の位置付けを試みた。

三

次に、内容について検討してみる。

お半、長右衛門の型、すなわち年齢差の大きい男女の恋を一応の主題にしていることは、既に記した通りであるが、これが、逆の関係すなわち年増女と若い男との恋を描いた『春雨日記』の裏返しだということは、これも神保に指摘されている。『春雨日記』は、二十一、二歳の男と、二十八、九歳の女性との恋を中心にして、別な男女の恋、その若い女性が気の進まない大尽客との間の妾奉公話を嫌うことから起こる事件などを記したものである。『多満宇佐喜』と『春雨日記』との共通点は、男女の立場は逆ながら二人の年齢差が相当にあること、気に染まない男との話を娘が嫌うのに母親が欲に駆られて勧めること、年増女の過去に若い男との悲恋があること、怪談めいた話が絡むこと、などである。

『多満宇佐喜』と同じく、『春雨日記』もまたわからないところの多い作品であるが、これも神保に詳細な考証が具わっているので、ここでは細かいことには触れない。全三編で、第四編の予告はあるものの出版されていない点は、他の多くの春水人情本に共通する。刊年は、第二・三編は、春水の自序によって、それぞれ天保六年、七年と見ることが出来る。初編は、『多満宇佐喜』初編三の巻第五回に「春雨日記にしるしたる隠居さんといふわかきむすこきたる。まことの名は友とよぶ」とあり、名は違うが『春雨日記』の主人公兼吉を指していると考えられるので、それらを含め、神保に従って天保五（一八三四）年刊とする。

神保は、『春雨日記』は春水の単独作であるとする。確かに、口絵の讃にも門人の名などが見られないので、従ってよいと思われる。一方で、『多満宇佐喜』の方はどうであろうか。初編が天保六年刊であるとなれば、初編は『春雨日記』と同じく春水単独作と考えられる。初編口絵には、門人狂花亭為永春蝶の名が見えるので、春蝶の手が入っている可能性もあるが、今は措く。なお、春蝶の名がここに見えることから、春蝶の入門は天保五年以前ということになる。(注3)

さて、既に、初編には地方読者向けの言辞が多いということを記した。しかし、第二編以下には、その種の表現がほとんど見られない。これは、どういうことを意味するのであろうか。江戸の読者への呼びかけをした記述も、他の人情本では、例えば、

東部《ゑど》の見看《ごけんぶつ》に申、京にてやかたといふは芸者屋のことなり〈文政十〈一八二七〉年刊『涼浴衣新地誂織』巻二〉

のように見られる。したがって、初編にある一連の言辞が、地方読者への配慮であることは、まず間違いあるまい。しかし、第二編以下には、ほとんどそれらしい記述がないのである。

第二編以下に、江戸特有のもの、あるいは流行のものが描かれていないわけではない。第二編には松金香、仙女香が出てくる。第三編は、久米本（梅本）・小池といった茶屋の名や、人形師泉目吉の名があるが、さしたる説明はない。第三編には、

所の名にし川よりも深き底意の有難さ

と、「深川」を示す表現も見られる。また、同じ第三編・巻之九・第十八回には、年増女のお幸の俠者風の服装が細かに描かれてもいる。僅かに、第二編・上之巻・第七回で、お玉が里下りをする条下で、

四季施《しきせ》にもらひし松坂じまを、内義が情で山中嶋と替て仕立《したて》しひいきぶん

の後に、割書きで「山中嶋とは安きさんとめ嶋の事で、松坂と同じ位か」と説明されているのが目立つ程度であ

る。これで見る限り、初編だけに地方読者への配慮が窺えると言える。これは、第二編以下では最早そんな気遣いをする必要を、書肆が感じなくなった、ということなのであろう。しかしまた、そうした注記をする余裕があったのは、江戸の春水だけであって、地方作者は江戸の風俗を作中に採入れるのが精一杯であった、とも言えるのではないか。つまりは、初編は確かに春水の単独作であったかも知れないが、第二編以下には門人達の手が相当に入っていると考えられるのである。

第三編巻之九第十七回には、石部屋に集う娘達の描写がある。その中に、馬喰町の松屋の菓子折のことが出てくるが、そこに次のように注が記してある。

> 因に曰《いふ》、上菓子を製する家世間に多しといへども、此松屋の菓子に及ぶものなし。其上品にして美味なるのみか価《あたへ》の下直《やすき》事他に類なし。作者春水下戸なるゆゑ諸家の菓子を味ひ、松屋に過たる上菓子なく亦価《あた》へも目に立《たつ》ほど下直に麁末の事なきゆゑ、由縁《ゆかり》もなけれど菓子通の諸君へ告奉る。松屋の家は鴨南蛮を売家《うるいへ》の向ふに在《あり》

ここにある「作者春水下戸なるゆゑ」は、本人のことばと考えるのが自然である。しかも、「松屋の家は鴨南蛮を売家の」云々というのも、春水らしい叙述であると考えられる。したがって、この第十七回は春水自作と見てよい。この第十七回というのは、全く孤立した章になっていて、如何にも不自然である。すなわち、巻之八第十六回は、錦左衛門の許へ太郎兵衛が紛失物を届けに来る条下を述べたものであり、巻之九第十八回は錦次郎がお幸と出会う場面を描いたものである。第十七回は、その間にあって明らかに浮いている。しかも、いきなり石部屋での娘達の会話が描かれ、その後に、この石部屋にお粂が来た経緯が梗概風に語られるのである。あまりに

唐突である。その意味でも、第十六回・第十八回は春水作でないと言える。なお、娘達の会話に上州高崎の頼政大明神の話が出てくる。第二編で福兵衛夫婦が湯治に出かける先も上州である。天保七年刊『春雨日記』第三編も上州を舞台としている。絹商人と上州とは縁が深いとは言え、この一致は両作品の執筆時期が近いことの証拠になるのかも知れない。

因みに、第二編には、吉川亭為永桃水、狂花亭為永春蝶、芳訓亭為永春鶯が讃を寄せている。桃水については不明であるが、春蝶・春鶯とも尾張の出身であり、東壁堂との繋りもあったと思われる。この両者が、第二編に関わった可能性は大きい。巻之六には、先に第三編巻之九第十七回で示した梗概風の記述が見られる。また、第十二回には、お粂と半二郎の濡れ場が夢として描かれている。しかもお粂を辰巳の芸者に仕立てている。こうしたことから見て、巻之六はほとんど春水の手に成ると考えられる。しかし、その他は春水の持つ艶冶な気分を感じさせないので、春蝶・春鶯の手が加わっていると考えてよい。

天保六（一八三五）年刊『春色辰巳園』第三編にある一松舎竹里の序文には、「近来門人《ちかごろでし》さへ用《つかは》ぬ春水、功拙ともに筆一本」とあり、これを一つの根拠として、神保は『春雨日記』単独作説を唱えたのであるが、天保六年をそう下らぬうちに早くも春水の単独作の姿勢は崩れてしまったということになる。

四

さて、本作の趣向について、次に考察し、この天保後期に於ける春水人情本の特色の一端を窺ってみたい。

『春雨日記』で、春水は年増女と若い男との恋を描いてみせた。春水の美意識の中心にある「婀娜《あだ》」を醸出するのに、年増女の持つ役割は大きい。天保七年初・二編刊『花名所懐中暦』にも主人公二十二、三歳の茂平と三十歳近い豊浪との恋が描かれているが、春水はこの豊浪を婀娜な魅力に溢れた年増として描いている。どちらかと言うと、やや熟れた感じの女性の方が婀娜な雰囲気を表しやすい。『春色梅児誉美』で言えば、お長より米八の方が春水の描きたい女性であった。

その『春雨日記』の裏返しが、三十九歳の男と十五歳の娘との恋である。何故このような作を企てたのか不明である。企画に窮した結果であろうか。結果としては、十五歳のお粂の扱いは中途半端に終ってしまった。『花名所懐中暦』で『春雨日記』の人物設定に戻ったのは、その反省からであろうか。『玉宇佐喜』三編から四編にかけて年増女お幸を出したのも、同様であろう。お幸の描写には、春水本来の筆致が見られる。やはり、春水は婀娜な女性を描くことが得意だったのである。

そもそも、お粂は初めは父親のような年齢の男に何となく心惹かれてゆく女性として、微妙な心理描写がなされていた。近代小説風の味わいさえ感じさせる描写であった。それが、半二郎と結ばれるのにお米の亡魂の助けを借りたあたりから、その味わいが薄れていってしまう。更に平八の囲われ者になる条下で、お粂の人物像は一段とボケて、読者を惑わすのである。作者は、その矛盾をお玉との比較に於いて述べ、お粂の母の欲がお粂をおとしめたと逃げる。しかし、お粂の母にしても、初編でお粂の友達の娘達を相手にする条下では、およそ欲深な女性にはなっていないのであって、お粂同様、人物像は煮え切らない。人情本の場合、勧善懲悪ははっきりしており、善悪の区別は明らかであることが多いだけに、お粂母娘の人物設定は特異な例に属する。春水の趣向の失敗であった。単に、代作故のことではなかったと思われる。

その挙句、第二編巻之六第十一回にある、先に示した「凡此物語は初編にあらはしたる怪談と因果の所為を説て」云々という作者の弁解に至る。この弁解は更に続いて、多く著述をする時はなか〳〵に容易《たやすく》筆の儘にはならず、彼是《あれこれ》似合の趣向を似寄らせじとて巻首《はじめ》に異なるいと口を説出せば、其趣向にからまり用捨に苦しみ、止事《やむこと》を得ずくだ〳〵しくなる場もあり

と、楽屋落ちめいたものになる。謂わば、春水は趣向倒れになったことを自ら認めたのである。

皮肉なことに、第三編のお条が辰巳芸者となってお夏と話をしたり、お伊代と対面したりするあたりになって、人情本らしいしっとりとした味わいが出てくる。話の本筋とはあまり関わらない所である。人情本が風俗小説である所以を示している感じである。これは、舞台を辰巳（深川）にしたことで、春水の筆に生彩が戻ってきたからであろう。ここでのお条は、「元来美麗《もとよりうつくしく》婀娜なる姿に心を用ひ、化粧《みじまひ》衣裳髪のかざり十分にして座敷へ勤め、万客《よろづのひと》に愛相よく、芸にも由断《ゆだん》なかりし」という、これまでのお条とは全く別人のように生き生きした人物に変わっている。『春色辰巳園』の米八のようである。この時お条はまだ十六歳であるから、婀娜には遠い筈なのであるが、辰巳の水を飲むことで、婀娜になってしまっている。換言すれば、お条を理想的な女性像にしようとすると、婀娜にしなければならなかったのである。

更にまた、お伊代の気持を、「その身を少しは不自由しても、お条を変らず家内へ入《いれ》て、判次郎と三人が朝夕同居《ひとつ》に活業《くらし》たき心」としている。春水人情本の常套である妻妾共存である。結果としては、そこまで行かずに話は未完で終っているが、とにもかくにもお伊代にこのような気持を持たせたことで、春水人情本の本来の持ち味が出たのである。お条が妻のいる半二郎に思いを寄せた時から、読者にはこのような結末は期待出来た筈である。にもかかわらず、話はその方向に発展させせようのないものになりつつあった。それを、春水はお条を辰巳に住まわせることで、読者の期待に応えてみせたのである。

五

こうして、読者にとって好ましい方向を見せ始めたのも束の間、第四編になると、話は錦左衛門父子の忠義物語へと一転する。お幸の身の上などは、ほとんど読本の世界になっている。僅かに、お幸と重三郎との思い出に人情本の味を見せているに過ぎない。中で、お幸と錦次郎とのことばのやりとりだけは、読者の喜びそうなものになっている。錦次郎がお幸の恋心を察しつつ、自分もまた後髪を引かれる思いで座を起つ場面の、

錦「さやうならまた明日お目にかゝりませう　トいひつゝすご〳〵立いづるを　幸「錦さんちよつと　錦「ハイト言ひながら振りかへる顔をお幸がじつと見て完爾《にっこり》と笑ひながら　幸「道を気を付《つけ》てお在《いで》ヨ

などは、『春色梅児誉美』巻之一の終りで、米八が丹次郎の家から名残りを惜しんでなかなか立ち去れない有名な情景を髣髴させる。ただし、この一組の男女は結ばれない。お幸は佐々木家の別館に住み、錦次郎とお玉が結婚するのみである。お幸は武家の姫君という身分であったので、お玉との妻妾共存は避けたようである。『清談峯初花』で、主人公捨五郎と大名の後家貞正とが、粉本となった写本『江戸紫』では結ばれているにもかかわらず、結ばれない結末になっているのと同様である。ただ、『多満宇佐喜』の方では、錦次郎に重三郎の亡魂が乗り移って意外な展開を見せる可能性だけは、先に挙げた文末の「かの婦多川のお粂が身のおさまり、又お幸錦次郎に重三郎が執着心の乗うつりたる怪談まで」云々の記述の中に示唆されてはいるのである。それは、既に触れたように、お粂にお米の亡魂が乗り移って半二郎と結ばれたことと照応するからである。つまり、お粂・お幸の

両者とも亡魂の所為によらなければ結ばれ難い情況にあったのである。

こう見てくると、初めにも述べたように、『多満宇佐喜』は、必ずしもストオリイに統一性はないにせよ、初編と四編とに照応はあるのである。天保六、七年の春水は、単独作では耐えられず、結局代作者を立てざるを得なかった。才能の枯渇と言えば、あるいはそれまでであるが、春水が企画し、門人達に書かせた、所謂プロデュース作品を生んだと考えれば、それなりに評価出来る。少なくとも、これほどの照応を見せた作品は、春水にもそう多くはなかろう。確かに、作品全体の構成には、必ずしも一貫したものはない。その点は、代作者を立てた作品のほとんどに共通する。しかし、とにもかくにも作中で照応を整えようとした意欲は評価出来る。その意味では、曲亭馬琴の『南総里見八犬伝』第九輯中帙附言に有名な稗史七則に倣ったとも考えられる。第九輯中帙は、天保七年刊であるから、本作と時期を同じくしている。七則に照応があり、それに刺戟を受けた可能性はある。但し、これ以上は推測に過ぎないので、ここまでとする。

ある程度明らかであるのは、第三編から第四編にかけての綾織錦左衛門の話が、講釈種によるのではないかということである。この挿話は、前後の筋書きとはほとんど関係ない。かなり唐突な出方である。この時期、春水が講釈師に復帰し、世話物を得意としていた、とは、中村幸彦の説[注4]である。綾織錦左衛門を巡る挿話は、まさしく世話講釈ではないであろうか。神保は、『春色袖の梅』に講釈種が反映しているとするが、[注5]『多満宇佐喜』はその先駆となったと評価してよいであろう。

『多満宇佐喜』は、以上のように様々な疑問を孕んだ作品である。天保六、七年以後の春水人情本は多様な面を持っている。その中での『多満宇佐喜』の位置は、改めて考えてみる必要があるであろう。

注

（１）神保五彌『為永春水の研究』（昭和三十九年、白日社）。以下の論にある神保の論はすべて本書による。本論も、神保の論に導かれつつ成ったことを記し、深甚の謝意を表す。

（２）石川了「花山亭笑馬の生涯」（『近世文藝』第四十三号、昭和六十年。後に『江戸狂歌壇史の研究』、平成二十三年、汲古書院に再録）。

（３）神保は、（１）の書に於いて、春蝶の入門を天保七年とする。となると、本書を天保六年刊とした場合、春蝶の讃をどう受取るのか。考えようによっては、「尾州一の宮の住」とある点から、春蝶は尾州住のまま春水の門人となり、その後江戸に出て正式に春水の門人として著作に携ったとも見られる。

（４）中村幸彦校注『春色梅児誉美』（日本古典文学大系第六四巻、昭和三十七年、岩波書店）月報。

（５）（１）の書の一三二頁以下で、神保は春水が人情本の新しい方向として「人情読本」を目指したと指摘している。その意味では、本作は構成面でも読本風のものを試みたと言えるかも知れない。

第八章　人情本作者鼻山人の立場

一

人情本が文学史で扱われる時、近年は、鼻山人の位置は低くなっている。本稿では、彼の二流たる所以を考え、近世末期に於ける戯作の流れの一端に、この二流作者の苦闘を通して、少しでも触れられれば幸いである。

鼻山人は、『戯作者小伝』その他によって知られる如く、細川浪次郎と称する幕府の御家人であった。『近世物之本江戸作者部類』によれば、御勘定付御普請役ということになる。武士とはいえ、所謂下級武士に属する一人であったわけである。その下級武士が山東京伝の門に入った経緯は不明である。とにかく、彼は京伝の門人として、文化四（一八〇七）年に東里山人の名で合巻の処女作を書き、戯作界に登場している。文化の初めといえば、黄表紙から合巻への転換期であり、京伝が合巻に筆を染め始めた頃である。以後、鼻山人の合巻は七十余種を数える。いうまでもなく合巻は絵に重点がおかれている。読者の方も、絵に関心を持ったようである。鼻山人の洒落本（人情本としても扱われる）『玉菊全伝花街《さと》鑑』に、主人公の滝三郎が女主人公お玉に合巻をもってきてやると、お玉は「先づ絵ばかりさッ〳〵と見てしまひ」母親に渡す、という場面があるが、鼻山人自身、合巻をそのように考えていたものと思われる。無論ストオリイにも趣向は凝らされていたであろうが、大部分は陳腐な伝奇物語であった。鼻山人に於いても例外ではない。否、彼には殊に先人の作の模倣が多い。先に挙げた『江戸作者部類』では、文化四五年の頃、和泉屋市兵衛に請て、初て臭草紙（当時合巻既に行はる）を印行せられしより、年毎にこの人の作出たり、然共抜萃なるあたり作なし、其作り状《サマ》南北と相似たることあり、前輩の旧作を剽窃して作れるもの多かり

と、馬琴が例の高踏的な口吻で述べている。この記事は誤っていない。彼の合巻は、仇討を含む勧懲物が多く、登場人物の名前と共に、先行の物語、民話、浄瑠璃などの意匠を借りている。例えば、文化十三（一八一六）年刊の『中将姫藕絲織《はすのまんだら》』は、『中将姫本地』の翻案であるし、文化十一年刊の『葉桜姫卯月物語』は、清玄・桜姫の物語を借りている、といった具合である。また同じ『葉桜姫卯月物語』で、女主人公の葉桜姫が、夫の梅津判官春風が京へ仕事に出ている間に、子が生まれたことを手紙で知らせようとすると、中に立った姫の継母が手紙をすり換え、障害のある子が生まれたと伝え、更に夫からの返信も継母が書き換えて二人を離縁させるという条下がある。この手法は、文化三（一八〇六）年刊の馬琴作『大師河原撫子話』にも用いられているが(注1)、民話の「手なし娘」のパターンである。中将姫は近世の浮世草子などにも盛んに引用され、人口に膾炙していたし、桜姫も小説・演劇に用いられて、お馴染みの人物である。そもそも合巻自体、他の先行作品からの翻案によるものが多いのであるが、鼻山人の場合、更に極端な模倣が見られる。文政二（一八一九）年刊の『其俤嫐《ふたば》丹前』には、「画組ハ京伝趣向ハ楚満人」という角書があるが、序に次の如く述べられている。

京伝翁が。画面《ゑぐミ》の真似をして。覧人《ミるひと》の眼を開かしめんとなし。楚満人翁が。趣向の真似をして。評判を盗んと斗るハ。愚朦の甚しきといえども。砂糖屋の調市《でっち》。甘きを嫌ひ。蒲焼屋《うなぎや》の猫芳きを好まざるがごとく。復

譬の稗史も。今ハ観者《けんぶつ》の鼻につき。目に倦き耳にふれて。譬へ仕立おろしの新らしきも。染返の譏りをのかれず洗ひ張の罪多くして。切立の標判《（マヽ）》をうけること。堅ければ唯虎の威を借りて。書肆の米櫃を。潤さんと欲するのミ。

この序には、勿論謙辞の含みがあろうが、この合巻が仇討物であり、伝奇的な味もある点、強ち謙辞だけではないものを感じさせるのである。合巻という草双紙の性格上、作者の思想が顕著に見られることは、滅多にないのであるが、この合巻のように、明確に、仇討物で名を売った南杣笑楚満人の名を掲げ、その趣向をあからさまにとり入れた例も珍しいのではあるまいか。こうして、彼の合巻には見るべきものが殆どない、という当然の結果が導き出される。彼には読本の作が僅かしかない。合巻が読本の絵本化といった観を呈していた、柳亭種彦以前の草双紙の世界には、鼻山人のように読本の少い作者は住み難かったものと思われるのである。ただ、合巻を論じて、洒落本、人情本という彼の作品群への関連を見出すことが出来るとすれば、それは次の二点であろう。一は、いうまでもなく、彼の創造力の貧困性、一は、彼の合巻の多くが廓を舞台としていることである。廓描写が端的に現われたのが、文政三年刊の『契情客問答』である。これは、親父が息子の傾城狂いを諫めていると、そこへ傾城の姿が煙と共に現われ、傾城の誠、知恵、親の子に対するしつけ方などを、例を挙げて説き、逆に親父を謝らせてしまう、という話で、合巻としては、伝奇性が全く見られない点からいっても異色作である。序で、其磧の『傾城禁短気』に倣った旨述べているが、このような合巻が文政三年に刊行されたことは、彼の洒落本、人情本の傾向を暗示しているように思われるのである。

本稿に於いては、合巻について詳述するのは本意ではない。飽くまで、人情本への関連という形にとどめたい。ことのついでに、彼の乏しい中本型読本の中から、文政七年刊の『夢の浮世白璧草紙』に簡単に触れておくと、これも廓を舞台にした仇討物である。序によれば、「夢の浮世に遊で今契情白璧が支跡《ふること》を挙ぐ」ということである。合巻に関して考えられた特徴を、そのまま具備している作品だといえよう。

右に見てきたように、彼は合巻を主として書き始めたのであるが、彼の作品から廓が離れないところからいっても、彼が最も力を入れたと思われるのは、洒落本およびそこから転じた人情本であろうと思われる。尤も、当然のことながら、彼の一連の戯作を、洒落本、人情本に区別することは難しい。少なくとも春水の『春色梅児誉美』登場以前の、文政年度のものはそうである。そしてそれがまた、彼の特色でもあった。

二

鼻山人が京伝の門人である以上、洒落本を手がけることは自然の成行であったといえばいえるのであるが、既に文化末から文政年間は洒落本の終焉期であり、その時期に彼が洒落本を書いたというのは、鼻山人という戯作者を考える上に大きな意味をもつものであると思う。既に寛政十（一七九八）年の梅暮里谷峨作『傾城買二筋道』を境に、洒落本の傾向は「穿ち」から「実意」へと移っている。本来、洒落本は下級武士・有徳町人らをはじめとする文人達の手すさびとして興ったものであって、京伝出現後、謂わば職業的作家が生まれてきたのであるが、逆にそのあたりから洒落本本来の意味が失われ始める。つまり、存在価値としての「穿ち」が姿を消し始めたということなのである。「穿ち」が披瀝される動機が「通」意識というものである。「通」意識は、洒落本に於いては、作者対読者、あるいは作者同士という関係に働く。初期にあっては、作者同士の穿ち合いという遊びの中に、「通」意識は概ね働いていた。文人達の筆のすさびという色彩が濃いのである。しかし、徐々に通人を自任する人間の範囲を越えた読者が現われると、「通」意識は「慰み」から「啓蒙」へ変化し、更に京伝以後は職業意識が働き始める。本来趣味的なものに、職業的要素が盛り込まれてくると、「穿ち」は自己満足の域を離れ、「こじつけ」が頭を擡げてくる。万象亭の『田舎芝居』に於ける洒落本批判も、その辺を衝いたものである。読者の存在が明確に写し出される時、作為が強くなるのは、不可避の成行である。そして、その作為が嵩じると話の器が広がり、味付けが試みられ、ここに物語性の強い洒落本が登場し、遂には「穿ち」を離れ、「実意」を著わすようになるのであって、『傾城買二筋道』の如き作品を生むのである。こうした「穿ち」から「実意」へという変遷に拍車をかけたのは、吉原の衰退であり、読者の「飽き」であった。「穿ち」が不要になった時、洒落本の存在意義は失われたといってよく、それが寛政末から文化・文政年間のことだったというわけである。

　鼻山人は、この時期に現われ、洒落本を書き、しかもなお京伝流の「穿ち」を利かせようとした。既に合巻において、廓を舞台としていた彼の洒落本的傾向は、明らかに窺えたのであったが、文化八（一八一一）年刊の滑稽本『田舎通言駅路之鈴』も、洒落本的傾向が顕著である。序によると、『膝栗毛』『旧観帖』が既に出て、滑稽は言い尽されたので、この作では辺鄙な土地の遊廓を穿ち、客と娼妓とのやりとりのおかしみを描く、ということである。そして、その内容は安永年間（一七七二―一七八一）の山手馬鹿人作『軽井茶話道中粋語録』と京伝の『傾城買四十八手』をつきまぜたようなもので、田舎ことばの女郎と客の四十八手を描こうとしている。滑稽本という明確な観念はなかったにしても、十返舎一九や感和亭鬼武を意識している点からみて、滑稽本的中本を書こうとした意図は明らかである。その意図を以て、なお且つ洒落本風な作品を描こうとしたところに、彼の「通」意識が偲ばれるのである。かくて、文化十四年の『娼妓美談籬の花』、その続編文政元年の『廓宇久為寿』の刊行を見る。これは、会話体をとっているが、書型・体裁は、既に中本型である。話は梅川・忠兵衛を主人公にして、京伝の『娼妓絹籭』に倣ったものである。したがって、梅川・忠兵衛の真の恋を描いているのであるが、京伝の場合と異なり、時代が遅れているにも拘わらず、「穿ち」を示そうとしている。たとえば、親父が古い昔を思い出すという

趣向で、

おれが若ひ時は。よし原も強勢だつた。俄のとき。まつがねやのその巻が。河津と股野の角力なぞは。きもが潰れる。大かなヤの白妙が。雨竜の裲《うちかけ》を着て仲の丁へ出る卜雨が降た（『籬の花』前章）

と、京伝時代の話を持ち出して穿ってみせたり、次のように、花魁の座敷の様子を長々と描写したりする。

そも〳〵舞鶴が座敷の光景といつぱ。先上の間どりは。十二畳敷床コの間には。探幽の山水の懸物。（中略）違棚の上には。湖月万葉の哥書廿一代集をはじめとして。題林八重垣秋の寝覚。種《くさ》〴〵の書物を飾り。唐机には王義之。文徴明の。法帖物をならべ。（『廓宇久為寿』前章）

これを、京伝の代表作『通言総籬』、および安永七（一七七八）年刊の田螺金魚作『一事千金』の描写と比較してみる。

そもおす川が坐敷のこのみ、（中略）沈金彫の机に、義之の墨帖をちらし、湖月・万葉のそうしを並べ、（『通言総籬』其二）

そもかつ山がざしきの風流、的々として明月輝、先幽篁の額はおの、たかむら、かけ物は巨勢の金岡、ちかい棚には源氏万葉或は古今せんさい集（『一事千金』第二口説品）

『総籬』と『一事千金』を合わせれば、そのまま『廓宇久為寿』の描写となるといっても過言ではない。『一事千金』『総籬』とも、洒落本最盛期の作品であり、このような描写が洒落本の通例であったことは確かである。しかし、両者の描写は廓の内部を克明に描くという「穿ち」を目的としており、必然性があるのに対し、『廓宇久為寿』の場合は、「実意」を描きながら、殆ど無意味に「通」ぶりを示そうとしており、ただ話の腰を折る役目しか果たしていない。このケースは、文政五年刊の、名妓玉菊の悲恋を扱った『花街《さと》鑑』にも見られることなのである。洒落本のみならず、人情本にも同じことがいえる。それに関しては後述するが、いずれにせよ、一、三十年も前の吉原を穿ってみたところで、洒落本の目的は果たせる筈もない。洒落本の「穿ち」には実用性が必要であり、時事性がなければならない。それを無視してまで彼が洒落本の「穿ち」を追い、後の所謂人情本にまで洒落本調を残したのはどういう意味なのか、彼の戯作を知る上に、このことは大きな問題をもつと思う。それは後述することとする。

ところで、彼が洒落本を書き続けていた文政初期、後に人情本の元祖と自他共に許した為永春水はどういう動きをしていたのであろうか。それを簡単に述べ、鼻山人の人情本を探る資料としたい。春水との比較は、鼻山人の人情本の特徴を浮き彫りにするものと思われるからである。

三

春水の人情本『明烏後正夢』は大いに人気を得た。この刊行後に更めて『明烏発端』が書かれ、更に『明烏後伝寝覚繰言』が出されているのを見れば、その人気の程も偲ばれよう。一九の『膝栗毛』が予想外の人気を得て、後に更めて「発端」を出したのと同様である。この成功により、人情本作者春水の道が定まったわけである。『明烏後正夢』は、彼が「家兄」と呼ぶ滝亭鯉丈との共作である。文政年度の人情本は、春水の場合、殆ど合作である。しかし、彼なりの背骨は通っている。そしてまた、合作ゆえの矛盾も見られる。『明烏後正夢』が成功した原因は、一つには既によく知られた鶴賀若狭掾の人気新内『明烏夢泡雪』に想をとったということ、一つには、文体の柔らかさということであろう。ストオリイそのものには何ら新味はない。『明烏夢泡雪』の翻案であり、登場人物の浦里・時次郎という名前からも、古さを先に感じる。登場人物が多く、筋は複雑を極め、しかも偶然性が目立つ。要するに、筋立ては読本や合巻のそれと変わるところがない。したがって、人気の原因として文体の占める位置が大きいと考えられるのである。というのは、文政二年刊の『清談峯初花』が、当時流布していた写本『江戸紫』を十返舎一九が校合した、新しい読物として大いに人気を博したのであるが、その原因の一つが文体にあると考えられるからである。柔らかな文体を好んだのは、新しく読者として登場した女性であった。それまでは絵本の読者としてしか考えられなかった女性が、読物の分野にまで進出してきたのである。とはいえ、女性の好みには限度があったわけで、その教養の低さから、読本のような和漢混淆文には興味を向けず、口語的な文で書かれ、艶冶な雰囲気をもったものを好んだ。『清談峯初花』や『明烏後正夢』はその条件を満たしていた。無論、この時には作者の側に「人情本」の観念はない。したがって、その後の、この類の作品は、作者により大いに異なる。一九はその後『所縁藤浪』や『操形黄楊小櫛』などを出すが、結局この分野からは当たり作を出し得ない。偶然『清談峯初花』を当てたものの、一九には女性の求めるところを分析出来なかった。あるいは分析は出来たとしても、彼に才能の持合わせがなかった。一方、春水はそれを為し得た。そういう見方が成り立つであろう。春水がストオリイ自体に確固とした春水流を築き上げるのは、やはり天保三（一八三二）年の『春色梅児誉美』からである。それ以前の人情本に於いては、彼は種々の方法を試みている。たとえば、文政六年の『明烏発端』、七年の『袷妻雪古手屋』『霧籬物語』、八年の『芦仮寝物語』、九年の『婦女今川』等を考えてみる。これらの殆どが合作であることは前述の通りである。『明烏発端』は、浦里・時次郎の出会いの描写であるから、浦里・時次郎の口説など洒落本仕立てである。『袷妻雪古手屋』『霧籬物語』『芦仮寝物語』の三作となると、狂言仕立てになる。言葉も上方ことばである。(注2) このことは合作者の問題とも関わってくるのであるが、ここでは触れない。(注3)『袷妻』と『芦仮寝』は、筋立てに於いて共通なものをもつ。初めは悪人と思われていた人物が実は善人であり、悪事は他人を欺く為の手段であったことがわかる、ということと、一人の男に妻がありながら更に別な女性が妾として入り、三人仲良く暮らす、ということである。また『霧籬』には夕霧・伊佐衛門、『袷妻』には梅川・忠兵衛が登場するのは、話の古さを感じさせる。『婦女今川』は、上方風でなく、特に前半は『江戸紫』風な恋物語であるが、後半は勧懲臭が強くなる。これらの後を承けたのが十年の『凉浴衣新地誂織《おりだし》』で、これも上方言葉で、しかも武家社会を舞台にして栄屋栄ゑ・みの屋蓑吉の名を用いた勧懲物である。以上、極く大雑把に見ても、春水が人情本の行き方を見出す迄には、かなりの模索を重ねてきたことが知られるのである。合作者との関わりがあるにせよ、廓や武家社会を舞台にしていることは、天保期の春水人情本からは想像出来ないのであって、一般に、文政年度人情本が中本型読本という観念以上のものは備えていなかったのではないかと思われるのである。しかし、その中にあって、春水が、女性読者を目指して、平易な口語文体をとろうとした姿勢は終始一貫しており、朧気ながら『梅児誉美』への道を歩んでいたことだけは確かである。彼が婦女子の意を迎えるため、平易な、会話中心の口語文を書こうとしていたことは、次の文からも窺える。

作者曰都《すべ》て是まで明烏後日物語の発端にして趣向も曩編に闇合せしも多かり。尚又その文章《かきざま》も小説《よみほん》めきたれば。中本を好み給ふ看官《ごけんぶつ》の御意《こころ》には入るまじけれど。斯く書ざれば時代支はうつらず。されば婦女の志に。遠ふ事もありぬべし。是より末は又例の中本の口調にうつれば、其心して読給へかし。（『明烏後伝寝覚繰言』初編）

ここでは、読本と中本とを、文体の上からはっきり区別している。この区別は、春水独自のものではない。しかしとにかく、これを実行したのが春水であり、しなかったのが鼻山人であつた。

かくして、春水の文政年度人情本の傾向から、鼻山人の人情本へ目を向けて行かなくてはならない。結論を先に言えば、鼻山人の人情本は、人情本としては読者の共感を得たとは言えず、作品それ自体としても、さして面白いものではなかった。右に述べた春水と比較しつつ検討し、その理由を考えてみたい。

四

文政年間の人情本は、春水でさえ、右のような模索を重ねたのであった。鼻山人も、読者対象を婦女子としながらも、決定的なものを摑めずにいた。しかし、春水と異なるのは、彼が洒落本的な趣向から脱し切れなかったことである。尤も、人情本としての彼の処女作、文政四（一八二一）年刊の『生死流転玉散袖』には遊里の描写が全くない。その経緯については神保五彌が既に詳述している[注4]ので、ここでは先を急ぐ。この一作を除いては、鼻山人の人情本から遊里描写は離れない。文政九年刊『永明間記廓雑談』その続編文政十年刊『北里通』には、遊里描写は一層露骨である。話は、天保四（一八三三）年刊の咄本『延命養談数』にある「悋気の火の玉」のもとになっているもので、人口に膾炙したものだったと思われる。大数多屋逸磨に絡む花里とおりかという二人の女性が、瞋恚の焔を燃やして二人とも死に、残った逸磨が栄えるという怪談染みた話である。随所に廓の描写を挟み、悋気の講釈をしたりして、話の進行を妨げている。たとえば、その頃廓中に全盛寛活なる娼妓《おいらん》数多ありける中にも秀て評判の高かりけるは大木やのたき川松田やの瀬川宝珠やの名山たまやの千束雷文珠やの誰袖和哥名やの白妙数多やの揚巻（『廓雑談』前・上）

と七人の名妓の名を挙げ、その七人について更に、

大木屋のたき川は
近代名誉の能筆にて佐理卿の風躰を学、又義之が筆精に通じて和漢の筆意をじざいになす

という風に、一々詳細な説明を加えて三丁に及んでいる。一体誰を読者に想定していたのであろうか。前編（初編）の序によれば、

数多屋の逸麿が。むかし〳〵の物語り婦女子の為には。こよなきいましめとも。なんめりと書肆《ふみや》の需に応じて。是を摸写する事しかり。

ということで、一応読者として婦女子を想定しているようであるが、彼らが廓の話など喜んで読むと考えたのであろうか。新しい読者層を開拓する気持はありながら、鼻山人から洒落本の手法が抜けないのである。しかも、先にも触れたように、その穿ちの対象となっているのは、安永・天明期の吉原なのである。四十数年前の「穿ち」では、洒落本としてみても価値がなく、徒らに興味を殺ぐだけである。文政期人情本に於いて、鼻山人の作品は

殆どこの類であった。(注5) しかしこの時期には、読者の方にも、まだ人情本という意識がなかっただけに、洒落本の中本型読本化という程度にしか受けとめられていなかったかも知れない。だが一度『春色梅児誉美』のようなものが刊行されると、読者も、自分の欲するものの刊行をみたことに喜びを感じ、春水流以外の人情本は、それなりに新しい活路を見出さなければならなくなる。したがって、天保期の鼻山人の人情本がどういう動きを見せたかは、大いに興味のあることである。

『春色梅児誉美』の出た天保三(一八三二)年の翌年、鼻山人は『和説仮名論語』を出している。参考迄に梗概を記し、論に入る。

桜木衛門なる武士が妻を娶り、香女という女児を得るが、衛門は女中笑女に馴染み、妻はそれを怨んで死ぬ。笑女も女児を得、これを薫女と名付ける。色好みの衛門は更に遊女勝山にも馴染み、これを落籍し、我が家に引取る。二人の女性に挟まれて身の都合が悪くなると、一時出家と称して身を隠す。勝山はこれを悲しみ家を守るが、笑女は兄と謀り、財産をもって逃げる。衛門は立ち戻り、勝山の貞節に感じてこれを妻とする。笑女は後に男にだまされ、悲惨な最後を遂げる。香女は立派に成長し、衛門の縁者浜之介の妻となり、薫女は笑女の為に廓に売られ、玉琴と名乗る全盛となる。浜之介はそれと知らず玉琴と馴染む。香女は浜之介の遊蕩を悲しんで死に、玉琴は身請されて浜之介の妻となる。その後初めて香女と玉琴が姉妹だったことを知り、二人は驚き悲しむ。浜之介夫婦は栄え、香女の遺児は勝山の子として桜木家を継がせる。登場した善玉の男達は武士となり、或いは隠居となる。悪玉はすべて滅ぶ。

稍々煩瑣に亘ったが、右の梗概から見ても春水との差は歴然たるものがある。この一作のみならず、天保元年の『朧気物語』、四年の『人間万事心意気』、五年の『さとのいろ花物語』なども大同小異である。『朧気物語』は、廓を舞台に二組の男女が、それぞれ女性の方が廓に身を沈めながらも、お互いに巡り合い、彼らを陥れた悪が滅ぶという話を展開している。『人間万事心意気』は二つの三角関係を軸にした、怪談めいた話、『さとのいろ花物語』は、さる大名の屋敷を舞台にした色模様で、怪異譚の形で狐が登場する。『北里通』にも狐が登場し、妖術を発揮しており、伝奇的色彩を添えている。

　つまり、鼻山人の人情本は、春水の『梅児誉美』以後も、僅かに伝奇性を濃くしたという以外、殆ど変わらないのである。

　右の梗概を参照しつつ、天保期春水人情本との違いを幾つか考えてみる。(注6) 第一に、妻妾共存の結末をとらないこと。第二に、勧善懲悪色が非常に濃いこと。第三に廓が多く舞台となっていること。そして第四に文体が固いということ。以上の四つが考えられる。まず妻妾共存の否定ということであるが、鼻山人の人情本では、妻が夫の浮気を怨んで死んだり、誠意を疑ったりすることが多い。春水流に行くなら、妻は夫の浮気を認めるばかりか、夫の情人と仲良くし、妻妾二人で夫を盛り立ててゆくのである。鼻山人の場合は、妻子ある男が他の女に気を移すことは肯定的に描かれているのであるが、妻は夫の愛人を憎み、嫉妬に狂い、あるいは怨みのままに寂しく死んでゆく。これは、鼻山人が下級武士であったことと関わりがあるのではないかと思う。儒教道徳に制肘を受けて、謂わば正常な形ではない妻妾共存を否定したのではあるまいか。彼が武士的観念から離れ難かったことの現われとして、彼の人情本の多くに武士が登場する。その結末は、浪人が再び武士に取り立てられるとか、武士として大いに出世するとかいう類のものが多い。春水の場合、『春色梅児誉美』はそのような結末を示しているものの、続編『春色辰巳園』以下では、武士の身分は全く姿を消している。鼻山人に於いては、多く武士が登場し、極端な場合、町人が出世するということが、武士になることを意味する、と考えているかの如き印象を与えるものもある。それだけ鼻山人には武士的道徳観・社会観が身についていたといえよう。このような妻妾共存の否定は、女性読者層、殊に大きな比重を占めていたと考えられる、所謂玄人筋の女性には受け容れられ難かったのではないかと想像されるのである。第二の勧懲色の濃さという点であるが、これは、彼が仏教の因果応報ということを、人情本の中で盛んに説いていることと相俟って、作品を非常に生硬なものにしている。たとえば春水にしても、『梅児誉美』の結末などには勧懲を描いてはいるが、鼻山人は、勧懲を物語の骨子としているかの如くである。これでは、基本的には読本と大差ないのであって、艶冶な情緒を求める女性読者には、さして興味のないものであった。第三には、廓を舞台としていることであるが、これが鼻山人の人情本の特徴を形成する最も大きな要因となっている。彼が洒落本的な作風から脱皮出来なかったのは、この為であったともいえるし、洒落本に執着したが故に、廓を舞台とせざるを得なかったともいえる。春水の人情本の特色が「あだ」にあることは、再三述べてきたのであるが、(注7)吉原などの廓は、「あだ」より「いき」を内包している。しかし、既に天保年間には吉原は衰退の一途を辿っており、吉原の「いき」は時代遅れであった。しかもなお、吉原を描く為には、当然遊里ことばを用いなければならないが、洒落本流の廓ことばが、一般女性の用いる口語の会話を喜んだ女性読者には不向きであった。春水はそのような鼻山人を皮肉ってか、次のようなことを述べている。ここに登場するおそのという女性は、遊女あがりである。

その〽ゆきが少しちらつくじやァおッせんか子　三〽またかその〽アイありませんかといふのざますか三〽アハ、、、、折角おッせんかをありませんかにすれば直《すぐ》にございますかといふのをざますといふから何にもならねへ　その〽ヲホ、、、、これから書付にでもいたしませうヨ　三〽ナニサそれが今の里言葉は素人のものいひとそんなに違ハねへからなほの事直しにくいのサ　その〽ヲヤそれでも京伝の洒落本の言ばをいまで

も廓《ちやう》で遣つて居ると思ふ人があるさうで身ぶるいの出るやうな里言葉の中本がいくらもあり升ヨ（『玉津婆喜』初・上・二）

この例で見ると、鼻山人の廓ことばは、京伝時代のものであることになる。彼が洒落本時代から、京伝時代の廓を穿ってみせていたことは前に述べたが、人情本に於いても同様だったのである。春水人情本があくまで素人のことばを用いていたのに比較すれば、鼻山人の作品が読みにくかったのは当然であった。女性にとって、廓そのものが興味の対象にならなかった上に、ことばの点で煩わしさを感じさせられては、「あだ」から程遠いものしか味わえなかったのである。廓ことばと関連して、更に彼の作品を味気ない（少なくとも女性読者にとって）ものにしていたのが、第四に挙げた文体である。勧懲思想と仏教の因果応報思想とが、彼の文体をいやが上にも読本的な生硬なものにしている。廓を描く部分には、まだそれなりに洒落本的洒脱味も窺えるのであるが、春水の「あだ」とは縁遠い貞節と勧懲を描く段は、和漢混淆文で、とても女性を読者対象と考えたとは思われない。序文を、春水と比較してみる。

題花柳園坐本楼妓勝山妾元江北者十五別雙親兄弟少慈愛長身誤倡門笑(マヽ)迎契薄客泣送無情人千年唯言自憐寝月新玄黙除麦秋下弦日於東都布坐県九陽亭燈下（『和説仮名論語』上・序）

今も昔も世の中の、人の心のやさしきは、千ゝの金《こがね》にますなるべし。殊に女子は、よしあしに付て、やさしう有たけれ。（『春色梅児誉美』後・序）

勿論、鼻山人の序の多くは、右のようなものではなく、和漢混淆文であり、春水の場合でも、もっと漢語を用いたものもある。しかし、両者の文体には、右の例の序に近いだけの差がある。鼻山人にはディレッタントの気取りさえ感じられる。この傾向が本文にも現われる。因果応報を説き勝ちな鼻山人の場合、読本風な文体となるのであるが、春水と比較して最も大きく異なるのは、春水には会話体が多く、鼻山人には地の文が多いことである。これは、女性読者のような、教養の低い者にとっては読み易さの面で格段の差となる。これも極端な例であるが、『和説仮名論語』の場合、第三編の中、実に二編までは会話体が全くないのである。その会話も、登場人物の性格の違いはあるにしろ、春水の完全な口語と比較すると、文語の匂いの残るものである。

イヤ左様《さう》かと思へば新嬢《ぞう》の言葉も仏語を交て書た中本が売れたり（『以登家奈幾』初・中）

という春水の言は、右の事実を皮肉っているのである。

要するに、春水が吉原でなく深川を描き、女性の喜ぶ「あだ」を基調としたのに対し、鼻山人は「あだ」を全く考慮せず、女性にとって親しみにくくなっている「いき」、あるいは勧懲を基調とした。このことが鼻山人の人情本を読者から遠ざけていたと思われるのである。謂わば、鼻山人はあくまで男の立場で女性を描いた為に、女性の心情を写すことが出来なかった。春水は、女性の立場に立って女性を描いた故に、女性の共感を得たのである。鼻山人にあっては、男の行為は正当化されながら、女性は怨み、あるいは嫉妬して死ぬ。文政末年頃の作と思われる司馬山人の『当世操文庫』に、相愛の息子株と女郎が追いつめられて心中を思い立ちながら、死ぬのは馬鹿らしいと考え直して駆落ちを図る一節があるが、案外こんな話の方が女性には喜ばれたことであろう。

五

以上、彼の作品を概観し、その二流たる所以を考えてみたのであるが、以下に彼の二流性の所以を述べ、結びとしたい。

彼が御家人でありながら、晩年の京伝に入門し、職業作家として生きようとしたところに、そも〳〵彼の誤りがあった。武士が文芸に携わる時、彼らの意識の中には韜晦がある。したがって、職業的戯作者という地位にまで下がることは有り得ない。よしんば戯作を職業的に為したとしても、それは、それ自体一つの韜晦となっているのである。概ね、アウトサイダーとして、諷刺に生き、諧謔に戯れ、「茶化し」に遊ぼうとしたのであって、それだからこそ、封建社会体制下にあって、武士の生命を保ち得たのであろう。狂歌や黄表紙・洒落本に於ける、蜀山人・喜三二・春町ら一群の武士達の活躍は、武士という身分の文人の、離世的精神を以て初めて為され得るものであった。彼らが如何に人情の機微を穿とうとも、本質的に町人の位置にまで下り得るものではなかった。たとえば、喜三二や春町は、その作品が当局の忌諱に触れると、忽ち筆を捨てたと伝えられているが、それほどに切実な情況にあり、それだけにまた、カタルシスを求める気持も強かったのである。一方、京伝は町人作家であり、洒落本が取締まられると、筋書き本位の合巻・読本の世界に素早く転身している。合巻作者であっても、武士の柳亭種彦が『偐紫田舎源氏』と春本『春情妓談水揚帳』の著作の責任を問われ、自殺したと伝えられるのと対照的である。かくて、職業的町人作家と武士の慰みとは根本的に異なるのである。鼻山人は、カタルシス・慰みの道はとらず、直線的に職業作家への道を歩むべく京伝に弟子入りし、現に晩年は御家人株を売って隠居してしまうのであるが、しかもなお、町人的職業作家に徹し切れず、「慰み」が顔を覗かせ、両者の矛盾に悩んだのであった。否、悩んだというより、自ら町人作家になり切ろうとしない意識が働いていた、というべきかも知れない。花田清輝は典型的町人作家春水を評して次の如く言う。

隻眼のゆえをもつて「目長」と綽名されていた越前屋長次郎の本の仲買時代から、通人津藤のとりまきの一人となつて、戯作者の門戸をはるにいたるまで、失敗に失敗をかさね、人びとの嘲笑の的となつたかれの一生ほど、おのれの意のままにならない糞の玉を押し上げようとして必死になつている、スカラベ・サクレの生態をおもわせるものはない。かれこそ、まぎれもない幇間だつたのである。(『戯作の系譜』)

春水はまさにそうした努力を重ね、読者の意を迎えるのに必死であった。自己を売る為に如何なる手段をも講じた。しかし、鼻山人はそこまで「町人」になり切ることが出来なかった。人情本は婦女子を主な読者とする。彼らには教訓も諷刺も不要である。必要なのは彼等に身近な面白さだけなのである。人情本が一部から誨淫の書として白眼視されながら、婦女子に大いに歓迎されたのは、教養の低い婦女子に相応しい通俗性を有していたからである。洒落本は作者から読者への働きかけによって成るが、人情本は読者から作者への働きかけによって作られる。人情本作者には「幇間」の地位にまで身を落としめる覚悟が必要なのである。春水にはその用意があった。彼は、女性の立場で女性を描いた。鼻山人は男性の立場からしか女性を描けなかった。彼は、職業的戯作者を目指して、人情本の世界に足を踏み入れながら、洒落本意識に妨げられて「人情本作者」になり切れなかった。もう少しでも彼に創造力があれば、洒落本と人情本との矛盾を止揚出来たのかも知れない。春水とて、決して創造力に富んでいたわけではない。むしろ、馬琴が『著作堂雑記』で非難しているように、剽窃の多い作者であった。ただ、彼は所謂為永連を形成し、それを縦横に駆使して、人情本を文字通り「生産」した。その意味で、幇間性とプロデューサーとしての資質に恵まれていたといえよう。当時の出版事情は、次の序からも窺えるように、杜撰な面を有していた。

いつもドウダの冠字をつけてドウダまだかと門口から責る心の底にては。まだ出来ずともよけれども。日永の中に剞劂氏《はんぎや》の。功を終る其時は。二割のちがひ三割の。とく〳〵記《か》ずや筆とらずや。若間《もし》に不合は後編は。此方でまとめて首尾《しまふ》べし。通へ行ば種本の出来合ものが数多あり。下手を承知で頼のは。早いが勝の新版ゆゑ。仮名もてにはもいとはゞこそ。（『芦仮寝物語』前・敍）

このような需要に合わせるには、春水の如き才能が必要であったわけで、鼻山人には無理であった。鼻山人が通人的であろうとしたが故に成功しなかったということが言われる。(注8) しかし、彼は通人ではなかった。通人らしい姿勢は、彼の合巻、洒落本、あるいは人情本からは窺えない。少なくとも、仏教の因果応報を説き、古い時代の吉原を穿ってみせる、というのは通人の為すべきことではあるまい。彼は、末期の洒落本作者に過ぎなかったのである。中村幸彦が説くように、(注9) 戯作にも、雅俗二流ある。洒落本は雅に属し、人情本・合巻は俗に属する。鼻山人は、謂わば文人流に雅の戯作を心掛けた。その志向が、彼を洒落本作者に駆り立てた。完全なディレッタントで定住することが出来れば、それなりに文人らしく収まったかも知れない。しかし彼は、職業的戯作者を目指した。職業意識が、本来趣味的な洒落本の地位を、人情本的なところにまで落としながら、彼自身は洒落本作者という自己満足を得ていたと考えられるのである。その意味では、所謂人情本という認識は、彼の内にはなく、中本型読本というものを、洒落本風中本と彼なりに認識していたのかも知れない。彼の最も人情本らしい作とされる天保五年初編刊の『言語光沢合世《あはせ》鏡』にも洒落本風な描写がついてまわる。例えば左の如きものである。

只一寸《ちよい》と茶屋でお熊にお鹿でも呼できい〳〵言せのぐい呑のぐい帰りといふしやれで（『合世鏡』初・上）

これは、まるで洒落本『遊子方言』の「通り者」を思わせるせりふである。はしなくも、洒落本作者鼻山人の半可通ぶりを示しているかの如くである。

結局、鼻山人は、江戸末期戯作界が、読者の好尚によって動かされている事実を、確実に把握出来ず、自己の姿勢を崩し得なかった。時代錯誤に陥ったといってもよい。饗庭篁村の次のことばは、春水を評したものであるが、その逆が鼻山人であつたといえよう。

是が大いに行はれしは、若き人の気をむかへ其好みに投じたる故なり。理想といふ事は皆無にして、情感のみ熾んなる。時勢を察して此種の書を出すは、寧ろ作者として評判せんより投機者として称すべきなり。（『春色梅ごよみ』）

投機者になり得なかった鼻山人は、御家人株を売り、終には『戯作者小伝』の伝えるところによれば、芝切通しで奇術の伝授屋を営み、その後江戸橋四日市の小店に移って後は消息不明となったという。

以上、鼻山人という二流の戯作者を通じ、雑多な様相を示す江戸末期戯作の一端に触れようと試みた次第である。

注

(1) 水野稔の指摘による。
(2) 中村幸彦『戯作論』(昭和四十一年、角川書店) 二六二頁参照。
(3) 神保五彌「『春色梅児誉美』まで」(『為永春水の研究』昭和三十九年、白日社、所収) に文政年度人情本について詳述しており、ここでは論の進行上略述に止める。
(4) 神保五彌「鼻山人」(『為永春水の研究』所収) 参照。同稿には本稿全般に亘って裨益するところが多かった。
(5) 同右。
(6) 第一章「あだ—春水人情本の特質」で、春水人情本の特質について論じており、これと表裏をなすところがある。
(7) 同右参照。
(8) (6) 参照。
(9) 中村幸彦「読本の読者」(『近世小説史の研究』昭和三十六年、桜楓社出版、所収) 参照。

第九章　『花街桜』の趣向

——鼻山人の再検討

一

文政十一（一八二八）、二年刊と推定される鼻山人の人情本『恐可志』の後編巻末には、『花街《さと》の桜』の広告が載っている。鼻山人作、歌川国貞画となっているこの作の惹句は、

昔北州の里の大仮名屋といへる倡家に一人の妓婦あり、ある客に懐《なつ》み密《ひそ》かに恋〳〵の情を通じて苦界のうきを忍びけるが終《つい》に主人の耳に入りいたく折檻のあまりに一命を失ひしよりその怨念家に祟りて色〳〵のわざはひをなす愁《あは》れ成物語なり、己丑春発販

というものである。この作品を中心にして、鼻山人の人情本の再検討を試みてみようというのが、本稿の目論見である。

さて、『花街の桜』（内題は『春色記原花街桜』とあり、以下『花街桜』とする）は、『国書総目録』等によれば、旧大橋図書館蔵とのみある本である。尾崎久弥コレクションには初編下巻があり、マイクロフィルムにも収められているが、板本で全冊完備のものは前田愛旧蔵本（現コーネル大学蔵）があるのを知るのみである。本稿で用いるのは、手許にある写本である。したがって、引用など必ずしも板本通りではないと考えられる。因みに初編下巻を尾崎

本と校合したが、文字遣いには不一致が若干見られたものの、文言は同じであった。

ところで、該写本は、縦二三・一センチ、横一六・一センチで全九十一丁（但し丁付はない）である。無論、板本の丁に合わせたものではない。表紙見返しに、提灯と桜の枝が描かれ、「池之端　彫物師」の文字の下に蝸牛の絵がある。序の後に半丁の口絵がある。裏表紙見返しには、「天保五ツひん〳〵のとし更衣の日筆をおく」とある。本作序文が辛卯春すなわち天保二年春の日付であるから、天保二年刊としても刊行から三年で写本が出来上がっていたことになる。大惣蔵書目録にも三部記載されている程であるから格別珍しいものでもなかった筈で、これを写本にした意味はわかりにくい。口絵入りの板本を購入することも大して難しいとは思われないからである。

さて、写本によって知られる『花街桜』の梗概を、広告案文との比較のために記してみる。


千葉の家中唐木極人《きわめ》は妻采《うね》と娘二人との四人暮らしで、長女花は采の連れ子である。気の強い采は、同家中の年寄役鴨井戸典膳の下女が主人の威を鼻にかけているのに腹を立てて口論、典膳の怒りを買って極人は浪人してしまう。極人は木曽へ行くと偽り采と離縁し、花は采に次女の八重は極人に引取られる。十年後、実は木曽へ行かなかった極人は篤実斎と名乗り、福寿屋録右衛門の裏長屋に住む。篤実斎は病み、夢枕に立った采の亡霊に苦しめられる。篤実斎は録右衛門に八重を託して死に、八重は番頭実兵衛の仲立ちで恋仲の録右衛門倅録の介と結婚する。録の介は吉原大仮名屋へ行き相方の新造若苗の頼みで折檻に苦しむ姉女郎重蒔《しきまき》を買う。重蒔は実は母に死別れた後売られてきた花だが、二人とも気付かない。重蒔に執心する客の学が典膳の息子一学であると知って座敷に出ないので、遺手おりんに責められたもので、おりんは典膳の下女だった者である。録の介は重蒔に馴染む。一学は録の介を毒殺しようとするが、若苗の機転で逆に一学が毒をのんでしまう。若苗の夢枕に一学が立って苦しめるので病んだ若苗は寮に移され、おりんに殺される。録の介も一学の霊に悩まされて病み、八重の看病で治る。八重は霊夢で、重蒔が姉花であり花を録の介の妻にするように告げられ、重兵衛を頼んで秘かに重蒔を身請けして、録の介の全快祝に重蒔を献上しようとする。久しぶりの再会を喜ぶ姉妹の話を聞いた重兵衛は、花が弟の実子であることを知る。録右衛門は八重の考えに反対、兼ねて角田家から武士になるよう勧められていたので甥を仕官させることとし、花と甥を結婚させて唐木家を再興させることを提案する。甥として現れたのは一学。一学は周囲の気持を試すために和中散を毒薬と偽ったのであるが、周囲の冷たさに目が覚め、勘当を受けて漂泊していたところを録右衛門に助けられたもの。そこへ若苗も現れる。棺に収められる際蘇生し、死んだことにして退廓し隠れていたのである。花は納得して一学と結婚し、若苗を妹分として引取る。おりんは若苗を殺した後蛇に責められたため周囲が気味悪がり、遺手をクビになって狂死する。大仮名屋はその騒動で客足が遠のいて潰れ、主人夫婦は根岸に引込む。

以上の梗概と広告案文を比べると、かなり内容に食違いが見られることに気がつく。遊女が折檻を受けたのは、一人の客に執着したからではなく、逆に一人の男を嫌ったからであるし、一命を失って祟りをなすのは遊女の方ではなく、ふられた客の方である。広告案文とは全く逆の設定になってしまっているのである。そもそも、『恐可志』巻末にあるこの広告には「己丑春発販」とあった。己丑は文政十二年である。したがって、天保二（一八三一）年刊としても、予告より二年刊行が遅れていることになる。その間に当初の構想が大幅に変わってしまったわけである。

二

『花街桜』は、広告案文にある通り、吉原の遊女屋大仮名屋の実話を基にした話を目指したものである。この類の作品は既にあり、これについて夙に神保五彌は、「鼻山人は遊里の過去の事件を伝奇の世界の中にもちこみ、読者に生《なま》な遊里への興味を押しつけることなく、しかも鼻山人じしんの通人意識を満足させるような作品を発表するにいたった。」として、文政九（一八二六）年初編刊の『永明間記廓雑談』、文政十年刊の『三曲廓日記』を挙げている。[注1] 例えば『廓雑談』は、吉原の大籬であった大上総屋一磨とその妻妾との三角関係を描いた話である。大上総屋は、安永二（一七七三）年春の吉原細見を最後にその名を見なくなる。その妻妾との騒動は、安永の海寿序『歌俳百人一首』に記されている。[注2] こうした古い話を仕立て直しているのである。神保が指摘するように、[注3]「文永堂蔵販目録」の『廓雑談』の広告案文には、この作が安永五年刊の読本『烟花清談』の書き直しである旨が記されている。『烟花清談』が廓に関する逸話を集めたものなので、鼻山人がこの本に注目したことは十分に想像し得る。しかし、『花街桜』の題材である大仮名屋の逸話は本書にはなく、鼻山人が別に見聞したものと考えられる。

大仮名屋（大かなや）は、吉原細見によれば、天明二（一七八二）年春には「かなや治右衛門」として京町二丁目にあり、天明五年春には江戸町二丁目に移って「大かなや次右衛門」となっている。天明五年秋は不明だが、天明六年春は「かなや治右衛門」となって同所にあり、同年秋まで同様である。天明七年春は不明だが、同年秋と翌八年秋の細見では角町に移って「かなやいぬ」となっている。[注4]『花街桜』では「（茶屋の男が）さきに立ち二丁目へ四角に曲って」とあるので、角町に移るまでの「（大）かなや」を扱っていると見てよい。細見には「重蒔」「若苗」の名はなく、「そのまき、しきたへ」「わかまつ」などの名がある。なお、遣手の名は「つま」である。『廓雑談』の数多屋逸磨（上総屋一磨）ほどの共通性はない。『廓雑談』のように典拠を持たぬ故であろうか。いずれにせよ、以上二作品の取材源が洒落本全盛期のものであったことは確かである。神保の指摘の如く、文政十年前後の数年、鼻山人は廓の逸話を題材とする作品をものすることを心掛け、『花街桜』もその一環であったと考えられる。但し、先に挙げた『三曲廓日記』に関しては、ここで一言触れておく必要がある。その後で更めて『花街桜』に戻りたい。

『三曲廓日記』は、巻末に「初編吾妻の部」「二編凰都《みやこ》の部」「三編浪花《なには》の部」とあって、朝霧全伝、花桐全伝、夕霧全伝の三部作を出す予定だったようである。それが朝霧全伝だけで終わったのが本書である。確かに、吉原の過去の出来事を扱った作には違いないが、『廓雑談』や『花街桜』とは時代が異なっているし、また内容も特異である。煩雑乍ら、これも梗概を記しておく。

狭衣十太夫の孫お桜は、実は十太夫が若い頃金欲しさにその母を殺して引取り、孫として育てたもの。十太夫自害後、母の形見の書付けから父は鈴女家の家臣朝霧珍内、母は鈴女家と対立する小山家の家臣羽川兵庫の娘おとりとわかる。両家対立の煽りで両親は離婚、兄染太郎は父方に残った。お桜は隣家のごまの灰胡麻平に親切ごかしに吉原江戸町一丁目巴屋半介方に売られる。宮戸川の豪家宝屋福右衛門の手代仙八は、角田家の館から集金の帰途、橋場家の邸から集金した百両を賊に奪われ身投げしようとした男を助け、自ら集金した百両を与える。跡に男の残した守り袋が残る。宝屋の息子福の介は気晴らしに巴屋へ行き、仙八が供に行って遊びの指南をする。福の介の相方は朝妻、仙八の相方がその妹分の朝霧で、朝霧はお桜である。朝霧は仙八の持っていた例の守り袋から、身投げの男が兄だと知る。鈴女家は小山判官に滅ぼされたが、鈴女竹住の嫡男笹清丸は鉄山弾正に伴われて脱出、朝霧珍内、霜山寒平が随う。弾正は我子を笹清丸の身替りに立てて逃げのびる。

弾正は筑波山の麓で馬子三六となり、珍内は薬売り藤八となる。仙八は実は弾正の倅で、珍内の倅染太郎は武州の町人に預けておいたもの。染太郎は秘かに筑波山に来る。弾正は染太郎を試すべく手柄を要求する。染太郎は早速百両を得て戻る。それが先の身投げの狂言によるものであった。笹清丸は立派に成長。寒平の倅白太郎は殿の不興を被り勘当されていたが、ごまの灰胡麻平となって主家の再興を図り、資金集めをしていた。珍内の娘と知りつつお桜を売ったのもその為とわかる。笹清丸十七歳の折、鈴女家の遺臣は筑波山に結集し小山家を襲う。両家は和睦し、鈴女家は旧に復する。笹清丸は結城家の息女雪姫と結ばれ、福右衛門は朝霧初め家の為に身を沈めた七人の娘を身請して鈴女の石橋城へ祝賀に馳せつける。お桜は仙八と結婚、福右衛門も鈴女家から一万両永代お預けとされる。笹清丸は『孝経列伝』の王少玄に倣い我が身の血によって亡父母の遺骨を探し出し、これを祀って鈴女の宮と称する。

最後は、宇都宮に現存する藤原実方ゆかりの雀宮神社の因縁話で結んでいるが、梗概で知られる通り、本作は非常に伝奇性の濃い話である。その意味で、先述の神保が指摘している廓物とは趣きが異っている。題材は確かに廓を扱ったところもある。事実、梗概で示した仙八と福の介の吉原通いの条下には、鼻山人得意の描写を見ることが出来る。福の介の遊里に於ける金の遣い方が野暮だということで、仙八が遊びの心得を伝授するあたりがそれである。山盛りの大根おろしの中へ一分金を沢山入れ、これを座敷の者につまませる趣向が細々と描かれる。しかし、これらは鼻山人の作としては珍しく作品中に占める割合が少ない。大部分は、町人を装っていた者が実は主家再興を図る武士であったという伝奇性の強い話となっている。また、巴屋の朝霧のことも、他の作と異なり江戸初期の話である。鼻山人自身「凡例」で、「所謂籬節継節投節の三曲もその頃の事とかや」と、この話が江戸で継節が流行した頃すなわち寛文頃の設定であるとしている。

このように、『三曲廓日記』は『廓雑談』とは明らかに異質なのである。

三

以上によって、『花街桜』への足取りが見えてきたようである。『三曲廓日記』での人物設定は、『花街桜』に通じるものがある。夫婦が各々一人ずつの子を連れて別れること、妻が連れて出た娘が遊女になること、などがそれである。『花街桜』が『三曲廓日記』の影をひきずったものであることが、これによって知られるであろう。しかし、梗概でわかる通り、『花街桜』は『三曲廓日記』の趣向は引継いでいない。『三曲廓日記』が趣向に於いてはあくまで異質なのである。

『三曲廓日記』の巻二の巻末には「倡婦朝霧全伝初編二冊魁発販今後編三冊嗣刻而全部成五冊物　鼻山人編著」とある。「鼻山人編著」の「編著」は気になる。巻五の奥付にも「編者　鼻山人」とある。これを素直に信じれば、『三曲廓日記』は粉本を持つことになる。もし粉本があるということであれば、その異質性は納得できる。その意味では、冒頭に名を挙げた『恐可志』も、およそ鼻山人らしくない作品で、(注5)何か粉本を持っていそうな点では共通している。

それに、ことさらな「五冊物」という表現も所謂人情本としては不自然である。わざわざ「五冊物」としたのは、五巻編成を基本とする読本を念頭に置いた故と考えられる。最終的には「凰都の部」「浪花の部」と合わせて「全部十五巻」としたかったことが、巻末の「文政十丁亥春鼻山人著作目録」によってわかる。東里山人の名で書いていないことから見て、姿勢は所謂人情本に傾いていると考えてよいが、この時期の中本としてはやはり異色であって、遊里挿話ものの一とするには抵抗を感じるのである。

『花街桜』は、『三曲廓日記』とは異なり、『廓雑談』の路線で書かれるはずのものであった。それが『恐可志』の巻末の惹句に示されているものなのである。しかし、実体は先述の通り惹句とは懸け離れたものとなった。『三曲廓日記』の影をひきずるような一面を見せるものとなった。そのことと刊年のずれとに関連がありそうである。文政十二年から天保二年まで刊行が延びた理由はわからない。しかし、その遅延が内容の変更を生んだということは十分考えられるのではあるまいか。

更めて『花街桜』の内容をふり返ってみる。冒頭の、釆の気の強さが夫極人を失職させる条下、また録右衛門が角田家から仕官するように勧められ、甥ということにして一学を身代わりに立てる条下などは、春水の人情本ではもちろん、鼻山人自身の人情本でも他に見られない設定である。一方、篤実斎が録右衛門の裏長屋で死に、八重と録の介が実兵衛の仲介で結ばれるあたりは、天保期の人情本にも通じる。尤も、それ以外は『花街桜』の題名通り、廓を主舞台としている。そう考えてみると、廓の世界の人物を活躍させ、その中で男女の情を描いてみせるという鼻山人得意の手法に、伝奇性を絡ませたのが『廓雑談』であり、『花街桜』も当初はそれを目指したものだということが窺える。しかし、『三曲廓日記』を挟んで、鼻山人は方向転換を図り、伝奇性を一捻りしたアイディアを考え出した。その結果が『花街桜』となったのではないか。序の天保二年は、為永春水が心機一転して『春色梅児誉美』を刊行する前年であり、人情本というジャンルが認識され始めた時期である。その中で、鼻山人が何とか自分らしい人情本（まだこの呼称は表面に出ていないが）を書こうと模索して『花街桜』を予定より遅れて出したと考えられるのである。

鼻山人が所謂人情本というジャンルを本作で念頭に置いていたことは、二編の結びによってわかる。すなわち、

近年出板の小冊を視《み》るに女房有て外に色事の道行ある時は大詰に至りて妾《めかけ》となし睦しく暮すといふが極り文

句也　因《よっ》て此小冊の大詰に妾に置のいやみなく目出度結ぶ新手の趣向全部一覧あって宜敷評判をこゐねがふ
のみ

と、春水人情本の常套手段である妻妾共存の結末を避ける旨の意思表示をしているのである。ここで鼻山人が用いている「小冊」は、したがって、所謂人情本を指すとみて間違いない。鼻山人は、あくまで人情本を目指しつつ新機軸を取入れようと図ったのである。それにしては、「新手の趣向」にはかなり無理がある。梗概によってみても、それはわかるであろう。「極り文句」からの脱皮を図ろうとする気持ちが強過ぎた故と思われる。

『三曲廓日記』の江戸初期から、再び洒落本全盛期の天明へと時代を戻したのも、男女の情を中心に展開しようとするためであったはずである。鼻山人にとって、情話は常に廓を舞台に展開しているからであり、廓とは、師と仰ぐ山東京伝が描いた世界を意味していたからである。前出の神保の「読者に生な遊里への興味を押しつけることなく」の言は本作では該当しない。自家薬籠中の世界に戻って生気を取戻した所為であろうか、随処に廓談義が嵌め込まれているのである。例えば後編上巻で、録の介が初会の重蒔の客になった際、折檻に遭っていた重蒔に同情して食事を勧め、重蒔がそれに応じる条下がある。それについて、鼻山人はわざわざ問答体をとって弁明している。すなわち、

或人問テ曰重蒔がごとき難義あつてたとへ初会の客に何ニ程厚き恩義を蒙るともざしきにて心易く食事などする事は曽てなき事なり是《これ》岡場所の説を取て爰に挙たるは甚だ此廓《さと》に疎《くら》しといふ　作者答テ曰クその花を手折《たをる》ものは多くその実を取ものは少なし初会といえども機に臨み変に応じて其義理を圧《おし》その人情を穿《うがつ》ときはもとより意気地の張に迫りて係る心安立《だて》のある事珍らしからず

と、当時の読者にとってさして興味のない事柄を延々と述べているのである。馬琴の読本などによく見られるこの問答体も、鼻山人の場合にはひとりよがりになっているに過ぎないのである。やはり、鼻山人の廓離れは困難だったと思われる。鼻山人自身も、自らの作品世界を廓内に限定し、その中でのヴァリエイションを模索していたことになる。『花街桜』は、会話体を多くとっていて、しばしば見られる会話体皆無の鼻山人作品と比べて読みやすい。鼻山人としては精一杯の新機軸を盛込んだ人情本であった。

四

『恐可志』というあまりに鼻山人らしくない人情本を挟んで、『花街桜』に至る鼻山人人情本の足跡は、このように甚だ曖昧である。明確なのは、世界が廓離れしないという一点のみである。『花街桜』以後の作品を一瞥することで、更めて『花街桜』の持つ意味に立ち返り、結びとしたい。

『花街桜』以後、天保期の鼻山人の人情本には文政期のそれよりも時代の風潮に即した作品が出てきているが、やはり内容としては廓離れが出来ず二流の作者で終ったというのが、一般に言われている鼻山人評と見てよい(注6)。確かにその通りであるが、それは人情本の本質を為永春水に求めての話であることも事実である。鼻山人には、彼なりの人情本観があったはずで、『花街桜』を軸としてその辺を確かめておきたい。

天保四（一八三三）年初編刊『人間万事心意気』は、朧化してはあるが吉原と品川とを舞台にしたもので、松寿という主人公にお鈴、おころという二人の遊女を配した作である。梗概は『日本古典文学大辞典』に記したので省略する。この作では、お鈴の生霊が赤蛇となっておころの懐に入る怪異、おころが松寿を諦めてお鈴を巡って松寿と張合った有節と結ばれる結末に注意しておく。

天保五年初編刊『花《さとのいろ》ものがたり』は未完作である。命を助けられた狐が恩返しをする条下、隣家の人妻と若者との恋の経緯などが注目される。

同じく天保五年初編刊『言語《ことば》光沢《つや》合世鏡』は、これも梗概は省略するが、先妻との間に生まれた鯛之介、後妻との間に生まれた波之介という異母兄弟を巡る恋物語が軸となっている。鯛之介が波之介に遠慮してわざと放蕩し勘当される条下、鯛之介を諦めて別な男と結ばれる遊女文人の話、文人が鯛之介恋しさの余り鯛之介の幽霊（実は鯛之介は生きている）と夢で逢う条下などが注目される。

主な作品を挙げてみたが、中でも『合世鏡』はよくこなれたもので、会話も自然である。舞台も廓を離れて伊豆まで広がっている。それでも、遊里描写や遊里の噂などは描かれる。また、鯛之介の取り巻きの一人が、

只一寸《ちよい》と茶屋でお熊にお鹿でも呼《よん》できい〳〵言《いは》せのぐい呑のぐい帰りといふしやれで

などと古い表現を用いる点など、文政期の鼻山人の名残りを見せているところはある。しかし、全体としては天保期の春水人情本に通じる趣きは持っていると言える。

さて、先に挙げた各作品の注目される点に触れてみる。『花街桜』との共通点がいくつか見出せる。『合世鏡』の故意の放蕩は、人情本の先駆である写本『江戸紫』に既に見られる設定で、『江戸紫』を粉本とした『清談峰初花』でも同様である。江戸の人にもこの設定は人情本得意のものと思われていたようで、嘉永六（一八五三）年初演の歌舞伎『与話情浮名横櫛』にも、二幕目で金五郎が与三郎に木更津で偶然会う場面で、「（前略）マア、こんな事は、人情本などに、よくある事でござります。実のお子へ義理立てして、お前さんが放蕩をして、与五

郎さまを名跡に、立てうというお心ではあるまいか（下略）」というせりふが出てくる。したがって、これは鼻山人独自の設定とは言えず、むしろ人情本の常套手段と考えられていたものを鼻山人も用いたということになる。

しかし、おころが松寿を諦めて松寿の恋敵有節と結ばれる条下、文人が廓時代の馴染鯛之介を諦め自分を救ってくれた医師玄白と結ばれる条下は、『花街桜』の重蒔が馴染の録の介を諦めてその恋敵一学と結ばれるのに通じる。また、人妻と若者との恋も、結末は未完のため知れないが、人妻と夫とは別れることになり不倫とはなっていない。

また、お鈴の生霊が赤蛇となっておころの懐に入る趣向は、『花街桜』の遺手が蛇に悩まされるのに通じ、鯛之介の幽霊が登場する趣向は『花街桜』にも『廓雑談』にも通じる。狐の働きは『廓雑談』の続編『北里通』に通じる。

このように、天保四、五年の三作品には、設定として先行作、殊に『花街桜』に通じる点が多い。鼻山人初期の洒落本と区別をつけ難い人情本はともかく、文政末期に至っての人情本には、中本というジャンルを独自に開拓しようとする鼻山人の姿勢が窺える。人情本の規範を天保期春水人情本に求めれば、鼻山人の人情本は何より情緒に於いて数段劣る。また、事実文政前期の鼻山人の人情本などは、全く面白味に欠けるし、誰を読者に設定したのかわからない自己満足型のものが多い。しかし、文政後期から天保にかけての諸作は、これを中本という広い範疇で捉えた場合、必ずしも拙作として退けることは出来ない。表現力は春水に抗すべくもないが、内容としては中本らしい面白さをそれなりに持っていた。『恐可志』や『三曲廓日記』は、従来の鼻山人観を変えるに充分な内容を持っている。但し、『恐可志』の、ほとんど市井の人々を登場人物とし廓を描かない内容を見ると、これが鼻山人作と俄かに信ずることは難しい。何より妻妾共存の結末になっている点がひっかかる。『三曲廓日記』も、五冊物の読本にしては、文体が滑らかで、同じ鼻山人の読本『白璧草紙』と比較しても内容面で世話風な趣きが強い。尤も、実は『白璧草紙』と『北里通』には舞台設定や人物名に似たところもあるのであるが、今は言及しない。『恐可志』と『三曲廓日記』にも、ごまの灰が実はそれなりの働きを示す人物であるなどの共通点があるので、両作を鼻山人が何らかの形で手掛けたには違いない。それが、他の作品にも影を落としているのは当然である。

『花街桜』は、先述の通り『三曲廓日記』に触発された点を持つ。また『恐可志』から情趣に於いて倣うものがあったかも知れない。通うところはある。録右衛門の長屋を舞台とした一連の場面は、『恐可志』のお菊・紅介の侘住居を連想させる。

文政末までの洒落本に近い人情本から少しでも脱皮しようと考えて、趣向の面で工夫したのが、『廓雑談』以下の作品であった。その中でも、廓からは抜け出せなくても趣向に於いて新しい局面を見出そうとしたのが『花街桜』であった。確かに、死んだ筈の人が全て生きており、当然録の介と結ばれると思われた重蒔が当初嫌っていた一学と結ばれる、といった趣向は、鼻山人にとっては新機軸であったであろう。残念乍ら表現力に於いて必ずしも恵まれなかった鼻山人は、新しい時代の嗜好に応じ切れなかった。しかし、『花街桜』以後の諸作は、それを中本として見る限りでは、新しい面白さは持っていた。その意味で、『花街桜』は鼻山人にとってターニング・ポイントというべき作品であった。一方で、それ以上の才能に欠けていたのも事実であった。

鼻山人が廓離れをし、情趣を演出する表現力に富んでいたら、彼の人情本は一つの流れを作っていたかも知れない。人情本の生命は江戸という都市の爛熟を確実に伝え得る表現力であったからである。

注

（1）神保五彌「鼻山人」（『為永春水の研究』昭和三十九年、白日社、所収）

（2）綿谷雪稿、花咲一男補注「上総屋一麿」（花咲一男編著『江戸あらかると』昭和六十一年、三樹書房）

（3）（1）に同じ。

（4）花咲一男編『天明期吉原細見集』（昭和五十二年、近世風俗研究会、所収）

（5）筆者校、解説『恐可志』（平成五年、太平書屋）解題

（6）第八章「人情本作者鼻山人の立場」
神保五彌の前掲書では、春水流の鼻山人の人情本は『言語光沢合世鏡』一作で終ったとする。

第一〇章　素人作者曲山人

一

曲山人については、既に水野稔による詳細な報告(注1)が為されており、曲山人自身に関しては、それ以上のものを私は持っていないのであるが、ここでは、視点を変えて、曲山人をめぐる人々、曲山人の作風、文政から天保への人情本界における彼の立場などを考えてみたい。

知られる如く、曲山人は、当時の戯作者がほとんどそうであったように、多様な職業を兼ねている。渓斎英泉門の絵師紫嶺斎泉橋、筆耕筑波仙橋、そして戯作者曲山人、三文舎自楽、司馬山人である。このうち、彼の本業に近かったものは後述する通り筆耕のようである。まず筆耕としての彼の周辺を整理してみる。

水野によって紹介されているように、筆耕仙橋（仙吉）は、馬琴の読本を初め、合巻や人情本など多くの書の筆耕を務めている。ただ、後年に彼自身が筆を染めることになる人情本には、筆耕としての彼の名はあまり見られない。水野によって、文政十（一八二七）年『凉浴衣新地誂織』（桃山人作、二世楚満人校）の「可志麿浄書」とある可志麿が仙橋であると指摘されているが、管見に入ったものでも、その他では文政十二年『孝女二葉錦』（梅暮里谷峨作、為永春水校）に見るのみである。これは、初編の春水序に、「筑波山人書」とあり、また三編の春水序に、「応需紫嶺斎書」とあるものである。そもそも人情本の筆耕の名はあまり多く記されていない。滝野音成が目立つだけで、他には千形道友の名が散見される程度である。仙橋の場合、とにかく二例を見得るのは、一応彼の筆耕としての位置は示しているようである。これが後に人情本制作へと彼を結びつけたものであろう。

馬琴の日記や書簡には、文政十年九月四日以後、筆耕仙橋（仙吉と記されている）はしばしば登場する。九月四日の午後、初めて馬琴宅を訪れた仙橋は、馬琴から筆耕について細かい指導を受ける。その時に初めて馬琴の仕事を貰って以来、馬琴作品の主たる筆耕である中川金兵衛の補助的存在として、馬琴の筆耕を務めている。このことに関しては、後に更めて触れる。それはともあれ、文政十三年九月一日の河内屋茂兵衛宛馬琴書簡に、(注2)

中川氏の外ニ仙橋と申筆工も有之候故、一冊づつかゝせ可申存遣し候処、書やうよろしからず、用立かね候故これは止メ申候

と記されているのを初めとして、馬琴の日記、書簡に出る筆耕仙橋は、総じてあまり良い評価は与えられていない。尤も、そう述べてはあるが、仙橋は文政十年から少くとも天保四年に至るまで、馬琴読本の筆耕を務めている。これは、筆耕選びが作者の意に任されていなかった所為か、口で言うほどには馬琴が仙橋に悪意をもっていなかった所為かであろうが、筆耕選びは一般的には書肆の意思によったものと考える方が良さそうである。馬琴の場合は、その潔癖な性格から筆耕にも注文をつけたのであろうが、(注3)自作の読本に人一倍の愛着を示す馬琴には、筆耕の浄書が大いに気になったようである。先に示した引用部のあとに、

中川氏八年来拙作筆工ばかりいたし罷在候間、筆やうかなつかひ等のみ込居候

と記しているように、馬琴は、自己の原稿を忠実に写すことができるのは中川金兵衛こと谷金川だけであり、他

の筆耕は自分の意を汲むことができない、と考えていた。仙橋は、そういう馬琴の意を満たすことができなかっただけなのである。同業の松亭金水も、馬琴日記で、(注4)

右ハ、浅草に罷越候手習師匠金水といふ筆工ニ書せ候よし。はじめて此方筆工書候間書ざま不宜処、多く候間、直し付札十数条有之、ことの外ひま入、やうやく午時過に校し畢。(天保五〈一八三四〉年九月廿一日)

とこきおろされている。したがって、強ち仙橋の筆耕が劣っていたとも言えないのであって、結構、筆耕としての仕事はあったと考えられる。とはいえ、当時戯作に関わる人々の待遇が、それだけで生活を支えるに足るほどのものでなかったのは事実で、作者も、馬琴や一九など、極く一部を除いて、他の生業に頼っていた。まして、その下請けである筆耕の賃金は、決して高くなかったと考えられる。筆耕に関する資料はあまりないので、明確なことはわからないが、写本の筆耕の賃金は、知ることができる。木村黙老が殿村篠斎に宛てた天保十一年六月九日付書簡(注5)には、黙老の随筆『聞くままの記』の写本について、

美濃紙壱枚ニ而表裏廿二行ニ致、筆工鳥目七孔、楷書之処ハ八孔与申事ニ御座候。

と記してあり、一丁七文が、写本の場合の相場と見られそうである。板本の筆耕賃は、資料に乏しいが、山崎美成の『海録』には、「文字の書入も一枚十六文位なりしが今は仲々左にてはあるまじ」とある。(注6)確かに、実際はもっと高かったと考えられる。普通の写本に比べて、板本の板下の筆耕は時間がかかっているからである。馬琴日記によれば、谷金川が『南総里見八犬伝』九輯六の巻八丁～二十丁の十二丁分(挿絵分一丁は別)を浄書するのに

十五日かかっている。(注7)次の十三丁にも二週間を要しており、ほぼ平均値と言える。金川には小倉藩士の公務や他の筆耕の仕事もあった筈であるが、それにしても長くかかっている。しかも、馬琴による校正分の直しもあるのである。その他、普通の写本の例としては、同じ馬琴日記に、彼の『物之本江戸作者部類』の筆耕大島右源次のことが見える。右源次の筆耕賃は一丁六文見当と安い。(注8)これに関して、木村三四吾は、

その頃、諸物価計算の基準は大体四文が単位であったらしく、版下書きといった特殊技能者は別として、普通の写しものの場合美濃紙一枚分の写料四文平均というのもこうした値立てに関係するのだろうか。(注9)

とし、これだけで生活するには一日百枚程の筆写が必要であったと記す。黙老書簡の七文と若干の差があるが、無論、一日百枚など夢物語で、右源次も『作者部類』巻二の六十二丁分を十三日間で仕上げている。一日平均五丁弱であるから、これだけでは一日三十文弱の賃仕事となる。単純に考えれば谷金川の板下筆工と比べると、右源次の筆耕は四倍の速さである。これから計算すると、板下筆耕の工賃が一日二十四文とすれば、一丁二十四文宛となる。とまれ、「版下書きといった特殊技能者」も、そう大した筆写料をとっていたとも考えられず、仙橋の筆耕生活は苦しかったことであろう。

右のように、筆耕は仙橋にとって生活の一部を支える仕事ではあったが、それを通して仙橋に戯作をものせしめた手段ともなった。しかし、谷金川や松亭金水が人名録の類に筆耕として名を残しているのに対し、仙橋の名は見られない。すなわち、筆耕としての仙橋は、さして知られた存在ではなく、それだけに金川や金水ほどには恵まれた生活を送ることができなかったと考えてよい。大嶋右源次と大差のない筆耕だったと思われる。したがって、筆耕だけでなく、他の職もこなさざるを得なかったわけである。しかも、谷金川は小倉藩士で、武士が本業

であり、松亭金水も『戯作者小伝』によれば、手跡の師である。いずれも、第一義的な生活基盤を持っていた。仙橋は、その点明確ではない。江戸の町人である以上、何らかの正業をもっていた筈であるが、全くわからない。多分、金水と同じく手跡の師であったと考えられるが、確証がない。ただ、筆耕としても、戯作者としても、金水ほどには名が知られていなかったのは、間違いのないところであろう。

二

曲山人の別号に司馬山人があり、薪米山人があって、晋米斎玉粒との関係が水野によっても考えられている。しかし、目下の処、明確な関係は摑めていない。無論、筆耕同士の両者間に何の関係もなかったというのは、むしろ考えにくいことである。文政十年に歿した玉粒と師弟関係にあったとしても不思議はない。が、それを裏付けるべき何物もない。ただ、傭書として名高かった戯作者玉粒からの影響は、曲山人には否定できなかったであろう。なお、木村默老の『戯作者考補遺』には、玉粒に「男あり、前豊国門人にて国景といへり」とある。『浮世絵類考』（岩波文庫）の系図には、二代豊国の門人に国景がある。国景は、文政十二年刊『本朝悪狐伝』（岳亭丘山作）等の絵を描いている英斎国景である（『浮世絵事典』等には、別人として大坂の錦葩楼国景の名があるが、両者の絵は、絵組などに似ている所が多い）。英泉門人泉橋の曲山人とは、この線でも玉粒と繋がりそうである。泉橋名の口絵の入った本は管見に入らなかったが、彼が戯作に筆を染めるに至るのも、絵と無関係ではなかろう。晋米斎が文政十年に歿した後、泉橋は司馬山人を名乗るのである。人情本の初作『虚中実話恋の萍』はその後間もなくの文政十二年に刊行されている。筆耕と絵とで晋米斎と親交のあった曲山人が、国景が戯作に進まないのを知って、玉粒が名乗った二世司馬全交から取って司馬山人の号を譲り受けたというのも、考えられないではない。

ここで、念の為に曲山人の作品を整理してみる。

文政十二年　『恋の萍』
同　　　　　『当世操文庫』（水野稔の推定による）[注10]
天保元年　　『人情其儘女大学』
天保二年　　『仮名文章娘節用』
　　五年　　『教外俗文娘消息』
　　八年　　『盛衰栄枯娘太平記操早引』
刊年未詳　　『娘節用残篇霞紅筆』（水野による）

これらの作品の挿絵は、いずれも国景や泉橋の手には成っていない。その意味では、国景との関係もさして深かったとは言い難いようである。

さて、筆耕としても絵師としてもあまり人気があったとは言えない曲山人は、如何なる形で人情本に関わったのであろうか。

初作と見られる『恋の萍』については第一三章（「人情本ノート（二）」）に記すが、ここでは、水野の論考に則って検討しておく。それによると、「純情な町娘と愛人の若旦那をめぐって、継母と姦夫の悪事、悪番頭のたくらみなどをからませた町家のお家騒動の話で、芝居がかった粗雑な構成」ということで、文政期の絵入中本型読本すなわち人情本によくあるパターンなのであるが、これが、司馬山人を名乗る時代の曲山人の作風でもあって、彼が当時の人情本界の大勢に従っていたことが知られる。ここから如何に変化していくかが、当然問題となる。

『当世操文庫』は、水野によって文政十二（一八二九）年刊とされているものであるが、筋書きは、次のように伝奇的要素が強い。

福禄屋の美の介は、上野山で娘お鶴が癪で苦しむのを救う。お鶴は美の介に一目惚れする。後に美の介が廓で評判の遊女千代鶴を呼ぶと、これがお鶴。彼女は捨て子だったのを拾われたが、養父母ともに死に、悪い叔父邪五六に欺されて売られたものである。二人は深い仲になるが、美の介は勘当され、昔の使用人正兵衛に厄介になっている。正兵衛は美の介の親寿右衛門に美の介の詫びを入れるが、二人が駆落ちを計画しているのを知り、寿右衛門に相談して、先廻りしてお鶴を身請けする。それを知らず、お鶴に欺されたと思った美の介は、心を入れかえて湯屋番となるが、偶然、昔お鶴の侍女だったお櫛からお鶴のかくれ家を聞き、誤解の儘に、お鶴を殺そうとかくれ家に忍び込む。一方、邪五六は尾羽うち枯らし、お鶴の家を尋ね当て、金の無心に難題をふっかける。二人が争ううち、お鶴の落したお守りから、実の親が正兵衛であることがわかる。正兵衛は主人への義理からお鶴と美の介の結婚に反対する。お鶴の家へ上がり込んだ邪五六が寝ているところへ美の介が押入り、正兵衛と誤って邪五六を殺す。邪五六は改心し、苦しい息の下から、昔美の介の母を、美の介が腹にあった時殺したこと、正兵衛の妻お徳の強欲な父を、その女房と謀って殺したことなどを白状する。そこへ始終を聞いた寿右衛門が現れ美の介の勘当を許し、美の介の子を宿しているお鶴と結ばせ、正兵衛を楽隠居させて、お櫛を地内の家主とする。

一読して知られる通り、文政期人情本の伝奇趣味、演劇趣味の露骨に現れたものである。因果関係には相当の無理も感じられる。しかし、彼の代表作『仮名文章娘節用』に似た設定が見られるのも事実である。前半部にそれが著しい。女主人公が養女であること、人に欺されて売られること、この二点が物語の展開に大きな影響を与えているという設定は、『娘節用』にも見られる。これに関しては後に更めて触れる。ともあれ、先に述べた『恋の萍』と『操文庫』には、伝奇趣味、演劇趣味で共通するものがあり、曲山人が、当時の絵入中本型読本の傾向をその儘採入れていたことが知られるのである。それも、曲山人自身の積極的な意志によるものではなく、序によれば、

清濁《すみにご》るうき世の中にさま〴〵の人情《ひとのこゝろ》の言の葉を、書てふ物に綴れよ、と書鬻叟《ふみやのあるじ》の乞まに〴〵否と固辞《いなま》ぬ
江都子《えどつこ》魂（中略）前編三巻の杜撰拙《ふざいく》作も、原来《もとより》しなれぬ業なれば

と、書肆の注文に気軽に応じたものである。無論、人情本の出板は、概ねこうした杜撰な過程によって成立するものであったと考えられるのであるが、彼の序には強ち謙辞ばかりでないものが感じられる。為永春水によって人情本のスタイルが確立されるまで、宛も仮名草子の初期のように、多くの無名作者が気軽に筆を採っていた絵入中本型読本つまり文政期人情本の世界で、曲山人も作者探しに躍起になっていた書肆に目をつけられた、文字通りの素人作者なのであった。そのことが、「原来しなれぬ業なれば」ということばになって現れているのである。「素人作者」の名こそ、曲山人を解くカギであろう。

　曲山人の場合、人情本作者の代表的な一人として扱うことが多い。それは、『娘節用』の成功に負うところが大なのであるが、やはり彼を素人作者として捉えていく必要がある。事実、同時代の人達の眼も、彼を素人作者と見做している。天保十二年刊『春色恋白波』二編の巻末広告には『教外俗文娘消息』があり、

此草紙は素人の作りし物ながら、さすがに傭書の職より見なれてなせしゆゑなか〳〵に面白く、看官《みるひと》の評判もめでたかりしが、作者故人となりて惜ひかなその全伝を見る由なし

と記されている。素人の作った物ではあるが「さすがに傭書の職より見なれてなせしゆゑ」面白いというのである。既に、この時点までに六編の作を為している曲山人に、素人作者の称を与えているのは、不思議な気がするのであるが、これこそ人情本界における曲山人の評価を示していると言ってよい。彼の伝がほとんど遺されていないのは、その所為であろう。

彼が幾つもの筆名を用いていたことも、彼の素人ぶりを証する材料となる。戯作に戯号はつきものとは言え、職業意識をもった作者なら、自分の戯号を書肆や読者に強く印象づけようとする筈である。二世楚満人から改めた為永春水、東里山人との使い分けをした鼻山人、積翠道人の号を戯作には用いなかった松亭金水等、少くとも人情本の代表的作者は、いずれも一つの号で通している。曲山人は、『恋の萍』が司馬山人、『当世操文庫』が司馬山人、『女大学』も司馬山人、『娘節用』が曲山人と三文舎自楽（初編序は文盲短斎）『娘消息』が三文舎自楽、『操早引』が曲山人（序は三文舎自楽）と四通りを使い分けている。これは、曲山人の職業作者意識の欠如を物語っていよう。ただ、司馬山人の号が初期の作に集まっているのは注目される。先に述べた晋米斎との関係に繋がるのではないかとも思われるが、確証はない。司馬山人の後に、曲山人、三文舎自楽と変えていったことになるが、これによって、若干疑問のある『操文庫』と『娘節用』の成立期を推定し得る。すなわち、『操文庫』は文政十二年頃、『娘節用』は『女大学』以後、それぞれ成立したと考え得る。いずれにせよ、鼻山人のように作品の傾向に応じて東里山人の号を用いるというのではなく、単に司馬山人から曲山人、三文舎自楽と変えていった曲（注11）山人の姿勢には、戯作者としての一貫した姿勢が見られないのである。

三

天保元（一八三〇）年『女大学』の自序にも、

俗の俗たる市中の貧宅、いともさはしき活業《よわたり》の、寸暇《あひま〲》〻〻に毫採《ふでとり》てと、いふは嗚呼なる作者の声色、（中略）左《と》やら右《かう》やら蚯蚓《みみず》書、芽生のこつてう素人作《か》者《ぶ》、写本まがひのあやふや物（初編）

と自ら素人作者であることを強調している。彼の姿勢を窺うに好適である。内容は、若い町人二人の恋物語であるが、男性の方が実は武士であり、紛失した主家の家宝を探す為に町人となっていたという設定である。これも演劇趣味の濃いもので、勧懲思想と因果応報思想とを具えた読本風の話である。前作の『操文庫』とは、武士を主人公に仕立てたという趣向に、異なるところが見られるが、文政期人情本らしい作である点では共通している。やはり、曲山人の号の下に作られた諸作への橋渡しとなっているものと言える。

天保二年『仮名文章娘節用』は、前作までの勧懲思想を捨てた、全く新しい趣向の作である。初編自序によれば、

こゝにあらはす一部の冊子、いかなる人の筆に稿《なり》けむ、小三金五郎が一期の奇譚を、いと長〲しく綴りたるを、書肆《ふみや》のもて来て、補ひてよと、需《もと》めにしたがひ、をこがましくも、いさゝかこれに筆を加へて、桜木に寿くことゝはなりぬ

とあり、「曲山人補綴」と内題にも記されている。既に、名著全集の解題に、稿本は筋書風のものに過ぎなかったであろうから、これを曲山人の作と扱ってよいだろうと述べられているのを初め[注12]、概ね、この「補綴」は一種の謙辞と受けとめられているようである。確かに、殊に人情本の方には、「補述」「補綴」という表現を散見することができ、これを文字通りに受取る必要がない例が多い。しかし、『娘節用』は、やはり「補綴」を素直に受取ってよい。人情本の場合、巷間行われている写本を、書肆が持込んで、作者に提供するという方法がとられたのは事実であるが、その写本は、必ずしも筋書風のものばかりではなかった。『清談峰初花』における『江戸紫』の例を見れば明らかである[注13]。したがって、『娘節用』は、写本で行われていた種本をもとに書かれたと考えてよい。それも、相当量、種本の影響を受けていると考えられる。その根拠は、先に述べたように本作には勧懲思想がほとんど見られないということ、全体に従来の作にない豊かな市井の情緒が漂うということ、などである。一人の戯作者の内的変質というには前作からの変化が極端すぎる。『操文庫』の項で触れたように、趣向の点では両作に共通したところもあり、曲山人が大幅に手を入れたのは間違いないことであるが、基本的な作風から考えると、創作意識に関して疑問が残る。ただ、「補綴」に重点を置いて見た場合、曲山人が種本を持込まれて創作を依頼されるほどの作者として、書肆から扱われていたか否かが問題になる。『江戸紫』では、書肆が補綴を依頼した相手は、当時の流行作家十返舎一九であった。その名前で本が売れるという可能性があったのである。しかし、素人作者の曲山人では事情が異なる。考えられるのは、前二作によって、その手際の良さが書肆から認められたということ、種本が『江戸紫』ほど流布していなかったということなどである。新分野の人情本の方向が、書肆自体にもまだ摑み切れていなかった混沌の時期であったからこそ、こうした事が行われたと言えよう。手間のかかる読本なら、書肆もこうした冒険は試み難い筈である。杜撰な出板形態は、人情本界では常識であったが、それでも、春水の『春色梅児誉美』前後は、少くとも作者に関しては知名度が重んじられている。曲山人への執筆依頼は、このような背景の下に行われたのである。

無論、書肆もそう多くを期待していなかった。鈴木重三によって夙に指摘されているように[注14]、流布本『娘節用』は再板本であった。初板本は、再板本ほど丁寧には作られていない。絵師が再板本の国直に対し、国次であることは、書肆の思惑を示している。すなわち、初めからあまり期待せず一流の絵師を起用しなかったのである。一体に、司馬山人の作品は、有名絵師による口絵を具えていない。『恋の萍』は呉島斎（小説年表による）、『操文庫』は歌川国種と清川清麻呂、『女大学』は無署名（小説年表その他は自画とするが、確証はない）である。いずれも、当時の絵師として知名度は低い。他の作への挿絵も一、二作に止まっている。ここにも、司馬山人の位置が示されているのであるが、『娘節用』初板においても例外ではなかった。再板の国直に比して、国次の知名度は遥かに低かったのである。ところが、この『娘節用』は書肆の思惑を上回る人気を博した為に、書肆が慌てて絵師を変えて再刻したものと思われる。当然、曲山人自身にも、それ程の当り作になるとは想像もつかなかったことであろう。これによって、彼が戯作に自信を得たことは想像に難くない。なお、彼が本作から号を曲山人とし、しかも二編序と三編の内題に三文舎自楽と号したのは、注11に記したように、心機一転のつもりであったと考えられるが、真意はわからない。三編の自序は天保五年に記されているが、同年刊の『娘消息』が三文舎自楽の号で出されている。『娘消息』自序には「墨浜の漁夫」とあり、天保三年の馬琴日記には、「向島仙吉」とある。筑波町にいた仙吉が火災で向島に移転したのであるが、「墨浜の漁夫」はそれに由来する。一方、天保三年五月二十七日の馬琴日記には、

仙吉ハ筆工もあしく、且、かのもの近来不届に付

とある。「近来不届」の意味するところは、馬琴の日記や書簡によっても不明だが、あるいは曲山人という号が曲亭と紛らわしいことを指摘したものではないか。因みに『娘節用』（初編天保二年刊、三編天保五年刊）と『娘消息』（初・二編天保五年刊、三編以後は為永春水作）の曲山人と三文舎自楽の関係を見ると、

『娘節用』　初・内題＝曲山人
　　　　　　二・内題＝曲山人、自序＝三文舎自楽
　　　　　　三・両者とも三文舎自楽
『娘消息』　初、二・両者とも三文舎自楽

となる。これ以後の作品は、曲山人没後の遺作と考えられるので除外する。これで見ると、遅くとも天保五年からは三文舎自楽となり、曲山人の号は、天保二年から三、四年頃までの僅かな期間のものとなる。このことと、馬琴日記の記述とを結びつけられるのではないかと考えるのである。いずれにせよ、既に『娘節用』が評判をとっている筈の天保三年に至っても、馬琴が戯作者曲山人に一言も触れていないのは注目される。馬琴の矜恃が、人情本作者を無視させたとも考えられるが、やはり、曲山人が一人前扱いされていなかったと考えるべきであろう。しかし、当の曲山人は、かなり自信をもったようで、二編序で、「書肆《ふみや》の携《おこ》せし稿本《たねほん》へ、ちょっぴり加へた補書《むだがき》の」と謙遜していたものが、

近属《ちかごろ》娘節用の、刻成て発市《うりだし》は、近きにあれば序文でも、口上なりと出たらめに、はやく〳〵と書肆《ふみや》より、使

　をおこして居催促

と、三編序では物馴れた感じに変っている。事実、次の『娘消息』は、『娘節用』と似た趣向となっている。『娘節用』の成功によって、自ずと一つの方向が生まれてきたのである。

四

順調に歩を進めてきた筈の曲山人であるが、素人作者の意識は抜け切れなかったのか、作品の数は増していない。この後天保七（一八三五）年には世を去っているのであるから、病弱ゆえの寡作であったのかも知れないが、多作するだけの才覚に富んでもいなかったようである。序文の中で、才能を謙遜することが頻りであるのは、その故と思われる。傭書を務めるくらいであるから、実際に学問、教養がないのではなくて、少しの誤りでも気になる性格で、それが人情本の作者たるには邪魔になっていたということなのである。春水のように、全くなりふり構わず取組んでこそ、初めて流行の戯作者になり得たわけである。試みに、曲山人の作品の自序を並べてみると、

善悪《よしあし》ことの萍の、根もなき言をカキクケコ、五音もそろはぬ仮字違ひ、てにをはさへも首尾《すぢつま》も、合はで恋焦《こが》る、さを鹿の、筆の命毛三本足らぬ、猿の人真似短き才もて、（『操文庫』）

舞台馴ねば足もとも、そろはぬてにはの拍子抜、めくらに等しき短才なれば（『女大学』）

どうで誤読の仮名違ひ、訛だらけの片言まじり、（中略）下手の横好山猿にて、三本足らぬ人真似は、芸な

し猿の三文舎、（『娘消息』）
俗中の俗と賤しめられても、知《しら》ぬで通すが作者の筆癖《もちまへ》、食たり飲だり酒足《しゅた》る群集の其中でハ、いつでも耻を
カキクケコ、五音も揃はぬ無体の杜撰《こじつけ》、（『操早引』）

やや煩雑だが、敢えて並べてみた。同一作者のものとは言いながら、何とよく似ていることか。戯言ではあっても、その中心をなしているのは、格調正しい文章が書けないことへの卑下である。決して卑下慢ではない。春水なら、これを逆手にとって卑下慢に出るところである。曲山人は、人情本作者であるには生真面目であり過ぎた。否、実は彼の眼は常に馬琴流の読本に向いていたのではないか。彼のいうてにをはを正しく用い、漢語を豊富に用いる作品は、読本しかない。『滝沢家訪問往来人名簿』によれば、文政十（一八二七）年九月四日に、仙吉こと曲山人は初めて馬琴を訪問している。これを馬琴日記九月四日の条（宗伯代筆）に照らすと、渓斎英泉が四日昼前に来た折、仙吉の取立を依頼した後、昼後に鰹節一連を携えた仙吉が訪問し、馬琴から筆耕の書体などについて教諭を受け、『石魂録』の筆耕を初めて依頼されているのである。以来、馬琴から必ずしも満足されないままに、筆耕を続けていたわけである。その間、馬琴の性格には悩まされたであろうが、その読本には一目置いていたことと思われる。一方で自らが手がけたのが、絵入中型読本つまりは人情本だったのであるから、やはり内心忸怩たるものがあったであろう。それが、序文の言になって表れたと考えられるのである。『娘節用』の成功は、そうした曲山人の気持を、少しはふっ切らせたようである。同作後編の自序で、

和らかいのが当世と、思ひついたる仮名まじり、娘節用とこじつけしを、俗でいいとか実意《じがね》だとか、茶かして称《ほめ》る看的《ごけんぶつ》の、洒落を販元実《まこと》とこゝろえ、二編は今些《もそつと》色気沢山《たつぷり》、恋といふ字の趣意《いきさつ》を、穿《うがて》〳〵の平催促《たてざいそく》、初

編の縁にひかされて、いやといはれぬ義理と犢鼻褌《ふんどし》と記しているのは、彼の自信と決断を示したものである。『娘消息』が同趣の作品になったのは、そうした経緯によった為であった。とは言え、性格的に、杜撰な濫作に向いていなかった故に、相変らず「五音も揃はぬ」ことを気にかけつつ寡作に終ってしまったのであろう。

『娘消息』は、お初・徳兵衛の名を借りた恋物語で、娘お初と大工徳兵衛が恋仲でありながら、お初の母親が楽隠居したいばかりに邪魔をするという筋になっている。これは、五編のうち二編までが三文舎自楽こと曲山人作で、あとを為永春水が嗣いでいる。謂わば、曲山人の絶筆である。二編までを読む限り、少くとも悪人らしい悪人は登場せず、『娘節用』と同じ方向を狙ったものと考えられる。勧善懲悪が読本の骨子であるとするなら、曲山人は自らそこを離れようと意図したというべきであろう。後を嗣いだ春水の筋書きの方が演劇趣味を強くしている。『娘節用』と同趣向であっても、今度は「補綴」ではない。「作」である。否、他の作品と同様「戯作」である。「補綴」から「戯作」となり、内容としても『娘節用』に近いものになったところに、彼の意識的な作風の変化を読むことができる。なお、初編のみノドが「しらが」となっている。遺憾ながら、この意味するところは不明である。

五

『娘太平記操早引』は、四編のうち一編半程が曲山人の作で、あとは松亭金水が嗣いでいる。二編が天保八年の刊であるから、遺稿となるが、成立は『娘消息』とほぼ同じ頃と思われる。すなわち、二編の金水序で、金水

は自分が故人の後を嗣いだことを述べた後、

遺稿ハ則月日《ときを》経て、時好に後れた条《くだり》もあらん、されど故人の筆の文《あや》、今さら改むべきならねば

と記し、曲山人の遺作の古さを言っている。「時好に後れた」というのは、少くとも二年は前の成立と見ることができよう。したがって、『娘消息』にあまり変わらない時期の成立と考えてよいのである。これは、お千代・繁兵衛の名を借りているが、この種のものには珍しく、二人は初めから夫婦の設定である。それにお玉という婀娜な三味線師匠が絡む。お玉は繁兵衛に惚れ、謀って繁兵衛を呼出し、無理に恋を仕掛ける。これも又、あまり類のない設定である。趣向はやはり『娘消息』と同趣であり、その中から新しいものを探ろうとしたようである。しかし、ここで彼の生命は終った。曲山人は、漸く新しい方向を打出したところで世を去ったのである。素人作者の域を出ぬままに戯作界から姿を消したわけである。

馬琴の許へ顔出しをして、戯作界に首を突っ込んでから恰度十年で歿したことになるのであるが、その間に七編の作品を出したというのは、素人作者としては多い方であろう。しかし、職業的作者とすれば決して多くない。この点からも、彼を素人作者とする方が良いと思われる。とは言え、如何に素人作者であれ、大当りの『娘節用』を初め、七編もの作を遺した彼が、戯作界に殆ど名を留め得なかったのは不思議である。彼の名は、人名録は勿論、『物之本江戸作者部類』にも『戯作者小伝』にも見られない。僅かに『戯作者考補遺』に「墨川辺の住居にや墨浜漁父と名をくだす、古人なるよし」と、『娘消息』に依った記事を素気なく記すのみである。しかも、作品は『操早引』しか挙がっていない。『娘節用』すらない。彼より作品数の少い戯作者が伝を記されているのと比べると、奇異な遇せられ方である。

彼の作品には、他の戯作仲間の影を感じることができない。『恋の萍』後編には式亭小三馬が、『操文庫』後編には清川清麻呂が、それぞれ序を寄せているが、その他には仲間の名を見出すことは全くない。他の戯作者においても、作品によっては、その例がないわけではないが、彼ほど極端ではない。筆耕としては名のあった彼も、こと戯作に関しては孤独だったのではあるまいか。『操早引』で彼の後を嗣いだ金水は、その三編自序で、

こゝに筑波仙橘子は、文筆の道に賢くて、弱官より文字を能《よく》せり、されバ其誉四方に聞えて、書賈千里の遠を厭ず、競て書を乞上梓《えりいた》にす、また其暇ある時は、戯墨を好で和漢の故事、或ハ今様の振を取合して、児戯の冊子を綴るものから、人もて是を珍奇となし、良《やゝ》其名も香しく、（中略）人情世態の浮世冊子は、自ら画てその調法、大かたならざる畸人なりしが

と述べているが、この序からも、曲山人の本領は筆耕にあり、戯作者仲間にあっては素人作者の扱いを受けていたことが偲ばれる。金水は同じ筆耕仲間として「吾友なる曲山人」（同書二編序）と呼んでいるのであるが、戯作者の曲山人は、戯作界には深く立入ることをしなかったのではないかと思われる。金水が「（曲山人は）世間《よのなか》の人情に渉《わたり》て、常に流行の書を著し、其名おさ〳〵聞えたりしに」（同書二編序）と記しているのは、故人への手向けと受取るべきであろう。曲山人が最後まで素人扱いされたのは、親密な戯作者仲間を持たなかったところにもその因があったと考えてよさそうである。

出板機構が確立された化政、天保期にあっても、人情本の世界にはこうした素人作者の進出する余地が多分にあった。これは、人情本というものが戯作仲間の中でも軽く見られていた証拠であるが、無名の戯作者志望者達が最も進出しやすかったのが、人情本の世界だったのである。曲山人の存在は、以上のことを物語っている。

注

(1) 水野稔「曲山人考」(『江戸小説論叢』所収)
(2) 柴田光彦校注『早稲田大学図書館所蔵曲亭馬琴書簡集』
(3) 水野は、『馬琴日記』文政十一年六月十七日の記述により、筆工の決定は作者の指定によるとする。
(4) 『馬琴日記』第四巻(中央公論社)
(5) 木村三四吾「木村黙老書牘集㈠」(『ビブリア』第六三号所収)
(6) 上里春生『江戸書籍商史』
(7) 『馬琴日記』第四巻、天保五年八月晦日、九月十五日の項。
(8) 同右、天保五年八月十七日、八月二十九日の項。五十二丁分で三百四文の筆耕賃が支払われている。
(9) 木村三四吾編校『近世物之本江戸作者部類』解題
(10) (1)に同じ。
(11) 文政十二年八月六日付河内屋茂兵衛宛の馬琴書簡には、三月二十一日に大火災があり、「筆工書千吉抔は何方に居候哉今以しかとしれかね候」となっているので、これが改号の契機となっているか。
(12) 『人情本集』(『日本名著全集』第一五巻)解説
(13) 前田愛「人情本に於ける素人作者の役割」(『国語と国文学』第三五巻第六号)
(14) 鈴木重三「『仮名文章娘節用』初版本の発見」(『日本古書通信』第一六二号)

第一一章　春水以後

――文政期人情本への回帰

一

天保改革によって、春水人情本は壊滅的な打撃を受けたが、春水以後の人情本が如何なる結末をとったかを検討して、標題の方法と表現技巧を考えてゆくことにする。

天保十四（一八四三）年に春水が失意の中に世を去ると、その後に残った人情本作者達は、改革の下で春水流の行き方をとれなくなっていた。殊に為永連の作者達は方向を見失ったと言ってよい。弘化以後、為永連の作品は、二世春水のもの以外は数えるほどになってしまい、余は為永連の本流から外れる松亭金水やその門人の梅亭金鵞、更に山々亭有人らが主たる作者となっているに過ぎないのである。しかも、二世春水の作品も『いろは文庫』『貞操婦女八賢誌』などの長編で読本的色彩の濃いものであるので、実質的には春水のあとを継いだ為永連の作者は皆無といってよい。

天保十五（弘化元）年刊『露月奇縁妹背鳥』は、その為永連の一人、為永春雅の作であるが、春水の作風はすっかり影をひそめる。相思の仲の男と家出した女が、悪い継母の為に箱根の芸者に売られ、苦労の末漸く男に巡り合うと、その時既に男は別の女と夫婦になっており、女は、悪事を働いて処刑された継母の菩提を弔うために尼になる。以上の様な筋書きで、芝居種のお千代、半兵衛の名を主人公に借りている。春水人情本からは凡そ想像のつかない結末となっている。確かに、春水自身も天保九年の『春色恋白波』『一刻千金梅の春』、天保十一年の『清談松の調』『糸柳』などで、伝奇的傾向復活の兆を見せており、それが春水以後に承け継がれたと考えられよう。それは『春色梅児誉美』の方法に行き詰まったこと、また当局の取締りの強化などによるものであった。しかし、それでも春水なら二人の女性を共に一人の男に添わせてしまったであろう。ただ、『妹背鳥』では、舞台を初め深川にとり、後に箱根に移しなどしながらも、春水流の艶情味を残してはいる。その点では、春水の弟子としての作風は見せているのである。しかし、教訓臭がどうしても目立ってしまっている。いうまでもなく、作者の春雅は咄家の土橋亭しん馬で、為永門下で最初に単独作『春色雪の梅』（天保九〈一八三八〉年）を出しており、春水の門人としては目立つ存在であった。事実『春色雪の梅』は、三編下の跋で、師の春水が「為永の門葉多き中に、春雅の作意尤勝れたり。然ど文段に疎きゆえ、其誤少からず。予閲し悩む事多くあり。」と述べている通り、文章の出来は悪かったが、趣向は勝れているものであった。殊に、春水が「作意」という時は、春水流人情本の「作意」を意味しているのであるから、春雅が春水の求める所を熟知していたことは充分考えられるのである。しかし、この作に見られるのは、春水が晩年心ならずも傾いていった勧懲的傾向なのである。春水門人中の主力であった春雅でさえ斯くの如き状態であったのであるから、春水没後の為永一統の姿が想像されよう。天保十五年といえば、春水没後一年、まだ彼の手鎖刑が脳裏に焼きついていた頃である。序に松亭金水が「この一巻の趣きは、またく人情の最中を述べ、将《はた》勧懲の一助たらしむ。」と述べているのが、この作の行き方を物語っている。

此お千代が心ざし義理を義理として人情をそむかじとする女なり。あはれねがはくは当世の娘子供もこころねはかくあらまほしき事ならずや。（二・下・六）

などの教訓的言辞が随所にある。春水のこじつけ教訓と通ずるものがあるが、この作では言辞だけでなく、筋書きそのものにそれが見られるのである。しかも、話が複雑な割には人間関係は入り組まず、僅か二編六巻で片がついている。複雑な話の筋を、地の文によって説明してすませているからなのであるが、伝奇的な登場人物相互間の奇縁は少い。反面、人情本らしい雑な面だけは持合わせており、女主人公お千代の異母弟の、幼い与之吉が前半よく登場して主要な役をふり当てられているにも拘わらず、後半は全く姿を見せない、というところにそれが言える。このように短い作になったのは、長編ものが多かった当時としては珍しいのであるが、その理由はいくつか考えられよう。まず、改革後、春雅が探りを入れるつもりで簡単なものを出してみる気になったということである。その為に、筋書きを急いだということが考えられる。更に、色情描写を避けた結果ではないかということである。春水は、「人情を描く」ことを恋愛描写そのものに求めたのであるが、この作の場合、「人情世事に行きわたり、他《ひと》の肺肝をよく探りて、著述なしたるこの小冊」（二編序）とある、その「人情」は「女の義理と人情」のそれを指しているように思われる。即ち、色情描写でなく、文字通り精神的な意味での人情を描くことに意を用いていると言ってよい。したがって、筋書きに関係なく恋愛描写を長々と続けるという春水人情本の特色をこの作では生かすところがなかった。春水は、こうした描写を増さんが為に、幾組もの恋愛を並行して描き、殊更多くの登場人物を用いたのであるが、この作ではその必要もなく、したがって筋を追うだけの短い丁数で事が足りてしまったのである。ここには、春水の作品の特色である「あだ」の描写(注1)は見られず、その点で文政期人情本への回帰を見せているといえよう。

要するに、春水人情本がその艶情描写によって人気を得たのは、当局或いは道学者達の所謂「晦淫の書」を、公然と読むことが出来るという秘かな喜びが読者を捉えていたからである。それを作者の側からいえば、その様な作を制作することのある種の後めたさを、当局に対しても、また読者や作者自身に対しても償う手段として、教訓めいた言辞を弄したのである。したがって、艶情描写を咎められた時、春水の方法は封じられ、春水と彼に依って立っていた作者達は方向を見失ってしまったのである。その中で、春雅がとりあえず短いものを出して様子を窺ったのが『妹背鳥』なのであった。そして、掣肘の範囲内で人情本が生き延びようとするなら、その至近な方法が文政期人情本への回帰ということになったのである。『妹背鳥』は、幕末人情本の行方を暗示した作品であった。

以後、改革の衝撃が薄れるにしたがって、人情本の発刊も増し始めるが、それらは春水人情本とかけ離れたものがほとんどである。作者も、為永連は姿を消している。もはや、人情本への情熱を失ってしまったのであろうし、新機軸を打出す能力もなかったのであろう。弘化以後の人情本界をリードしたのは、春水人情本全盛期に、中本型読本としての従来の方法を守りつつ秘かに息づいていた作者達であって、漸く彼らの活躍の場が生まれてきたのである。『妹背鳥』がやむを得ずとった方法が、彼らには自然な方法だったのである。その一例として『春宵新話風見草』全三編をとりあげてみる。

二

『風見草』は、安政三（一八五六）、四年頃の刊と考えられるが、（注2）ただ、三編序をみると、

実に世の中は風しだい、東《こち》では早く刻《ほ》る気でも、何様《どう》したはづみか西風が、近頃、強くなつたので、南な人が飜訳に、出北を看たいと何事も、新らしいものを好むより、（中略）千島の奥の果までも、開けて野暮と化ものは、いつしか絶て更に無し、亦正月も旧習《こふう》を改め一月と、変る御世にも年の市

とあり、あるいはもう少し後のものかとも考えられる。作者は梅亭金鵞で、同じ作者の『夜三廼月柳の横櫛』の続編である。商人の次男がその従妹と相愛になるが、邪魔が入って結ばれない。そのうち、家督を長男を斥けて自分が継がされることを知った次男は、長男を立てて自分は家出する。武家屋敷の襖に得意の絵を描いた次男は、その絵が縁で武士にとり立てられ、その屋敷の娘と結婚する。次男と離れ離れになった従妹は、漸く巡り合った末、男に妻があるのを知って自分は妾になる、というありふれた筋書きで、例によって悪人が登場、勧善懲悪となる。家督を継ぐのを嫌って家を飛出す条下は既に『江戸紫』に見られるが、筋書きだけから考えると『妹背鳥』と対照的な結末で、春水人情本を踏襲しているようである。しかし、それはあく迄そうした筋書きの上だけのことであって、妻妾共存を導き出す必然的な艶情描写はない。複雑なプロットと、人物関係の奇縁が多い伝奇的な傾向をもつ作品といえる。しかも、中に次の如くあけすけな会話が入る。

「お前のは植木屋どんの股ぐら斗り覗いて居る様だねへ。「万一《ひょっと》お犢鼻褌《ふんどし》でも外れて居るかと思つてサ。「夫では桜ではなく松茸の枝振を御見分に御出の様だ。（初・下）

この会話からは、春水流の情緒纏綿たる濡れ場描写を初めとする情調は感じられない。滑稽本には比較的よくある会話であるが、少くとも女性を読者対象とする人情本には、ほとんど見られない表現である。金鵞は滑稽本『妙竹林話七偏人』の作者であるが、滑稽本も三馬以後は洒脱さに欠け、泥くさい、押しつけがましい笑いのものが多くなった。金鵞は、そうした滑稽本の作者なのであるから、右のような表現を含む人情本を書いても、あながち不思議ではない。しかし、そうなると人情本の読者として金鵞が女性だけを意識していたのかどうかが疑問になる。この作には、その他にも「欧羅巴」「英吉利」「仏蘭西」など西洋の国名が現われたり、登場人物の一人を「根樹坂君」と呼ばせるなど、新風俗をとり入れようとする努力が見られる。これは万延元（一八六〇）年刊の滑稽本『滑稽富士詣』のもつ傾向と同様で、当時の戯作者達が目先を新しくする為に用いた方法であったと思われる。そのような努力を、女性中心の読物と考えられていた人情本に示すということは、人情本の読者層の変化を物語っているとも考えられるのである。改革によって艶情描写を禁じられた人情本は、女性読者の夢を充たすには必ずしも満足すべきものではなくなり、女性読者の目はむしろ、多少とも夢が充たされる合巻の方により強く向けられたのではないかと思われる。春水人情本では女性の風俗描写が一種の女性へのサーヴィスとなっていたのであるが、この作あたりにはほとんど見られない。僅かに、

此家の娘子《むすめ》お古世といへる愛敬もの年は漸く十七の色も香もある形風俗《なりふり》さへいとけなき手に山吹の花の折枝を持ちたりしが（初・上・一）

というようなものにとどまる。作者の側の無頓着が読者層の変化を招いたのか、或いはその逆なのかは定かではない。ただ、改革後の時流に乗るには、当初から春水と趣を異にしていた松亭金水や、その門下の金鶖などの方法が好都合であったことは確かであって、彼らの作品が読者に歓迎されたか否かとなると、別の話になるのである。文政期人情本への回帰といっても、動機は異なっている。文政期の場合は、新しい形態の中本を目指して作られたのであり、弘化以後の場合は、従来の形態をその儘受け継ぎ、そこに時代性だけを折り込み、結果として文政期人情本の方法をとることになったに過ぎないのである。したがって、読者意識も、春水ほど感じていたわけではなく、単に、中本型読本即人情本という意識が働いていたに過ぎないのである。『風見草』では、登場人物が商人の息子、商人の娘、武家の娘で、息子も後に武士になってしまう。町人風俗はあまり描かれていない。

こうした傾向は、春水全盛期に於ける鼻山人に通ずるものがある。この『風見草』は三編で終わっているが、三編は先を急いでかなり話を端折っている。あまり人気が出ず、早く切上げた結果であろう。

三

前章で滑稽本風な描写が作者の読者意識を疑わせる旨を述べたが、女性風俗があまり書かれない点は、以後の作品も同様である。しかし、その他に関しては作者のサーヴィス精神だけは窺えるのである。それが、誰を対象にしたのかとなると、やはり女性以外の読者を考えざるを得ない面が多い。たとえば、安政五（一八五八）年刊『白糸主水安屋女草』（鶴亭秀賀作）全四編をとりあげてみる。『風見草』の前編『柳の横櫛』が『与話情浮名横櫛』からとっている如く、『安屋女草』は角書から知られるように、芝居種の白糸・主水の心中事件に材を取ったものである。素材通り、主水・妻お安・花魁白糸の三人が自害するという結末をとる。人情本としては珍しい結末というべきで、主人公が悉く自害するという例は他にないと思われる。主人公の女性が自害するという例は、古くは天保元年刊『仮名文章娘節用』、近くは刊年未詳『鶯塚千代の初声』、明治元（一八六八）年刊『春色玉襷』などがある。これらの場合は、一人の女性の犠牲によって他が幸福になるのであるが、『安屋女草』はそういう形になっていない。そうした結末もさることながら、種々の点に亘って、春水流の人情本と異なっているものである。まず、舞台を吉原にとり、発端から花魁白糸と客とのやりとりを描き、洒落本風である。主水が主人公なので武家が登場する。そして、暗い結末の割りに途中の描写にはあぶな絵風のくすぐりが多い。春水の艶情描写も、情調を盛上げる為に用いられたと言えないでもないが、如何に話の暗さを救おうという思惑から為されたことであっても、あぶな絵風はあく迄あぶな絵風であり、『梅児誉美』などに見られた「あだ」は感ずべくもない。小手先の操作であり、幕末戯作共通の頽廃性を示しているに過ぎない。悲劇とあぶな絵風のくすぐりとは、本来全く異質なものであるが、それを敢えて融合させようとしたところに、作者の読者サーヴィスを見ることが出来る。しかし、こうしたサーヴィスは作品とのバランスからいって、場違いの感は免れず、先の滑稽本風なくどい洒落と共に、作者の読者観を想像せしむるものであろう。ただ、『安屋女草』では女性への教訓も一応挿入しており、一概に女性無視とは言えない。しかも女性の好みそうな役者の話なども加えている。役者の噂話は戯作の中にしばしば現われるものであった。あるいはまた、次のような楽屋落ちも記している。

ハ、、作物本《こしらへたほん》を読んで真劔に腹を立てたり泣いたりするやうな左様いふお客がなくては作者も腮が干上るのサ。（四・上・十九）

こう見てくると、条件的には春水人情本に近いところもあるといえようが、やはり初めに挙げたあぶな絵風くすぐりは決定的に春水と峻別するものである。更に、女性風俗の描写が見られず、悲劇性と義理人情の追求に終始している点も幕末人情本共通ではあるが、殊に結末の悲劇は作者の人情本観に「中本型読本」の意識がかなり強く影を落している故と思われる。白糸・主水の情話が如何に人口に膾炙したものとはいえ、ハッピーエンドを好む人情本読者にとつては、芝居種を小説に置き換えただけの作品は何の魅力もなかった。悲劇は単純な読者には、後の幸福な結末の為のお膳立としてのみ価値があった。芝居には、悲劇が悲劇なりに観客の共感を得る下地があったのであるが、単純な勧懲や、あるいはそれ以上に、波瀾万丈の恋物語などに一喜一憂した読者には、『安屋女草』のような作品は戸惑いをもって迎えられたことであろう。

そもそも、女性風俗の中に「あだ」を見出し、その「あだ」を中心に据えて話を進めるというのは、春水の最も得意とする方法であった。しかし、改革後は為永連が衰え、女性風俗を扱うこと自体が人情本では少なくなってきた。まして「あだ」を描くことは皆無になったといってよい。『安屋女草』も全くその例にもれなかったが、一体春水以後の女性描写はどう扱われてきたのであろうか。これを明らかにすることが、春水以後の人情本の方法と技巧を解くことに寄与すると思われる。

四

文久元（一八六一）年刊『教草操久留満』（幽篁庵作）は、構成などが比較的春水のものに近い。武家の娘お弓の孝心と貞心が中心テーマとなっており、登場人物の奇縁など伝奇的要素を含んでいるが、お弓と武家の息子辰十郎とが結婚、辰十郎の恋人お箭をお弓の勧めで妾にするところは、春水以後としては珍しい趣向である。無論、話が忠孝を軸に展開しており、情緒に欠ける面はある。「あだ」な雰囲気は多少感じられるが、女性風俗に於けるあだはほとんどない。

端唄ひく三味線の音ぱち〳〵と婀娜めく声の聞ゆるは弟子の教ゆる稽古ならんか。（三・上・十三）

という風に、逢引の背景に端唄など用いるのは春水の常套手段と相通じている。また、人間関係、恋愛関係の複雑さによって、幾組かの色模様が平行して描かれるのも春水流である。しかし、やはり女性の描写が決定的に異なる。若侍竹沢権之進がお弓を口説く場面で、お弓の謙遜を受けていやみな誉め方をするセリフがある。いやみな口舌は春水得意のものであるが、それより直截的である。

ホンニ左様で御座へやせうよ。お顔といへば十人並より五段も十段もお美敷なし、お姿はすらりと細りして居て悪し、お声は大概のお師匠さんなら尻を端折て跣で逃る程でなし、お琴や三味線はお座頭さんも及ばない程に手がまはらず、お程は人を転りッと為《さ》せる様に悪し、お愛敬は其処等へ黐《こぼ》れて落ちると思はず、大人敷無くつて御発明でないといふのはお屋敷ぢうでの評判だから（初・中）

器量よく、すらりとした柳腰で、愛敬があり、人あしらいがうまく、諸芸に通じ、おとなしくて賢い、という女性の理想像が描かれているのである。春水に於いては、主として水商売の女、乃至はそれに近い素人娘が主人公として登場してくる結果、必ずといっていい程「あだ」を女性美の一つにとりあげている。お弓は多情の母に不義をさせない為に、母が思いを寄せた権之進を誘惑して駆落し、親不孝の汚名を着てまで母を守ろうとした貞女である。しかも、芸者でも遊女でもなく、物堅い武家娘である。『操久留満』では、その娘を理想像として描いているのである。僅かに「人をころりとさせる程のよさ、こぼれる愛敬」などが「あだ」に近いものを感じさせるのであるが、それとても素人娘のういういしさを言っているのであって、「あだ」の持つ艶っぽさは感じられない。更に「おとなしくて発明」となると、春水ではほとんど問題にされなかったことである。ただ、『糸柳』で「少し婀娜すぎる様だけれども人品がよし才発《りこう》らしいから」（四・上）と言っているように、徐々に女性の美的要素として「才発」が顔を出し始め、単なる外面的な美だけでなく、内面的な美が春水人情本においてとり上げられつつあったことは認められる。しかし、春水人情本では、やはり「あだ」が中心であって、素人女も玄人女に近いものとして描かれ、自ら積極的に恋を仕掛ける女性の方が多い。そして、そうした恋のやりとりの中で「才発」の占める位置は低いといえる。一方春水以後は玄人女の美も素人女の尺度で描かれることが多くなっている

のである。この作では、玄人女染みた女性としてお藤という小唄の師匠が登場するが、

お藤も今はお屋敷ふり、野暮にしやうと思つて何様《どう》でも意気が癖になり（三・下）

と「いき」だけに軽く触れているに過ぎない。むしろ「やぼ」に近い女性が主人公になっているとといってよい。春水の常連である年増女は姿を見せず、常識的・健康的な女性像が描かれるようになっているのである。その場合には「才発」が美的要素に繰込まれるのも尤もなことなのである。

このように見てくると、弘化以後の人情本は、勧懲臭・教訓臭が濃いというだけでなく、女性の描き方自体が教訓的になったと考えられるのである。『梅児誉美』のお長の可憐さと只管な恋心、米八・仇吉の意気地と張りというような個性は見られない。人情本に於いては、元来男性の没個性は目立っていたのであるが、弘化（一八四四―一八四八）以後の人情本では女性の方も個性をなくし、貞女孝女の典型が主人公となり、事件の推移に興味をつなぐという形になってしまったのである。まさに読本の中本版であって、天保期の人情本を期待していた読者には、物足りなく感じられて当然だったのである。

五

以上述べ来ったように、弘化以後の人情本は、艶情味の少い、従って人情本としての特色の少いものが多いのであった。人情本が、単なる勧懲・教訓の書であるなら、存在価値は薄くなってしまう。当時の文芸形態から見て、人情本は所謂婦女子向けの読物としてこそ存在の意味があったのである。滑稽本は江戸庶民、殊に男性のも

ので、笑いを提供していたのであるが、その笑いもこの時代には悪ふざけが多く、その傾向は益々昂進しつつあった。読本も、もとより婦女子を対象とはしておらず、やはり時代の要請で残酷趣味のものが増していた。残る婦女子向けの読物は合巻であって、ここに勧懲・教訓・伝奇趣味が盛込まれている。芝居もまた南北から黙阿弥と猟奇趣味のものが全盛であった。斯くアクの強いものが要求される時代に、ひとり人情本のみが勧懲・教訓を掲げていても、振返る者がなくなってしまう。勧懲・教訓は合巻にもあり、芝居ダネもまた絵入りである合巻によった方がより具体的な鑑賞が出来るということになると、人情本は艶情味を盛り込まなければ生きられないのである。その結果、再び艶情味をとり入れようという動きが出てくる。それを推進したのが山々亭有人である。安政年間刊『毬唄三人娘』全五編と、元治元（一八六四）年刊『春色江戸紫』全三編をとりあげて、その点を論じてみたい。

六

『毬唄三人娘』は、松亭金水の作であるが、彼が二編まで刊行したところで死去、三編以下は有人が補綴したものである。初編内題下に「松亭金水編次」とあり、初編序に毬唄の濫觴を記した書を編み直した旨述べているところから、巷間流布した写本を粉本にするという文政期（一八一八—一八三〇）人情本の方法にならったものといってよい。三人姉妹の恋と仇討ちが骨子をなしている勧懲色の強いもので、その限りでは従来の作と変わらない。しかし、文体にはやや天保期に近いものがある。会話体が比較的多く用いられ、その会話も、登場する武家の言葉まで町人風となっている。こうしたところには、春水人情本と同様、下町の息吹を感じさせる。金水を途中から有人が引継いだ作には他に『鶯塚千代初声』もある。この二作を見た範囲では金水と有人の差異は明確ではない。有人が金水の意を汲んで同調したとも考えられる。ともあれ、『毬唄三人娘』ではある面で春水人情本に近くなっているのであるが、話の進み方が早く、数年ずつ飛んだりするので、事件の推移を叙述に頼り、その部分は地の文が長い。そして、込み入った話をそれだけでまとめることが出来ず、

五編六回の結局は、いと入り組《くみ》し場の多く、読《よむ》人煩はしからんとて、そが日割を左に記せり。
三月四日　伴六お民を賺《すか》して病気と云ひなし、急にお富を呼びよせしは、此夜なり。

というように、以下日を追って個条書きにしてまとめているという有様である。会話中心にすべてを構成する場合は、登場人物の口からそれとなく事件の経緯を語らせることが多い。それが劇的な効果を盛上げることになるのであるが、叙述で埋合わせると、平板になり勝ちである。話が勧懲色の濃いものなので、筋を追うのに追われてしまった結果であろう。したがって、女性の描写も春水流のあだっぽさを含んでいない。年増女の「あだ」は春水の最も自家薬籠中のものとしたところであるが、この作ではその年増女さえ、

渾家《つま》は三十にまだ足らで、盛りは少し過ぬれど、眼鼻だちから口元から、愛敬づきて色白く、あはれよき衣着たらんにはいかなる方の奥さまといふとも慙ぬ人品にて、背高からず低からず、姿も伊達のたをやめなれど。(初・中)

と、貞淑な女性のもの静かな美しさ、上品さを強調しているのである。姉妹の仇討という読本的な内容に相応しい、「あだ」に縁のない表現というべきである。話が話だけに、有人も手の打ちようがなかったのであろうが、

姿勢だけは艶情味を盛上げようとしているように思われる。

能《よく》勧懲の理を正し戯《かり》にも淫堕の趣なく尓《さ》れども家暮に佶屈《かた》からず和かに解く下帯の

という一葉舎藍泉による四編の序文がそれを示している。勧懲・教訓一辺倒の構えを見せ続けていた人情本が、転機を迎えたことを表わしているのである。金水、あるいは金鶖らが為し得なかった試みを有人が為したのである。『毬唄三人娘』は、前述のように金水の後を承けたものであり、一概には云々出来ないが、芝居の脚本風があったり、滑稽本・合巻風があったりで一貫したものがなく、意図が空回りしている。例えば、仇討の場で、

民「夕飾もなしに其侭に駕籠を飛ばせて帰つても。富「何時もの元気引替て、青菜に塩と首俯垂《うなだ》れ。喜「顔にも恥《はぢ》ずお富さんに

といった渡りせりふの手法をとり、五・上・二十六では、偶然仇同士が向かい合わせの酒屋に集まる場面で、一方が二階、一方が一階に席を設けるという設定にして、本を上・下二段に分け、上段を二階の光景、下段を一階の光景として描写するという手法をとつている。滑稽本『早変胸機関』などにある趣向である。こうした趣向に走ることは、人情本の「佶屈《かた》からず和かに解く」方法とは別である。有人は、そのような方法の中から、人情本の本質を探り当てようとしたわけで、その摸索の結果が『春色江戸紫』となるのである。『春色江戸紫』は、いうまでもなく、文化末年に出来たと推定される(注3)写本『江戸紫』を粉本としている。『江戸紫』は人情本の嚆矢とされる作品であるから、「やや過当な形容かも知れないが人情本は『江戸紫』に始まり、『江戸紫』に終つたので

ある。」という前田愛の論（注4）は至当であろう。『江戸紫』は十返舎一九の『清談峰初花』の粉本となり、『清談峰初花』が従来人情本の嚆矢とされてきたのである。それが、幕末に再び『春色江戸紫』として『江戸紫』が復活したのである。『春色江戸紫』は、その外題からも知られる通り、『清談峰初花』の方を粉本にしたのではない。そこに有人の志向するところが窺える。外題に「春色」を冠するのは、春水時代には極めて普通のことであったにも拘わらず、弘化以後は数える程しか存在しない。写本を粉本として、それに「春色」と冠したのは、有人に春水時代の人情本に立戻らんとする気持が働いた証拠であろう。それは『江戸紫』を『清談峰初花』と題した一九の感覚との違いを感じさせる。有人は、『毬唄三人娘』などの前作に於いて、人情本の進むべき方向を摑みつつあったのであるが、単独作を作る段階において、謂わば人情本の原点に立戻って意図の実現を図ったのである。その時、自らの感覚と一致するものとして、既に数種の作品の粉本となっていた『江戸紫』（注5）に注目した。全くの創作となると、やはり弘化以後の人情本の枠から抜け出ることは不可能であったであろう。実績のある『江戸紫』を粉本としたことは賢明であった。

　さて、『春色江戸紫』を『江戸紫』との比較を通して論じ、幕末人情本の方法のまとめとしたい。前田は比較に関しても「『春色江戸紫』は有人の代表作として比較的よく知られているから、原作でかなりの比重を占めていた上州での物語が軽く扱われていること、総（惣）次郎に恋する芸者おらくが『琴声美人録』にヒントを得ていること、とを指摘するにとどめようと思う。」と述べているが、これを踏まえて更に言及してみたい。

　まず、他の幕末人情本と比較して、導入部の叙述が短いことである。これは、写本『江戸紫』が巷間に充分流布され、読者の頭に浸みていた為、有人の方も敢えて細かい叙述をなす必要がなかったからであろう。二・下・十一の初めに上州の織物問屋の手代と番頭の会話がいきなり出てきて、その会話の中で主人公の惣次郎が江戸から上州へ下って問屋に住み込んだことが明らかにされるが、これは従来の天保期人情本に多く用いられた手法であり、弘化以後の叙述に頼る手法とは対照的である。これもやはり、写本の馴染みの上に乗って為し得たことであろう。

次に、前田氏の指摘された上州における滑稽味の省略であるが、これは『清談峰初花』にも既にない。写本『江戸紫』にも描写に差異がある。ただ『峰初花』では、滑稽味はないが惣次郎が問屋に住込む経緯が、写本同様詳細に語られている。写本とは経緯の内容が異なってはいるが。『春色江戸紫』では住み込むまでの劇的な物語は全くなく、問屋の娘が惣次郎に惚込む条下も前記の会話の中で済まされ、ただ惣次郎が番頭に娘を譲る段だけが別に綴られているに過ぎない。要するに上州の話は『春色江戸紫』では惣次郎が出奔後の生活を立てる為の手段として必要上簡単に触れたに過ぎないのである。その分を、有人は惣次郎と深川芸者おらくとの恋に費している。前田の言う『琴声美人録』云々のおらくであるが、惣次郎とおらくの関係は写本にも『峰初花』にもないものであった。ここに有人の意図を窺うことが出来る。有人はおらくと惣次郎との恋のやりとりにかなりの丁数を費し、深川における遊びを活写している。殊に舟宿での逢引と口舌、川舟でのおらくと同僚のお美代との会話などにしっとりとした味があるが、こうした深川を舞台に息子株と芸者が恋をするという設定は、春水の得意としたところである。つまり、有人がそのような写本にない部分を創作したのは、彼が春水時代の人情本に戻らざるを得なかったからであると思われる。艶冶な描写は改革後ほとんど為されなかったことから見ても、有人が弘化以後の人情本に限界を感じていたことが窺えるのである。その考え方は、大名の後室智清の扱いにも示されている。智清は、惣次郎が江戸へ戻ってから、ふとしたことで知り合った女性で、大名の方は既になくなり、今は切髪の姿でいる。これが惣次郎に惚れ、自ら恋を仕掛けて惣次郎と契るのである。これは写本の話を踏襲したものであるが、『清談峰初花』では智清にあたる貞正と、惣次郎にあたる捨五郎とを契らせていない。大名の後室と一商人の息子との関係ということになれば、まず『峰初花』の如き扱いをするのが、当時としては穏当であったと思われる。そうしなかったところに、有人が艶情場面を少しでも多く設けようとした意図が見られる。その意図は濡れ場描写にも表われていて、背景に浄瑠璃を用いるなどして雰囲気を盛上げ、春水流のいやみな口舌もとり入れている。更にまた、きめの細かい艶情描写の反面、主人公惣次郎の女性に対するルースなところ、あるいは久しぶりに許嫁お組と再会した折の感動の盛上りのなさなど、力を注がない場面の筆の拙さも春水と奇しくも共通している。前述の通り、上州での滑稽が省略されているのも、彼が意を注がなかった結果なのである。

　写本を粉本にするという方法は、『毬唄三人娘』のところで述べたように、文政期の人情本にも幾例か見られる。[注6]多くは企画の貧困と拙速主義が招くことであるが、有人の場合はそれだけでなく、彼自身の意思もかなり入っていたと見てよい。初編の序には、

　今や江戸紫と唱ふる中本《ふみ》は、いつの頃何人の著述《つくれる》にや、其証《そのあかし》黒白《さたか》ならずといへども、趣向凡ならずして、能く男女の情態をさぐり、しかも教への近道たり

と写本について述べながら、「教へ」の方はほとんど教訓的言辞を用いていない。「男女の情態」に重点をおいているのである。教訓を一応は掲げながら、それが全くの添え物にすぎなかった春水人情本と、この点でも一致しているのである。

七　――結び

以上述べたように、春水没後、人情本は複雑な様相を見せながらもほとんど春水流の方法はとらなかった。有

人に至って初めて、春水流の方法は甦ったのである。弘化以後の人情本の多くは基本的に文政期人情本への回帰を示した。それが改革による制約の結果であったことは確かであろうが、生残った作者達が春水とは異なる方法をとっていた人達であったことも一因であった。「人情本元祖」を自ら名乗った春水の独善への風当りが、春水在世中は潜在していたが、没後に顕在化し、春水流の方法が忌避されたということになる。為永連にあまり活躍の場がなかったのは、先に述べたように彼ら自身が時流に合わず情熱を失ったこと、また才能が不足していたことなどに加えて、春水の社会的悪評による所為があったとも考えられよう。

無論、一旦春水人情本の方法を知った読者を相手として、文政期人情本への回帰は容易ではなかった。殊に幕末の民心の荒廃は、アクの強さを求めた。滑稽本には悪洒落が増し、読本には残酷味がより多く加わった。歌舞伎も同様であった。婦女子の読物もまた同じで、合巻は益々奇を衒った。人情本にも何らかのアクの強さが要求されたが、他の分野と比較してみた場合、そのアクの強さは甘美な恋物語や艶情味に注がれるべきであった。それが、教訓や勧懲を表に出し、滑稽や伝奇で色をつけたところで、読者の興味をそそらなかったのである。文体は文政期人情本より平易になり、内容も文字通り中本として種々雑多な要素が盛込まれた結果、読者対象は広げたものの、思惑通りの読者はつかなくなってしまったのである。その中から有人が出て、読者の意を迎えるべく『春色江戸紫』を書いたのであるが、その下敷としたのが人情本の嚆矢とされる写本『江戸紫』であったのは皮肉な現象であった。人情本は『江戸紫』に興り、読本型中本としての文政期人情本を経て『春色梅児誉美』で人情本としての完成を示し、再び混沌の時代に帰り、更に遡って原初の型に立戻ろうとしたのである。

こうしてみると、人情本とは本質的に何であったのか、要するに中本型読本というに過ぎなかったのか、という疑問が残る。春水人情本がむしろ本来あるべき人情本の方法を曲げてしまったとするなら、改革後本道に戻ったのであり、そこから春水流に進もうとした有人は第二の春水ということになる。しかし、読者は間違いなく春水流を歓迎していたのであり、春水によって人情本のイメージは固定したのである。そして、完成された春水の方法とは、彼自身が文政期人情本を形成した主たる一人であったにも拘わらず、ふり返ってみれば、文政期人情本を素通りして、まぎれもなく『江戸紫』という素人作品の要素をプロの手で練り上げたという形をとったものなのである。とすれば、有人は人情本の正統的方法を再びとり始めたことになる。とはいえ、有人が『江戸紫』の方法を踏襲した時には、既に人情本は維新の激動の中で終焉を迎えようとしていたのである。A・ティボーデの謂う精読者《リズール》を持たなかったところに、人情本の動揺があったといってよかろう。

注

（1）第一章「あだ―春水人情本の特質」参照。
（2）興津要『転換期の文学』（昭和三十八年、早稲田大学出版部）一二五頁参照。
（3）前田愛「江戸紫―人情本における素人作者の役割」（『国語と国文学』第三五巻第六号）参照。
（4）同右。
（5）同右。
（6）神保五彌『為永春水の研究』（昭和三十九年、白日社）三四頁参照。

第一二章　人情本ノート

一　『江戸紫』の諸本

写本『江戸紫』が十返舎一九の人情本『清談峯初花』の粉本であること、『江戸紫』の異本に『三ツ組盃操の縁』があることは、夙に前田愛によって報告されている。(注1)『江戸紫』の存在意義は、その論文で余す所なく説かれているので、ここでは触れるつもりはない。今、更めて、『江戸紫』を採上げるのは、この写本の諸本の異同を見ることによって、大衆的な作品の写本のありようを考える一助としようという意図からである。

現在までに管見に入った写本は四種である。前田が採上げた二種、すなわち国会図書館蔵『江戸紫』（以下、国会本という）と、天理図書館蔵『三ツ組盃操の縁』（以下、天理本という）と、早稲田大学図書館蔵『都下むらさき』（以下、早大本という）、それに青山学院大学蔵の『江戸むらさき』（以下、青山本という）である。

国会本は、前田の解説を借りれば、「半紙形写本五冊、各冊二十丁から四十丁、題簽内題ともに江戸紫巻一…巻五と記す。本文八行、地の文は殆んど一行に書き、会話はカギを用い、人情本一般の書式に従う。書体は板下風の整ったものではなく、むしろ書き流しに近い。挿絵は無い。又、序文、奥書を欠くので、作者、成立年代、本書写年代等も定め難い。」ということになる。他の本も、前田に倣って記す。天理本は、複写本に依るため、本の大きさは不詳だが、前後二編、四巻四冊、各冊四十三丁から六十四丁、題簽は「三ツ組盃操の縁春…冬」、内題は「三ツ組盃操の縁前編上ノ巻」「前編下ノ巻」「後編上ノ巻」「後編下ノ巻」と記す。脱字や誤字など、表記に不統一も見られるが、ここでは統一しておく。春の巻の初めに目録が記されている。「惣次郎生立之事并ニかよひの事」「惣次郎紙子の身の上附継母《まゝはゝ》の欲心」「お組親里零落姉のお賤のかん苦附り知清蓮池の色情」「お久美貞女の心鏡附弐度花咲連理の栄」とあり、それぞれの見出しが、更めて各巻の内題の次に記されている。本文七行、地の文以下は国会本の書誌に同じ。ただ、書体が太字と細字が無作為に交り合っている。が、ともかくも目録を具えている点、形式の面では最も整っていると見てよい。

早大本は、半紙形（横が国会本より一センチ短い）写本三巻一冊、本文五十九丁、題簽なく表紙に「都下むらさき　三編揃」、扉に「都下紫お久美惣次郎　三編揃」とあり、内題に「都下むらさき巻の上」とあるが、「巻の中（下）」という記述はない。三巻の題は、「ほつたん」「発明の手くだの話」「相老の実に志」となっていて、各巻の初めに記されている。本文十二行。地の文以下は、ほとんど国会本の書誌に同じだが、序文を持つ点だけが前二本と異なる。青山本は、横本写本二巻二冊、上巻五十三丁、下巻四十一丁。題簽なし。表紙中央に「お組惣次郎江戸むらさき上（下）」とあり、左下隅に「此主浜」とある。浜なる女性が写したものと思われる。内題なし。地の文以下は、国会本にほぼ同じだが、早大本と同様序文を持つ。但し、早大本が「序」とはっきり記しているのに対し、こちらは「序」と断わらず、本文に組込まれている。

以上、ざっと四種の書誌紹介をしたが、次に相互の異同を見ておく。相互の間の最も大きな違いは、序文を持つか否かであろう。この点で、四種は二つに分けられる。単純に言えば、早大本と青山本とが近いということになるが、ただ、写本の場合は書写する者の趣味が相当に入ってくるので、ここでこの両者の関係を無理につけるのは控えたい。要するに、写本というものが如何に書写する者の意向で内容を変えてしまうかを確認すればよいのである。とは言え、この序文が書写者の恣意によって書かれたものでないことは、その内容から窺えるので、紹介しておきたい。

おもふ事一ツかなへばまた二ツ三ツ四ツ五ツむかしの浮世なりけり七ツにもやりはなしこそ住よけれくわずひんらく唐人のね事まぢりの夜はなしかな是源氏物語雨の夜の定めと言事を一口物にほふやつたりすかれたりうわきどふしのわけもなくさとれば仏まよへばおに心は二ツ身はひとつふりわけがみのむかし合心を懸しまつと竹とはかぞへたて祝井にいとゞわらひのまゆいつしか庭のしら雪もつもる年月弓はまのほしはねゑびやぶかふし福ぢや中間の桜ぼしおばアかちぐりがくしやみをしたやふな女でもにつこりわろうは恋ばなしの世の中そのさきはあてが大事とごくらくてんじゆくも天次第こゝろあらずやとごふせひにこんたんが有そふにみへやすがまアどふいふしかふだへ作しやはたゞ何事も言ずかたらぬ心斗さ其心にもいろ〳〵さま〳〵有が中にもいろよき心あく心人間わづか五十年ゑひがの夢と覚て後花も一時是を一まひ明てごらうしませ

（青山本）

序

思ふ事ひとつ叶《かな》ゑば又二ツ三ツ四ツ五ツむづかしの浮世成けり七つにも八つ咄しにぞ住《すみ》よけれ九はず貪楽《ひんらく》十ヲ人の寝事まじりの夜咄し是かの源氏物語りに雨《あめ》夜半と云事をチヨトつまんで一口ものほふを焼《やい》たりやかれたり浮気同志《どうし》のわけもなし諭《さと》れば仏迷《まよ》へば鬼心は二ツ身はひとつ振《ふり》わけ髪の昔《むかし》より心を懸《かけ》し相生の松と竹との飾り立いわひに祝ふ笑《わら》ひの眉《まゆ》いつしか頭は白雪《しらゆき》のつもる年月弓張《はり》の腰《こし》ははね海老《ゑび》藪柑子《やぶかうじ》福茶《ふくちや》仲間《なかま》の梅干のおばゝから栗《くり》しや其かち栗がくさめしたやうな女でもにつこり笑ふは色咄しの世の中その先は明《あか》すか大事極《ごく》秘密伝授《ひみつでんじゆ》口伝も欲心ならずやと強勢《ごうせい》にこんたんが有そふに見へやすがアマどふしゆかふだへ作者も口をとぢ何もいわず語らず心斗りさ其心にもいろ〳〵様〳〵の有中にも色欲《しきよく》悪心《あくしん》善《ぜん》心それもみな〳〵人間《にんげん》わづか五十年栄花の夢もさめての後は花も一時じやナア

春の夢蝶《ゆめてう》の一眠《いっすい》　作者不知（早大本）

こうしてみると、両者相互にかなりの出入りがあることがわかる。意味の通りにくい部分に、当然ながら筆写者の恣意が窺える。しかし、これらの存在は、意味の通る序文が本来具えられていたことを証明しているのである。序文にこれだけの相違が見られる以上、本文に異同が見られるのも当然であろう。例えば、前田が成立年代推測の内部徴証として挙げた二点のうち、

（その可愛らしさたとへて云ふなら）せんぢよが十六七を交て大和屋の愛敬にいまろこふの色気をうへからそつとふりかけてびんの処は大吉じや（国会本）

の部分は、

故人文車仙女之十六七之所をませて大和屋之合《あい》きやうに亀三かきれい之所をつきませて今路考《ろこう》之色気を上からぞつふりかけてひん之所は天王寺屋の人柄《がら》（天理本）

古文車に仙女の十六七の所を寄せ大和屋の愛きやうと亀三郎の奇麗な所を突まぜて今路考の色気を上からそつと振かけた有所は天王じやの人柄（早大本）

仙女の十六七の所へ大和屋のあひきやうを付田之助のきれひな所今ろこふの色けをそつくりかけたやうなびんの所は天人のやう（青山本）

となっていて、写本の系統の複雑さを感じさせる。また、国会本では、主人公の惣次郎がわざと勘当されて上州へ行く際、

> 本郷通りを打立心ぼそくも上方へと心ざし岩槻道と木曽路への追分越て……それより上州と心がけ名に大宮の原うち闢け……佐野の渡の船橋は名のみ残して板鼻や安中松井田の間だにて上州大町人の隠居らしき人と道連れになり

と、二丁半に亙って道行文のような文章が続いているのであるが、この部分は他の三本には全く見られない。したがって、国会本のこの部分を以て作者の素人臭さを指摘するとしたら、これは必ずしも妥当とは言えなくなる。その他、国会本には、末尾に「書置も形見となれや行年の末は枕の紙に成るとも」の歌があるが、他の三本にはこれも見られない。なお、『江戸紫』に洒落本以上に煩わしい衣裳の描写があることは、前田によって指摘されているが、この衣裳の描写にも色濃く筆写者の嗜好が反映されている。殊に早大本には藤色の使用が目立っているが、筆写者が余程藤色が好きだったのであろう。

全体に、少々読解しにくい部分になると、四者間の異同が多くなるのは、このような手軽な作品の愛好者の教養があまり高くなく、適当に書き写してしまう故であろう。また、こうした作品への取組み方を示しているとも言えるであろう。

以上、写本『江戸紫』の諸本を紹介し、写本のありようの一例を考えてみた。一九が人情本『清談峰初花』を書くに当たって、あるいは幕末の山々亭有人が『おくみ惣次郎春色江戸紫』を書くに当たって、どのような写本を参照したか、もとより明らかではない。しかし、文化頃書かれた『江戸紫』が写本のまま幕末に至るまで貸本屋の手

を経て読まれたことは確かである。また、一本一本の内容が少しずつ異なる『江戸紫』の一写本を以て、その文学史的意義を論ずるのは少々難しいというのも事実であろう。

本稿の後、鈴木圭一によって『江戸紫』の写本十数種が紹介された。（次章―二四一頁注8参照）

二　『花名所懐中暦』の諸本

為永春水の人情本『花名所懐中暦』全四編（初・二編天保七〈一八三六〉年刊、三・四編天保九年刊）のうち、初、二編については、稿本がそれぞれ都立中央図書館東京誌料と天理図書館にあることと、稿本との比較によって板本の成立過程が知られることなどが、中村幸彦、前田愛の論文で報告されている。(注2) 前田はその論文で、東京誌料蔵の板本（初編）の随処に入木の跡が見られること、殊に十四丁にだけ合紙があり、それが稿本と同じ記述の板を削り残したものを刷った紙の反故であることを述べ、稿本から板本への変更の過程を詳細に解明した。ここでは、その事実は事実として措き、『花名所懐中暦』の諸本を検討し、この作品の板の重ね方を考えてみたいと思う。

前田紹介の東京誌料本（四冊本）の他、この作品には多くの板があり、その中には前田に指摘されたような反故の合紙を持たないものもある。これらの板の比較をする前に、順序として、前田のその部分の論の要旨を紹介しておく。

板本と稿本との異同は、初編下巻の主人公茂平ともと芸者のお浪とが恋仲になる条下に多く見られる。初編下巻には入木による改変が数箇所に指摘される。殊に下巻十二オ〜十四オあたりの合紙が入っている部分の前後の入木の跡が著しい。ここは、本来の十二オ、十二ウの本文を入木で改め、十三オとウの半丁宛を別箇に切り離し、この半截の十三オの方を十四オに、同じく半截の十三ウを十五ウに貼りつけた。その結果現在見る板本の丁付は十二丁から一丁飛んで十四丁となり、十四ウが挿絵、つづいて本来は十五オにあった挿絵の裏に、入木で改めた十三ウが連続するということになる。現在ある板本の十四オ（もとの十三オ）の合紙に本来の十四オの痕跡が見られる。

これが反故の合紙に関わる前田の報告の要旨である。この論旨は明快で、その限りにおいては容喙の余地はない。しかし、前田が参照した東京誌料本が、『花名所懐中暦』の板本の代表的なものかというと、必ずしもそうとは言えないのである。その点に関して以下に述べたい。

結論から言えば、『花名所懐中暦』の板本には数種あるのであって、東京誌料本はその中の一本に過ぎないのである。以下、東京誌料本以外の各本を紹介してみる。次頁の図も参照されたい。

1　慶應義塾大学図書館本（以下、慶大本という）四冊本（但し、初・二編のみ存）

東京誌料本のように捨刷りが合紙になっているのではなく、捨刷りの部分が表に出ている。すなわち、東京誌料本の合紙で、

舌打して浪〽アアせつなかつたト溜息をつき茂兵衛の』手をおさへて浪〽ソレ御覧こんなに癪をおこさせたヨ茂〽誰が』浪〽おまへより外にだれが〔二字不明〕させるものかネよくなをして』おくれ茂[1]〽イヤこり□迷惑〔数字不明〕[2]からのせへな』〔数字不明〕[3]どこかいい医者さまがある〔数字不明〕が行てよんで』来〔数字不明〕引倒〔以下不明〕（傍線筆者）

とされている部分が、十三ウとしてそのまま出ているのである。表に出ている分、合紙より読み易く、前田の翻刻を若干訂正し得る。その部分を書き出してみる。

イヤこりやア迷惑な（傍線1）
おいらのせへなものか（傍線2）
どこにかい丶医者さまがある（傍線3）

その一方、「引倒」などは慶大本では不明である。さて、慶大本では、十四ウ～十五オが挿絵となっていて、十五ウにも捨て刷りがそのまま出ている。読める範囲を読んでみる。

たねへ
〔三行不明〕夢を結びけるが』秋の夜なが〔数字不明〕はやさしのぼる朝日〔数字不明〕の』すきよりさしければお浪は目をさまし〔数字不明〕大そうに』おそいそふだ〔数字不明〕うや茂〳〵ヲ、ご〔数字不明〕れ

これは、稿本の五十六枚目オ冒頭部からの、

やすくはやさしのぼる朝日かげ雨戸のすきよりさしければ』お浪は目をさまし〳〵ヲヤ大そふにおそひそふだ
ドレ起よふや茂〳〵ヲ、ごふぎに寝はすれたそふだ

に対応している。このように、慶大本はもとの板木を潰したものを一度刷った上でそのまま使用しているのである。なお、この本と同じようになっているのが東京大学国語研究室本であるが、こちらは潰した部分が更に削りとられていて、ほとんど白紙の状態になっている。

2　青山学院大学日本文学科研究室本（以下、青山本という）　十二冊本

この本は、合紙を十四丁に挟んでおり、捨て刷りの具合は慶大本と同じ程度である。但し慶大本にあるあと半丁分の捨て刷りは見られない。その意味で東京誌料本と同じ体裁である。ただ、挿絵の部分が東京誌料本とは異なる。すなわち、東京誌料本では十三ウに当たる所に絵の半截が入り、丁付が十四となり、あとの半截の絵が十六オに当たっているのである。

3　静嘉堂文庫本（以下、静嘉堂本という）十二冊。

丁付や合紙の入り方は青山本と同じであるが、その合紙は白紙であって、捨て刷りはなされていない。この仕立ては蓬左文庫の尾崎久弥旧蔵本と同じである。

4　国会図書館本四冊。

丁付や合紙の入り方は東京誌料本と同じであるが、捨て刷りの部分は「い丶医者さまが」の行と次の行とに僅かに痕跡を残すに過ぎない。

5　早稲田大学図書館本四冊。

丁付や合紙の入り方は青山本と同じであるが、捨て刷り部分は不鮮明である。

他にも、種々の本があるとは思うが、とりあえず管見に入ったものを挙げただけでも、右の通りその出入りは甚しい。この作品が何度も板を重ねるほど人気を得たとは思い難いのであるが、少くともこれだけの諸本を持っているということは、やはりそれなりの読者の要望が背後にあったと見なければなるまい。

ところで、これらの諸本がどのような順序を踏んで出板されたのであろうか。右に挙げたような間紙から見ると、常識的には、1があり、2、4（あるいは5）と続き3が最後に出されたと見ることができるはずである。すなわち、一旦稿本と同じように彫られた本が検閲で咎められた（乃至は自主規制をした）結果、急遽入木できるところは入木し、入木だけでは間に合わないところは板を削り、時間に追われて削った板をそのまま刷って出

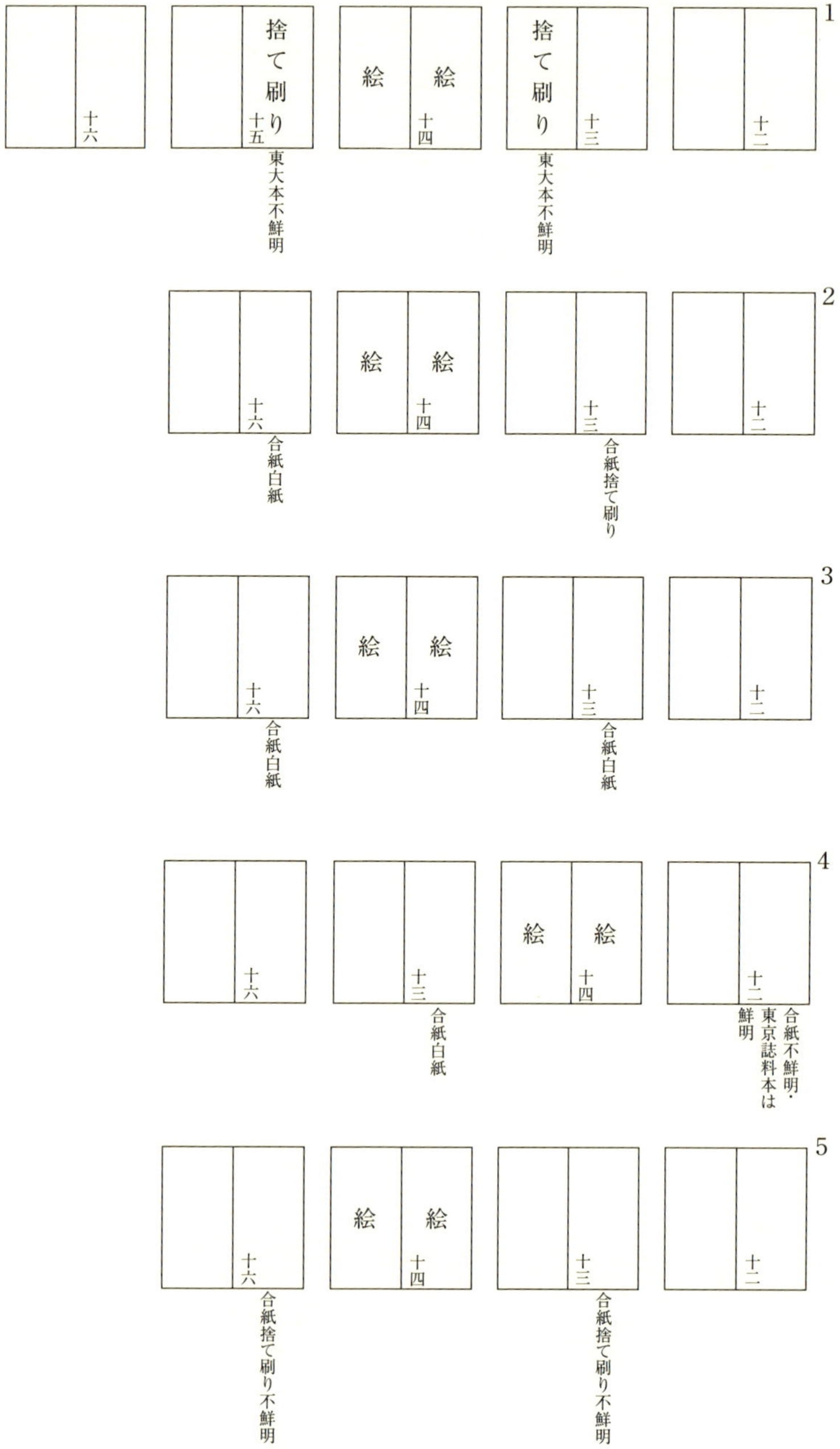
1
十二
捨て刷り
十三
東大本不鮮明
絵
絵
十四
捨て刷り
十五
東大本不鮮明
十六
2
十二
十三
合紙捨て刷り
絵
絵
十四
十六
合紙白紙
3
十二
十三
合紙白紙
絵
絵
十四
十六
合紙白紙
4
十二
合紙不鮮明・東京誌料本は鮮明
絵
絵
十四
十三
合紙白紙
十六
5
十二
十三
合紙捨て刷り不鮮明
絵
絵
十四
十六
合紙捨て刷り不鮮明

した、という風に考えられるのである。次には削った板を刷った部分を間紙の形にして切り貼りした、と考えるのが順序であろう。当然その後はただの白紙を間紙にして切り貼りしたものが想像されるのである。

しかし、諸本を見る限り、どうもそうは考えにくいのである。というのも、3の方に早く出されたと思われる徴候が見られるからである。その一つは、口絵の色である。例えば、初編にある小三の着ている着物の色が3は茶色であるのに対し、他は濃淡こそあれ緑である。また、二編の竹垣とその後に描かれた木の色が、3は鉄紺であるのに対し、他は緑である。ここでも3以外の諸本の緑には濃淡があるが、それは今は措く。これは、3系統の方が色の用い方から見て手が込んでいるということを示している。3以外の本では、青山本を除いては、概ね彩色の仕方が淡泊で雑である。この青山本については、更めて触れる。

口絵以外で書誌的に問題になるのは板下である。が、これはどうも同じもののようである。すなわち、かぶせ彫りもなく、皆同じ板木を用いていると考えられるのである。例えば、初編上巻十オで「呑せければ」「それより」「つまらねへ事だネ」などの部分が、かすれた感じに摺られているのは、どの本も同じである。また、初編下巻一ウの終り二行の下段がかすれているが、これも各本同じである。ということは、板木は各本同じものを用いていることになるのであるが、ただ、框郭の線は、3系統本が最も鮮明である。

以上の事実から考えるに、3系統本が最初に出されたと見るのが最も辻褄が合うように思われるのである。では、そうだとしたら何故後刷りの方の合紙に捨て刷りが用いられたのか、という疑問が残る。否、合紙にせず丁付に忠実に捨て刷りのまま綴じられた慶大本や東大本などは、どう理解したらよいのか。これらについては、一応の推論は成り立つであろうが、推論は推論に過ぎないので、ただ右のような事実を記すにとどめる。

ところで、初・二編に関しては、以上のような異同を見ることができるのであるが、三・四編についてはどうか。慶大本は初・二編しかないので、言及できないが、他の諸本に関して言えば、これもやはり3系統本と他の本との間に一線を画することができる。それは、三編中巻十二オにあるルビについてである。すなわち、三編中巻十二オにある「宸初」のルビが、「はじめて」となっているのであるが、「じ」の濁点が3系統本では濁点が二つであるのに対し、他では一つしかないのである。これは、諸本が同じ板下を用いたとしても3系統の本が早く刷られたと考える根拠になり得るのではないだろうか。

初・二編が天保七（一八三六）年、三・四編が天保九年の刊記を持つ以上、初・二編と三・四編とを同日に論ずることは当然できないのであるが、三・四編についても、3系統の方が整っているということになれば、あるいは初め四編までを同時に刊行したという可能性も出てくるわけである。前田氏の指摘にもある通り、この本が出版時に種々の問題を含んでいたとすれば、出版の時期が刊記より遅れたということは考えられないではない。いずれにせよ、静嘉堂本が最善本であるとは言えよう。

なお、終りに青山本について一言記しておく。前述の通り、これは初刷本ではないようであるが、小汀旧蔵本だけに全体に保存もよく、美本である。それに、口絵の一部に他の諸本と異なるところが見られる。それは、初編口絵の豊浪と茂平（茂兵衛）が並んでいる絵で、上部に薄い墨が刷いてある部分である。この薄墨はそこに描かれている月の一部にもかかっているのであるが、これは他の諸本には見られない。また、四編の序文の部分の地に梅の花が緑色で散りばめられているが、これも他本には見られない。それに、全体に口絵の色が鮮やかである。

こうした点からみると、この青山本は、愛蔵用に作られたものかとも考えられるのである。

以上のように、『花名所懐中暦』は多くの諸本を持っているが、つまるところ、その異同はほとんど口絵と問題部分の貼り合わせによるものだと言ってよい。この辺に、人情本の手軽な出版ぶりを見ることができると思われるのである。天保七年といえば、春水の人情本が人気の最盛期にあった頃で、例の悪癖で代作者を次々に用いていたのがこの頃である。それだけに、人気に便乗してこのような出版の方法が取られたわけである。

三　『春色梅辻占』と三人目の杣人

東北大学狩野文庫蔵の人情本『春色梅辻占』（全三編）は、『国書総目録』によれば、天保四年刊、寿艸亭南仙笑杣人（楽山樵夫）作、竜斎鶯谷画とあり、著者別索引ではこの杣人は二世楚満人（為永春水）と同一人物にしている。しかし、この記述には誤りがある。もちろん、『国書総目録』は、その編纂過程を考えれば、すべて正しいとは言い切れないのであって、今その誤りを批判するつもりは毛頭ない。要は事実を事実として報告することを目的とするだけである。

まず、作者の寿艸亭南仙笑杣人であるが、この人物については、人名録で知られる通り、二世南仙笑楚満人とは全く別人であることがわかる。すなわち、『安政文雅人名録』（安政七〈一八六〇〉年刊）によれば、「俳 楽山 一号水亭又号飛銭 沼津藩 辰ノ口 禔田又之進」とあり、『文久文雅人名録』（文久三〈一八六四〉年刊）には、「戯文 程磨 名貴和字節之号礼斎又号花中莽 沼津藩 大名小路 程田又之進」とあることから、本名を程（禔）田又之進という沼津藩士であることが知られるのである。確かに、初編口絵には水亭楽山の句が載っている。そこで『安政文雅人名録』では俳人の部に入っているのであるが、『文久文雅人名録』では戯文家の部に入っているところを見ると、本作が出た結果、戯文家の仲間入りをしたということになるのではあるまいか。いずれにせよ、この戯作者が他にどんな作品を著したかは全くわからないのであって、ここでも、その素性を深く追究することはしない。しかし、少くとも、南仙笑楚満人に三代目がいたことだけは確かなのである。なお、本作三編の序文は楳亭漁父すなわち梅亭金鵞である。金鵞が武士階級出身であるだけに、沼津藩士楽山とは繋がりが深かったのかも知れない。幕末には、染崎延房（二世為永春水）や萩原乙彦（二世梅暮里谷峨）など武家出身の戯作者は多く、楽山もその仲間ということになる。もっとも、金鵞と楽山との関係には、本作の口絵を担当している梅の本鶯斎が介在しているとみることもできる。鶯斎は金鵞の弟であり、また松亭金水や金鵞らの「和合連」の一員でもあり(注3)、更に金鵞の滑稽本『妙竹林話七偏人』（安政四〈一八五七〉年～文久三〈一八六三〉年刊）の挿画を担当しているので、鶯斎の線から楽山と金鵞の結びつきが生まれたとも考えられる。

ところで、『国書総目録』にある「竜斎鶯谷画」の記述であるが、竜斎と鶯谷とは別人と見た方がよさそうである。竜斎の名は、初編口絵に「応需　竜斎画」と出てくるし、鶯谷は第二・三編の口絵を描いている。が、絵の描線はやや異なる。また、第三編には鶯斎画ともある。つまり、第三編には鶯谷・鶯斎の二名が描いていることになるのであるが、これは落款が同じであるから同一人物とも見られる。但し、それなら何故同一人物が同じ編にわざわざ二つの名を用いる必要があったのかとなると、答が見つからない。しかも、両者の描線には、竜斎と鶯谷との差以上の違いがあるようである。初代と二代、あるいは二代と三代で同じ落款を用いる例はあるので、師弟が同じ落款を用いたとすれば、鶯斎と鶯谷は師弟とも考えられる。が、『浮世絵類考』や『原色浮世絵大百科事典』第二巻〈浮世絵師〉（昭和五十七年、大修館書店）でも手掛りは摑めなかった。これ以上の推論は控える。

さて、以上のようなわけで、「天保四年」という刊年も当然おかしい。狩野文庫本には奥付もなく、序文にも刊年がない。第三編の序文の終りに楳亭漁父の名が記されているが、その前の一行分が不自然に空いているので、そこに刊年のようなものが記されていた可能性はある。しかし、他の本を見ていないのでそこから先はわからない。ただ、手掛かりらしきものはある。

初編巻之上第二回に、女主人公お梅の叔母がお梅の身の上を人に話して聞かせる条下に、母親《おふくろ》が艱難苦労して漸々《やう〳〵》此娘《このこ》を育てあげ先づ十歳《とう》にも成《なつ》たから一《ひ》ト安心と思つた処でお前の知《しつ》てお在《いで》の通りの彼《か》の地震に逢《あひ》サ夫《それ》から引続て火事やら暴風《あらし》やら何やかやで不仕合のうへなしだから

という台詞が出てくる。言うまでもなく、地震は安政二年十月二日夜に起こった大地震を指していると見てよい。火事は、地震の際にも起こり、安政三年にも度々ある。暴風は、安政三年八月二十五日夜の「近来稀なる大風雨」（『武江年表』）を指すのであろう。となれば、この作品は早くとも安政四年の成立であると考えることができる。

更に、第三編の終りで、悪人の二人がコロリで死ぬ設定があるが、これもまた『武江年表』安政五年の項に、

同月（七月）末の頃より都下に時疫行はれて、（中略）八月の始めより次第に熾《さかん》にして（中略）。此の病、暴瀉又は暴痧《ぼうさ》など号し、俗諺に「コロリ」と云へり。

とあるのに符合する（本作では「暴瀉病《ころり》」と記されている）。これにより、下限は安政五年か六年と推定される。以上を整理すると、人情本『春色梅辻占』全三編は、楽山（南仙笑杣人）作、竜斎・鶯谷・鶯斎画、安政四〜六年頃刊行ということになる。

内容については特に記さなかったが、幕末の人情本に共通するストーリー本位の傾向が顕著で、殊に第三編で急に話の展開が慌しくなるということだけを記しておく。また、第三編上之巻に、「つれねへ」「ひよどり」などの語が、ルビだけで文字が入っていないなど、人情本によくある杜撰なところが見られることも特徴であろう。

このように平凡な作品を敢えて紹介したのは、第一に誤りを正したかったこと、第二に南仙笑杣人に三人目が存在したと報告したかったこと、第三に刊年を推定しておきたかったことの三点に亙る動機による。

人情本は、内容の上では類型的でさして興味のあるものでもないが、書誌の上では多くの疑問点を持っている。その一端として、三作品の書誌的な問題を提示した次第である。

注

（1）前田愛「江戸紫―人情本における素人作者の役割」（『国語と国文学』第三十五巻第六号所収）

（2）中村幸彦「為永春水の手法―立作者的立場」（『近世作家研究』昭和三十六年、三一書房、所収）
前田愛「『花名所懐中暦』初編稿本について」『国語国文』第三十三巻第七号所収）

（3）興津要『明治開化期文学の研究』（昭和四十三年、桜楓社）一五六ページ。
同『転換期の文学―江戸から明治へ』（昭和三十五年、早稲田大学出版部）一一六ページ。

第一三章　人情本ノート（二一）

一　『虚中実話恋の萍』

『虚中実話恋の萍《うきくさ》』（以下『恋の萍』とする）は、曲山人（司馬山人）の最初期の人情本である。曲山人に就いては、既に水野稔の論考や[注1]、それを補う形の拙稿[注2]が具わるが、『恋の萍』は、水野の論考中の追記に、これが年表類にある通り文政十二（一八二九）年の刊行であることが実証されている。但し、水野の入手した本は、天保五（一八三四）年の後印本（以下、水野本とする）であり、現在明治大学図書館「江戸文藝文庫」に収められている。一方、筆者も天保二年の刊記のある本を入手し、青山学院大学図書館所蔵としている（以下、青山本とする）。この二本から知られる事柄について、以下に記す。

まず、簡単に梗概を記す。

鎌倉雪の下に清市なる盲目の按摩がいる。妻に先立たれ、娘のお三と暮らす。周囲に勧められ後妻お熊を迎えるが、これが浮気性で、出入りの髪結大三と通じた挙句、駆落ちする。その際、気付いた清市に傷を負わせ、それがもとで清市はその後亡くなる。清市の病臥中、麻草（浅草）観音へ代参したお三は、怪我をして若い男に介抱される。お三は母方の伯父直介方に引取られる。先の若い男は、太刀鼻町（橘町）辺に質屋を営む栄屋藻兵衛で、母一人子一人。家業は番頭玄六に委せ、幇間役の古手屋十郎兵衛と遊び回っている。十郎兵衛の勧めで両国の水茶屋の娘を見に行くと、これがお三。十郎兵衛が直介に掛合い、お三は藻兵衛に囲われることになる。一方、大三は才三と名を替え、芝居の留場となっている。おくまはお高麗《こま》と名乗り、髪結となっている。番頭玄六（玄兵衛）は店の乗取りを企み、才三と共謀して家に預る北條家の玄宗皇帝宸筆の一軸を盗み出し、藻兵衛に責任を負わせる。お三は芝居小屋で見かけた才三を大三と認め、身辺を探らせる。北條家から借金と引換えに一軸の返還を求められ、藻兵衛は窮地に陥り、玄兵衛は自らの手柄にして一軸を返すが、十郎兵衛の働きもあって、企みは露顕。才三も身許が割れ、藻兵衛とお三に殺される。玄兵衛は罪を悔い、出家して藤沢の遊行上人の徒弟となり、お熊は自害する。お三は、改めて藻兵衛の妻となる。

お駒、新三、おさん、茂兵衛等の芝居でお馴染の人物名を用いて、さして入り組まない話に仕立てている。筋書きを見る限り、文政期人情本の類と変わらない。同じような人物を絡ませた文政七年刊『軒並娘八丈』（二世南仙笑楚満人作）と比較すると、筋立ては単純だが、趣向は似たようなものである。しかし、文政期人情本にあり勝ちな上方狂言本風のせりふ回しの『軒並娘八丈』と異なり、江戸歌舞伎の味わいを持つ会話で、多くの部分が成立っている。例えば、大三とお熊が情を通じる場面で、

大三「その一言を聞《きか》ふと思って。今のやうにいひやしたのさ。ほんにおめへさんは。末始終。たのもしいおこゝろ意気だ　くま「そんならおまへいよ〳〵わたしを　大三「押が強《つゑ》へが女房にする気サ。今さらいやとはいはせませんよ　くま「それが真実誠なら。いやとはいはぬがおまへの心が　大三「しれないとおいひなさるか。そんなら知らせてあげやせう

と、芝居の渡りぜりふをそのまま取込んだようなこなれた会話を描いている。文政十二（一八二九）年作とは思われない文の運びである。実は、曲山人（司馬山人）はこの時期に初期の作からこのような描写をなしていたのである。

文政十二年と言えば、水野が同年か翌天保元年刊かと推定した『当世操文庫』とほぼ同時期の刊行ということになる。水野は『当世操文庫』について、

（天保元年刊の曲山人作）『女大学』と同様、司馬山人と号した試作期の作品として、親子の名乗合いや悪人の懺悔、因果関係等をからませた合巻風の筋を追っているに過ぎず、人情や市井風俗描写等にさして見るべきものもない作品である。

とした[注3]。しかし、むしろ会話文主体の文体や、江戸風俗の描写などには天保期人情本に近いところも見られるのであって[注4]、曲山人の人情本作者としての再評価がなされなければならないと考えられるのである。そうした初期の作品群の中でも、この『恋の萍』は特異な作となっている。

『当世操文庫』や『女大学』は、話の組立ては『恋の萍』とほぼ同じであるが、因果関係等については、『恋の萍』は梗概にも記した通り濃密ではない。仕組みは単純である。家宝の紛失とその発見の経緯も淡白に描かれている。いかにも初期作品に相応しい。何より他の作と異なるのは序文である。既に述べたことがあるように[注5]、曲山人の作品の序文はほとんど自序であり、しかも自らの未熟な文才を謙遜したものとなっている。それに対して、『恋の萍』は、初・二編とも序は自序ではない。初編序は素羅園天馬であり、二編序は式亭虎之助（小三馬）である。素羅園天馬は、『当時現在広益諸家人名録　天保十三年版』によれば、本名金沢杢右衛門で、瓠形とも称した文

人である。この序の中で、作者司馬山人に触れているのは、二編の、

虚と実の根をうがち、そこをさぐりし小冊あり。虚中実話《きょちうのじつわ》恋の萍と目して、司馬山人が新案なり。

とある条下だけで、初編序には作者については何一つ記されていない。この点から見て、これらの序文は作者が依頼したものというよりむしろ書肆が書かせたと考える方がよい。つまり、作者司馬山人の名が知られていない時期の作と見られるのである。既に述べたことがあるように、(注6)曲山人（司馬山人）は書肆から終始素人作者として扱われていた作者であるが、それを勘案したとしても、『恋の萍』での扱いは軽い。

更に、青山本では初編（前編）上・中・下各巻の内題下は、「江戸」とあって作者の名が記されていない。二編（後編）では、上・中・下各巻とも「江戸　司馬山人戯作」となっている。水野本では、全て「江戸　司馬山人戯作」となっている。後述する通り、青山本も初印本ではないので、断言は出来ないが、初めは作者名を入れず、或いは別の作者名で、出版された可能性がある。となれば、作者の扱いの軽さがここにも示されていることになる。

尚又、この『恋の萍』という題名にも気をつけなければならない。周知のように、曲山人の作品は『当世操文庫』を初め、『人情其儘女大学』『仮名文章娘節用』等、全て女訓物めいた題名となっている。『恋の萍』はその系列に含まれない。

このような点から見て、『恋の萍』は曲山人の処女作であると考えてよい。

扨、ここで青山本と水野本との比較をしておきたい。青山本は二編各三巻を九冊に仕立ててある。すなわち、前編は上・中・下巻各々一冊で三冊であるが、後編の編成は、上巻が序から十二丁までと十三丁から二十七丁ま

での二冊、中巻が一丁から十二丁までと十三丁から二十四丁までの二冊、下巻が一丁から十五丁までと十六丁から三十丁までの二冊で、計六冊となっている。各巻は、例えば上巻の十二丁が「……茶でも上ケ申な。」で終わり、十三丁が「そんなら直《じき》行てめへりますヨ……」と始まる、という風に一冊を無理に二冊にした形となっている。巻末は、各巻各々「後編巻之上終」「後編巻之中終」「後編巻之下ノ二大尾」と記されている。刊記は、「天保二歳卯四月発行　東都　馬喰町二丁目西村屋与八　同所大黒屋源蔵」となっているが、匡郭からはみ出るような字配りは、明らかに埋木によるものだと感じさせる。該書は、各冊扉に「大伝馬町壱丁目新道三拾番地　伊勢屋幸助」名の貸本屋の口上を貼布しており、貸本屋伊勢屋幸助が装幀をし直したものと考えられる。当然、題簽もその際付されたと思われるが、それを「初編上〜下」「二編上〜下」「三編上〜下」としていて、内容とズレている。

一方、水野本は全十冊の仕立てとなっている。すなわち、前編は上巻が一冊、中巻が一丁から十丁までと十一丁から二十一丁までの二冊、下巻が一丁から九丁までと十丁から二十丁までの二冊で計五冊、後編は上巻が序から十四丁までと十五丁から二十七丁までの二冊、中巻が一丁から二十四丁までの一冊、下巻が一丁から十五丁まで、下巻之二が十六ノ上丁から三十丁までの計五冊となっている。巻末は、「後編巻之上終」「後編巻之中終」「後編巻之下ノ一終」「後編巻之下之二大尾」と記されている。各冊題簽が各編一〜五となっていて、表紙の絵に「天保五甲午年暦」とあるのみで刊記はない。前・後編計十冊で、青山本より一冊多い。青山本より初編で二冊多く後編で一冊少ない故である。無理な分け方は青山本と同じであるが、一箇所だけ大きく異なる所がある。それは、後編巻之下ノ一から巻之下ノ二への移りの部分である。青山本では機械的に十五丁までと十六丁からに分けただけで、巻末の「巻之下ノ一終」という文字もないのであるが、水野本ではこの巻末を切り良く区切り、「巻之下ノ一終」として、巻之下ノ二を改めて始めているのである。すなわち、青山本では十五丁ウの六行目の頭から立たりゐたりする処へ又もいきせきかけくる古十「モシ〱お賛さんお悦《よろこ》びなせへ。今日《けふ》わたくしがト者《うらなひ》（六行目終）に。旦那のお行方お身のうへを。うらなはせて見ましたら。明日飯《あしたかへ》つて（七行目終）ござるとの事。それが定《ぢやう》なら何もかも。苦労になさるにやおよび（八行目終。十五ウ終）ません

となっている。これが水野本では、

立てもゐてもおちつかずひとり気をもみゐたりける

と文章を変えて、十五丁ウを終え、巻之下ノ二の冒頭つまり十六丁オに当たる所を、内題等の後の四行目から、

か丶る折から格子戸の。ふたたび瓦乱離《くわらり》と明くゆゑに。お賛は（四行目終）誰《た》そとおどろくうち。案内もなく入り来る古十「もし〱（五行目終）お賛さんおよろこびなせへ。今日わたくしが周易《うらなひ》の名人に。旦（六行目終）那のおゆくゑお身のうへをうらなはせて見ましたら。明日《あした》かへつて（七行目終）ござるとの事。それが定《ぢやう》なら何もかも。苦労になさるにやおよび（八行目終）ません

としているのである。つまり、十五丁ウを二行半余して終えた後、十六丁では文章を変え、六行目、七行目で先の文章に戻して行数を整えた後、八行目の「ござるとの事」から元の板木を用いているのである。となると、青山本で十五丁ウで終えた部分を十六丁に移したのであるから、ちょうど半丁分が青山本とズレる。「ません」から始まる丁は、水野本でも柱刻は「十六」である。そこで、水野本では余分な半丁分の処理をするのに、本文半

丁分に挿絵半丁を加えて一丁とし、柱刻を「十六ノ上」としているのである。つまり、結果として水野本は青山本より一丁多くなってしまったことになる。

なお、水野本には刊記はないが河内屋長兵衛の蔵板読本目録が四箇所にある。したがって該書は河内屋長兵衛方に求板されたと考えられる。また、後編上巻の巻末に「江左東梁頭　花津漁翁書」とした「後叙」がある。これは青山本にはない。この後叙が「文政庚寅秋月」となっているところを見ると、文政十三年即ち天保元（一八三〇）年に書かれていることになり、青山本にこれがないのは不自然である。或いは貸本屋が綴じ直しの際外したのであろうか。

ところで、作品の完成度という点からは決して高くない本作が、天保五年に大坂の書肆河内屋長兵衛が求板するほど版を重ねたのは何故だったのであろうか。前述の通り、曲山人は終始素人作者であったので、作者の名前で売れるようなものではない。まして、曲山人（司馬山人）の処女作であれば尚のことである。

しかし、ストーリーは単純でわかりやすい。また、文章も会話中心で読みやすい。上方狂言の臭いもない。人情本の嚆矢とされる『清談峰初花』（文政二年刊）が、素人作者の写本を粉本としたように、素人風の素朴な読み物が歓迎されたということであろうか。大惣の蔵書目録(注7)にも『恋の萍』の名は見える。それなりに読者を得た読み物だったのであろう。

曲山人の代表作『仮名文章娘節用』（天保二年刊）にも実は『人情夜の鶴』という粉本があったことが、鈴木圭一によって示唆されている。(注8)内容から見てほぼ間違いないと思われるが、こうした事実から考えると、文政期にあっては素人の自由な発想から生まれた恋物語が喜ばれ、洒落本や中本型読本の流れを汲む職業作家の恋物語より、時には人気を得ていたのではないか。つまり、本屋の思惑と読者の嗜好とが噛み合わず、それを一致させたのが素人臭の濃い曲山人だったと言えそうである。

二　「人情本」の称

「人情本」の名称が初めて用いられたのは、『春色梅児誉美』四編（天保四〈一八三三〉年刊）にある為永春水の自序末尾の「江戸人情本作者の元祖」との自称である、とするのが通説である。確かに、春水が「江戸人情本《にんじやうもの》の元祖」と自称して自らの立場を世間に示したのはこれが最初であるが、「人情本」という名称は既に文政期に見られるようである。例えば、文政十一（一八二八）年の自序を持つ二世南仙笑楚満人（為永春水）作『婦女今川』三編巻八第十三回には、

「ナニサ万葉の仮名をまじへてかいた哥サ。こりやアたゞのしやれ本同様な人情本《にんぜうぼん》だ。

とある。また、同じ楚満人作『萩の枝折』後編巻五第五回にも、

「いまはやる。あの一九種彦楚満人なんどが。もつはらにかく人情本《にんぜうぼん》でも。ついぞ見たこともないしろもの。

とある。『萩の枝折』の刊年は、序や刊記による手掛かりがないので明確ではないが、楚満人の名は文政十一年まで用いられていたと考えられるので、遅くとも同年までの刊行と見てよい。

すなわち、春水は二世南仙笑楚満人を名乗っていた文政末年には、既に自分の作品群に人情本の名称を用いていたことになるのである。このことは、自分の作品の方向を模索していた二世南仙笑楚満人が文政十一年にはほ

ぼ方向性を見出し、これを人情本として括ろうとしていたことを意味すると思われる。その認識の上に立って、為永春水と改号したわけである。改号してからの春水は、確かに作風を一変する。「江戸人情本の元祖」は、人情本作者たる自覚を確かなものとした春水の自信の表れであった。

以上のように、「人情本」という名称に限って言えば、その初出は文政十一年まで溯れることになるのであって、その後四、五年の間に出版界にも「人情本」という名称が浸透し、人情本は市民権を得たということになるのである。人情本という概念の展開については、既に記したことがあるので(注9)、ここで更めて論じるつもりはないが、二世楚満人の作品以外に、管見では「人情本」の称は文政期に見られない。従って、文政十一年あたりにおいては、二世楚満人すなわち為永春水が意図的にその名称を用いて読者にアピールしようとしたものと考えてよいと思われるのである。

三　『新傾城談春仮寝』

ここに『新傾城談春仮寝《しんけいせいだんはるのかりね》』という中本三巻三冊がある。「人情本ノート」という題に相応しい作品か否か、判断に迷うものであるが、『国書総目録』の類にも載っていないので、ここに採上げ、内容を検討しておく。

表紙は三冊とも題簽が剥落していて、青色表紙。縦十八センチ・横十二センチ。上巻は序文一丁半、口絵見開キ二丁、附言半丁、本文十六丁半。中巻は本文十六丁。下巻は本文二十丁。柱刻は丁付のみで、略題名は書いていない。作者は「江戸　酔狂山人戯作」。

本作は、「附言《つけていふ》」に、

漸〻昨今廓なれて歩みなれたる八文字も俄の騒ぎに以前《ぢがね》をいだしなまめく風《ふう》に引かえてはげしき烟《けふ》りに周章《うろたえ》ず宅麻《たくま》蝶河岸《てうがし》の節《とき》から看《み》りやわけはねへヨ直様《ぢきさま》さとへ出ると田甫《たんぼ》だはねもしも人込で歩行《ありき》にくゝは組合の衆中《てゑへ》が当番へ付て来るから連出して貰ひねへなト平気で立退《たちのく》睦月の夢人間一生五十間道土地《ところ》の者より迷はぬは是ぞ新契情《しんけいせい》が鎌倉気質物怪《もつけ》の調法といふへきか

とあるように、吉原の火事と新傾城すなわち傾城になったばかりの女性（但し、後述するように、ケイドウによって芸者から傾城になったと考えられる）との関わりを主題としたものである。刊記はないが、序文が「天保六未如月」に記されているので、この火事は天保六（一八三五）年に起こった火事と考えられる。『武江年表』によれば、天保六年正月二十四日に吉原が全焼したとある。とすれば、この作は火事の後間もなく作られた際物であることになる。なお、この年は、吉原以外にも、正月十一日、二月八日、二月九日、三月十日と立て続けに江戸市中に火事が発生している。後述するが、本作ではそれらの火事も題材となっている。

作者の酔狂山人が何者か判然としないが、文章はさして書き慣れた調子でもなく、内容も面白いものでもない。要するに、際物として急いで作られたものと考えられる。大体、新傾城ということばが耳慣れないものであり、所謂戯作者といった作者とは異なる作者の記したものと思われるのである。

岩田秀行の「吉原仮宅変遷史」(注10)によれば、この天保六年の吉原全焼の際の仮宅を題材としたものに、寺門静軒『江戸繁昌記』第四編や艶本『夫は深草是は浅草百夜町仮宅通ひ』があるが、本作もその一に加えられる。ただ、先にも記したように、その他の江戸の火事をも絡ませて新傾城の諸相を描いているところに、本作の特徴がある。内容を検討してみる。上之巻は、

○鳥の音まだき廓の後朝　○庫手屋豊夏色客の口説　○釜屋の初山間夫を含蔵の三編から成る。中之巻は、

○継母於若を恥かしむ　○五明の花扇衆女を嘲るの二編から成る。下之巻は、

○夢路をたどる春の夜の手枕　○両傍の岸に咲たり桃さくらの二編から成る。計七編の短篇の概略は次の如くである。

○鳥の音まだき廓の後朝

吉原の大火に焼け出されて廓の外へ逃げ出す人々の様子を描き、仮宅に筆を及ぼした後、

扨此一二回は過《すぎ》にし新契情の風情をしるして名におふ哥山豊夏伊奈鶴なんどが気性をこと〴〵く書顕《あら》はしそれより恋が窪の廓をはなれ仮の住居の遊びを穿《うがち》てまた人情の深きをつゞり唄女《げいしや》の節《とき》の好漢《いろをとこ》おいらんとなつての間夫の風情は中の巻の半より下の巻にいたりてくわしく記せりされば纔《わづか》に一回二回をよみて仮宅のはなし

ならずと捨《すて》たまふな三回此つゞきの中の巻なかばの所よりはすべて仮宅の世界なりその心にてゆる〳〵とまづ一二回をよみて後舞馬《ふば》の難義の烟花の仮住その繁昌をば読《よみ》給へかし

と、改行の形で記す。こうした運びから見ても、作者の手際の悪さが読み取れる。また、読者が仮宅物を読みたがっていたことも知られる。ともあれ、この第一話は仮宅から一転して吉原に戻り、新抱の哥山の様子を描くことになる。哥山は芸者あがりで、地面地屋敷まで持ちながら遊女になったという変わった経歴の持主である。そういうことで、鼻柱も強いのであるが、遊女屋の亭主に喩されて我儘を改め、全盛となる、という他愛ない話。そストーリーらしいストーリーもなく、エピソード風に綴られているだけである。

○庫手屋豊夏色客の口説

庫手屋《くらてや》の新抱の遊女豊夏が情人忠蔵と切ない逢瀬を楽しむというだけの話で、ストーリー性もほとんどない。

○釜屋の初山間夫を舎蔵《かくまふ》

角の釜屋（玉屋）の初山には藩の武士武射《ぶさ》角太夫という旦那がいるが、情人文雅と通じ、角太夫を蕩し込んで文雅を兄と偽り、角太夫に金を出させて二人で楽しむという話。最後に吉原の火事で逃げ出すという結びとなる。

○義母於若を恥かしむ

ここからが中之巻である。お若は売れっ子芸者だったが、母親の欲心から色々と旦那を取らされ、挙句の果てに苦界に沈み、和哥鶴と名乗り、遊女稼業が性に合ってか気儘に暮らしている。そこへ火事で焼け出された母親が頼ってくる。母娘の間で火事の話が交わされるが、その中に焼けた場所を示す「焼場《やけば》方角」を買ってきたという条下があるのが目新しい。母親は貰い子だったお若をいかに丹誠して育てたかをくど〳〵述べて、住居を確保させるが、結びは、

程なく火急の災に若鶴は危く退《のが》れしのみなりとぞ

と、甚だ呆気ないものになっている。

○五明の花扇衆女を嘲る

五明楼の花扇の秀れた様子を述べた後、

このほど鎌倉の町芸者多くこのさとへ流れいりて小見せは勿論大見世にてもこれをかゝへて

と記す。これは先述の通りケイドウを意味する。鎌倉は深川の仮託であろう。連れてこられた芸者達の奢侈ぶりを作者は約二丁に亙って記す。花扇が彼らに同情的なことばを述べるのに対し、哥山、伊奈鶴、常夏など

年は三十《みそじ》を超《こえ》たるもありて人を人ともおもはぬ生れ活達の気性もの

と記される既出の元芸者の遊女達は、花扇に対して遊女とは異なる芸者の心意気を語り、花扇はそれに応戦して遊女こそ真心を持っていると言う。そうしたやりとりの後、吉原の火災に筆が及ぶ。吉原中が右往左往するが、

其中にしも新契情は身のとり廻しかしこくて幼年《おさなきとき》より廓にのみそだちて世間をしらざりし女郎子どもとこと かわり火の災にはなれたる事

と、新契情の落着きぶりを記す。尚その後に芸者出の嘉度多満（角玉）の遊女日奈鶴《ひなづる》の繁盛ぶりと、火事の際の応揚さを描く。

このように中之巻までを見てくると、作者のいう新傾城とは、確かに新しい傾城ではあるが、ケイドウで芸者から遊女になった者達を指していることになる。

○夢路をたどる春の夜の手枕

下之巻のこの話で、吉原の火災に主題が移る。すなわち、吉原を焼け出されたおいらん、新造、禿等の避難ぶりが、ここでは描かれる。廓内に暮らして江戸の街のことに疎い遊女達の姿は、芸者から転じた新傾城とは異なる。

○両傍の岸に咲たり桃さくら

隅田川の両岸に開かれた岡場所の様子を描く。殊に描くのは一の権現の河岸へ舟をつけて遊ぶ色男仙里である。仙里は供に桜川三孝を連れている。仙里は遊女花里を呼ぶ。花里は仙里の馴染である。仙里が他の遊女と馴染んだことで花里とは少々揉めるが、結局は収まる。

以上述べてきたように、本書は甚だまとまりに欠ける。吉原の火災を題材に、さして書き慣れない小説を書いたという感じが濃厚である。作者の意図は、吉原の火災と遊女達の動きを関連づけてみせたというものである。前掲の「第三回此つゞきの中之巻なかばの所よりはすべて仮宅の世界なり」という作者自らのことばが、作品の内容と一致していないという点からも、この作品の杜撰さが窺えるのではないだろうか。

こうして見てくると、本作は中本仕立てながら洒落本というべきものであることがわかる。『洒落本大成』にも収載されていない本作のような作品が、まだまだ出てくるのではないかと思われる。

以上のような次第で、『新契情談春仮寝』を「人情本ノート」の中に含めるのは適当でないと言えるかも知れない。しかし、口絵は洒落本とは異なり色刷の見開きで二葉描かれていて、そのうちの一葉には、

椽側《えんがわ》を廊下になして仲の町のゝじを抜た春の道中　　狂言亭新馬

という讃が入っている。狂言亭新馬は、為永春水の門人土橋亭しん馬こと為永春雅である。したがって、本作は単に洒落本というだけでなく人情本と繋がる作品であると言えよう。

尚、ここに描かれたケイドウは、天保四年十二月に行われたものであることが『甲子夜話』三篇巻之二に見られる。同書によれば、作中の人物の芸者名と遊女名は「ふさん→哥山」「とこ夏→豊夏」「勝山→初山」「雛鶴→伊奈鶴」「若鶴→和哥鶴」となる。哥山が地面持ちであったというのも『甲子夜話』に記されている。(注11)同様な記事は『藤岡屋日記』天保四年十一月十九日の項にもあるが、遊女の名前等は『甲子夜話』の方が詳しく、『新傾城談春仮寝』の遊女名とも一致するものが多い。

注

（1）水野稔「曲山人考」（『江戸小説論叢』昭和四十九年、中央公論社、所収）
（2）第一〇章「素人作者曲山人」
（3）（1）に同じ。
（4）武藤元昭校訂『人情本集』（「叢書江戸文庫」第三六巻、平成七年、国書刊行会）所収。『当世操文庫』の解題に、その旨述べている。
（5）（2）に同じ。
（6）（2）に同じ。
（7）柴田光彦編著『大惣蔵書目録と研究　本文篇』（昭和五十八年、青裳堂書店）による。
（8）平成九年度日本近世文学会春季大会（於秋田経法大学）での発表「写本もの人情本について―『江戸紫』の確認」。その後「人情本の型」（『近世文藝』第七〇号、平成十一年）でも言及。
（9）第三章「「人情」から人情本へ」
（10）『国文学解釈と鑑賞』第三七巻第一四号（昭和四十七年十一月臨時増刊、至文堂）所収。
（11）詳細については黒田真貴子「『新契情談春仮寝』小考」（『青山語文』第三八号、平成二十年三月）が具わる。

第一四章　戯作と出版ジャーナリズム

一

近世後期の戯作界にあって、最も特徴的なものは、出版ジャーナリズムであろう。出版は、読者と作者と書肆との相互関係の上に成るのであるが、これに更に貸本屋が絡む。ここでは、出版ジャーナリズムというものを、書肆と貸本屋に置き換えてこれを中心に考えてゆくことにする。

ところで、馬琴の『近世物之本江戸作者部類』によれば、洒落本に関して次のような出版事情が知られる。

> 抑件の洒落本は半紙を二ツ裁にして一巻の張数三十頁許多きも四十頁に過ぎず、筆工は仮名のみなれば傍訓《フリカナ》の煩しき事もなく、画は略画にて簡端に一頁あるもありなきもあり、その板一枚の刊刻銀弐三匁にて成就しぬるを唐本標紙といふ土器色なるを切つけにしたれば製本も極めて易かり。されば本銭《モトデ》を多くせずして全本一冊の価銀壱匁五分也。そが中に大半紙二ツ裁にせし中本形なるは弐匁或は弐匁五分に鬻ぎしかば、その板元に利の多かる事いへばさら也。貸本屋等もその新板なるは一巻の見料弐拾四文古板なるを拾六文にて貸すに借覧せるもの他本より多かりければ、利を射ん為に禁を忘れて印行やうやく多かるまゝに寛政八（一七九六）九年の比、当年洒落本の新板四十二種出たり。この故にその板元を穿鑿せられしに、多くは貸本屋にて書物問屋は二人あるのみ、みな町奉行所へ召（さ）れて吟味ありしに、その洒落本の作者は武家の臣なるもあり

御家人さへありければ、まうし立るに及ばず、皆板元の本屋が自作にて地本問屋の行吏に改正を受けて私に印行したる不調法のよしをひとしく陳じまうし、かば

大分引用が長くなったが、この部分からは種々の事実を指摘出来る。まず、曽て鵜月洋が述べていることであるが(注1)、洒落本は生産コストの安価な割に売価が高いということである。さらに、貸本屋によって多くの読者を得たということ、その見料は銭湯代の倍程度であって、手軽であったことである。また、作者層は素人が多く、版元も貸本屋の兼業のような小規模なものが多かったことも知られる。なおまた、作者である武家の臣と版元との関係なども窺われる。この馬琴の記述は、寛政三年の京伝筆禍後に再び頭を擡げてきた洒落本出版に関して触れているのであるが、寛政八九年頃には、作者に再び素人の、それも武家の者が多くなったようである。町人作者は、京伝の筆禍に恐れをなし、他の分野に転向したりして、暫く鳴りをひそめていたものと思われるが、禁令にも拘わらず、洒落本の人気そのものは依然高く、版元がその人気に指を銜えている筈もなかったのである。京伝の三部作『錦の裏』『仕懸文庫』『娼妓絹籭』の異版(尾崎久弥によれば偽版)が秘密裏に出されたのも少し前のことだったと思われる。とは言え、大手の書肆が、京伝三部作の版元蔦屋重三郎の二の舞を嫌ったことは想像に難くない。そこで貸本屋が片手間仕事として洒落本出版に手を出したと考えられるのである。そして、作者としては、町人を避け、当時において洒落本らしいものを書くことが出来た武家、それも下級武士達が目をつけられた。ただ、彼らも、執筆が表沙汰になることだけは極力避けねばならず、版元自らが作者を装うことになったのである。こうまでも洒落本出版に版元を誘ったものは、先に挙げた通り少ない経費による多くの利潤の魅力であった。経費が少なくて済むことは零細な貸本屋には有難いことであった。また、万一咎めを受けても、専門の書肆ではなく、多数の出版をしているわけでもないので、大したことにもなるまいという計算が働いたことであろう。

事実、馬琴の記述によれば、奉行所の裁定は過料三貫文となっているが、その中で書物問屋上総屋利兵衛は再犯の罰で軽追放、同じく書物問屋若林清兵衛は身上半減の闕処という裁定を受けているのである。洒落本は、画がほとんどなく、彫りも雑なもので済んだので、出版上の面倒が比較的なかった為に、貸本屋の手にも負えたわけであるが、素人作者がほとんどで、稿料の面でもあまり負担がなかった点が版元には幸いしていたといえよう。しかし、それ故に、作者と版元の関係は、作者の側の売手市場であったと考えられる。それ故にこそ、取調べに対して版元が作者としての責を負うことになったのであろう。この関係は、出版起業が益々盛んになる文化文政（一八〇四―一八三〇）以後には変わってくるし、また、洒落本以外の分野では寛政期においても既に右の様ではなかった。

二

出版ジャーナリズムについて述べる時、必ず引合いに出されるのが京伝の『双蝶記』自序にある、次の一節である。

此草紙を婿をたづぬる嫁《よめ》にたとへて見るに、絵は則（ち）顔姿《かたち》なり。作は則意気《こゝろばせ》なり。板木彫は紅白粉なり。摺仕立は嫁入衣裳なり。板元は親里なり。読んでくださる御方様は聟君なり。貸本屋様はお媒人《なかうど》なり。

すなわち、ここでは、貸本屋の口の利き方で本の売れ様も違ってくると言っているのであり、貸本屋の存在の大きさが窺えるのであるが、作者京伝の腰の低さも知られよう。これが記されたのは文化十（一八一三）年であるが、寛政八、九年頃の作者側の鷹揚さは、この京伝の序文からは感じられない。この頃には貸本屋を経て読者と書肆とが密着しており、作者はその両者の意向に左右されていたと言ってよい。馬琴の読本が全盛を誇る文化文政期には、貸本屋の数は江戸五〇〇〜六〇〇、大坂三〇〇軒程度とされるが、(注2)読本の発行部数は、貸本屋数とほぼ一致すると考えられており、殊に読本において貸本屋の占める位置の大きさがしのばれる。京伝が読本『双蝶記』において、貸本屋を持上げているのは無理からぬところだったのである。因みに、読本の値段は『八犬伝』九輯下帙之上が小売で二一匁五分である。それに比べて洒落本は先の『作者部類』の記事にある如く一匁五分である。合巻も似たようなものである。つまり、読本は飛び抜けて高価であり、一般読者が買って読めるものではなかった。それだけに、資力の大きな貸本屋が買ったものを借りて読むのが最も合理的であった。無論、洒落本や合巻も貸本屋の手を経ることは多いが、買って読む一般読者もいたのであって、貸本屋が最も威力を発揮したのは読本に於いてであった。そもそも、貸本屋が洒落本を出版したり、読本を買上げたりするだけの資力を持ってきたのは、洒落本の出回り始めた頃であり、江戸戯作の花開く頃と期を同じくしているのである。書肆が貸本屋を兼ねていた例はある。(注3)しかし、宝暦三(一七五三)年刊『当風辻談義』に、主人公の野楽仲間で暢気に世を渡る伊丹屋治郎蔵なる男を描いて「今は扇の地紙に夏を凌ぎ、冬は貸本屋と化して世を渡る」と記しているように、気楽な商売としていた者も多かったと思われる。その貸本屋が江戸戯作の発展と共に数も資本も増してきたのは、出版書物の増加、読者の底辺の広がりに応じての結果だった。出版ジャーナリズムの構造に大きな変化がもたらされたのである。つまり、戯作の出版に関して、貸本屋の意向、ひいては読者の意向の反映が強い力をもつようになったのである。

読者の意向と言っても、読本の場合と他の戯作の場合とは事情が異なる。読本、殊に代表作者馬琴の場合には、その作品に対して批評家というべきものが生まれるが、それは寧ろ馬琴への取入りを目的としたようなものであった。馬琴読本の批評家達は、自らの読みの深さを馬琴自身に対して訴え、その良き理解者としての存在を誇示しようとした。馬琴はそれに対して、批評の適切さを更に批評するという態度を示す。『八犬伝』の評答集にはその傾向がよく表われている。したがって、馬琴の批評家の多くが熱心な読者であることは事実であっても、その批評に馬琴が影響される、少なくとも戦々兢々となることはなかった。その為、馬琴の読本は質的な低下を免れることが出来たのであって、読者の存在は馬琴にあってはプラスに働いていたといってよい。これは、読本の読者の水準が高かったことにもよるのであり、それに応え得た馬琴の高踏的な矜恃の結果にもよるのである。したがって、この場合、作者たる馬琴と版元の勢力関係は、馬琴の方が優位であり、馬琴が自らを京伝と共に原稿料を最初に取った作家であると称しているのも、そうした背景によるのである。ただ、読本作者の中でも馬琴だけは例外的な作者だったとも言えるのであって、文化十年前後以降の京伝らと書肆の関係は『双蝶記』に見られるようなものであった。

三

一方、読者の質が高くない分野の戯作にあっては、読者の意向は直接作品の細部に亙って作者に影響を与えている。中本や合巻等の読者は、読本の場合と異なり、論理性のある批評などは記さない。その代わりに無言の圧力をかけてくる。すなわち買わないのである。読本は、そのほとんどが貸本屋を通して読まれるが、中本や草双紙は廉価であるが故に個人でも買い得る。したがって、直接の読者も多かったわけで、彼らが買わなければ版元には大きな損失となる。貸本屋にしても、読本の読者より遥かに感覚的な読み方をする中本・草双紙の読者の意向は無視出来なかったと思われる。先に引いた京伝の『双蝶記』は、中本の読者をも引入れるべく文章も内容も平易にしたが、売行は芳しくなかったという。つまり、読本の読者は高度の内容と文体を好み、インテリジェンスを満足させてくれるものであればどんな作品をも受入れた。むしろ平易なものは嫌ったのである。その意味で、版元は作者と作品の典拠との選択さえ誤まらなければ、読者層は安定していただけに、まず安心出来たのであった。しかし、中本・合巻の読者は不安定であった。彼らは感覚的に面白いものを識別し、貸本屋の手を借りなくても、口から口へと評判を伝えたのであった。人情本『桐迺一葉后篇花の黛』には、

とく「どれへ。ム、膝栗毛かへ　あみ「ア、。読やうのおかしい㕝が　とく「それよりそちらのを読（ん）でこらん　きつ「これかへ。是は菊の井ざうしだねへ　あみ「ヲヤこの初へんが私の方へ参つてあるヨ　とく「又瓶《べゑ》さんは三編を持て来てくんなさればい、が。いつそじれつたいよ（下・七）

と、面白い中本の評判を女達がしている場面が出てくる。文中の「又瓶さん」は貸本屋の名であろうが、仲間内での評判が先に立って、貸本屋が本を持ってくるのを待つという様子が、中本の読者層の生態を物語っているのである。こうした読者を相手にする版元は、必然的に読者の意向をより強く反映させるようにせざるを得なかった。批評家的読者の相手は、作者が勤めれば済むところも多かったが、中本・草双紙の読者の反応は版元が直接被ることになったのである。その結果、版元はその矛先を作者に向けることになる。作者は版元の意の儘に読者の喜びそうなことを書かざるを得ない破目に陥る。そこには馬琴が持ったような矜恃は全く見られない。漸く職業的作家の生活が根をおろした時でもあり、作者の立場は弱くならざるを得なかったのである。読者層の広がりは、出版業に殷賑をもたらしたが、その反面、粗製濫造の譏りも免れなかった。書肆越前屋長次郎こと為永春水が馬琴からひどく嫌われた理由の一つは、越前屋が馬琴の旧作を勝手に改竄出版したことである。版権が存在し

ない時代とはいっても、そうした事態が起こり勝ちだったところに、当時のなりふり構わぬ出版ジャーナリズムの姿勢を見ることが出来る。春水は、二世楚満人時代から、切り貼りの多作をした作者として知られているが、その彼自身が、

いつもドウダの冠字をつけて、ドウダまだかと門口から責る心の底にては、まだ出来ずともよけれども、日永の中に剞劂《はんぎや》氏の功を終る其時は、二割のちがひ三割のとく〳〵記《かゝ》ずや筆とらずや、若《もし》間に不合は後編は、此方でまとめて首尾《しまふ》べし。通へ行（け）ば種本の出来合ものが数多あり。下手を承知で頼（む）のは、早いが勝の新版ゆゑ、仮名もてにはもいとはゞこそ。（『芦仮寝物語』前・叙）

と記しているのは皮肉である。書肆の高姿勢、作者の卑屈さを表わしている。読者への拙い弁解とすれば、それが僅かに作者の良心ということになるが、ここは、この序文自体を含めて出版ジャーナリズムの杜撰さを示していると見る方が妥当であろう。中本・草双紙の方面で出版ジャーナリズムをかくまで杜撰ならしめたのは、女性読者の増加である。女性読者は、江戸戯作の中でも最も俗な内容をもつ合巻や人情本の中に大きな位置を占める。彼らの作品の享受の仕方は実に即物的なもので、先に挙げた『桐酒一葉』とその続篇『花の黛』でも、

とく「おぼろ月夜ははじめが一九の作だから、おもしろい筋で、わたしも三篇までは見たヨ　きつ「合巻《くさざうし》とちがつて、ゑがなくて面白くないねへ　あみ「くさざうしは種彦のがわたいは好だよ　とく「おまへは芝居がすきだからそふだらう（『桐酒一葉』下・七）

いね「（前略）アノ為永さんとやらはよく中ほんなんぞを拵《こしら》へなさる人だね。いろ〳〵あはれなことをまアよくあんなに書（か）れますネ　清「そりやおめへ作者だものを　いね「そりやアそふだけれども、アノ菊の井双帋の二篇にある菊の井が愁歎場《しうせうば》なんぞは、実に可愛そふでありましたヨ（『花の黛』中・十）

といった記述を見ることが出来る。こうした読者を相手の作品なら誰にでも書けそうな気がするし、趣向も同工異曲のものにして、いくらでも繰返せたように思われるのである。現に人情本には素人作者の作品が数多くある。こうして、新しい読者層である女性を含めて、多くの読者に支えられた江戸戯作は、しかし、過当競争から安易な方法に走り、逆に質的低下への道を辿っていったのである。

『修紫田舎源氏』の板木没収、株仲間解散によって潰滅した仙鶴堂鶴屋喜右衛門（注4）の運命は、江戸戯作の末路を象徴している。

四

出版ジャーナリズムの興亡が、必ずしも戯作の盛衰と一致していないところに、戯作の面白さを見ることができる。戯作が実の戯作であった初期洒落本の時代が、戯作の最も活き活きしていた時代であった。出版ジャーナリズムの活動が目立ち始めるに従い、戯作は「戯」を失い、読者に媚びを売るようになったのである。出版ジャーナリズムは、あくまで読者（貸本屋を含めて）の意向を追いかけ、実利の追求に専念し、作者をその渦の中に捲き込んで、自縄自縛の結果を招いたのであった。作者も潤筆料に操られ、意思をもたなくなっていった。職業的作家の出現が江戸戯作を凋落せしめたといってもよいが、自滅の道を助長したのは、寛政・天保（一七八九—

一八四四）の両改革、就中天保改革であった。為永春水・柳亭種彦、あるいは寺門静軒等までが筆禍に遭い、ここに戯作は終焉を迎え、出版ジャーナリズムも解体を遂げたのである。

注

（1）「前期江戸町人文学とその読者層」（『文学』第二六巻第五号）
（2）浜田啓介「馬琴における書肆、作者、読者の問題」（『国語国文』第二二巻第四号）
（3）野間光辰「浮世草子の読者層」（『文学』第二六巻第五号）
（4）前田愛「天保改革における作者と書肆」（『近世国文学―研究と資料』）

第一五章　辰巳の風

——洒落本・人情本の深川

深川ものの洒落本第一作と考えられる『辰巳之園』（明和七〈一七七〇〉年刊）には、岡場所としての深川を浮かび上がらせるいくつかの情景を見ることができる。それを端的に表しているのが自序である。少々長いが、必要上、全文を書き出し、検討してみよう。

一　深川の特色

富賀岡《とみがおか》八幡宮は、鎌倉鶴ヶ岡を移し奉り、貴賤老若の信々《しんじん》日々に弥まし、四季折々の賑《にぎや》か、二軒茶屋其外、楊枝見せ、葭笛《よしず》茶屋等の美婦は、紅粉を粧ひ、品形の美《うつくし》きを見れば、楽《たのしみ》は外にあらじとおぼゆる。さるにより此土地に楽遊民《たのしむゆうみん》は、北国の面白キを知らず、美国の吉原《よしわらに》くらぶれば、九牛が一毛とやいわむ。去ながら、餅好《もちずき》酒の酔事をそねみ、酒好は餅の風味を悪《にく》む。吉原の位あつて静也《しずかな》ル遊びお知らずして、此所の素人らしき娘風を悦び、又此土地のわつさりとしたる楽を、吉原好は知らずと、深川好北国をにくむ。吉原客は深川は下卑なりと笑《わらふ》。いかで、あらそふ時は、水掛論とやいわむ。吉原に昼三《ちうさん》あれば、仲丁《なかちやう》・土橋あり。打附《ぶつつけ》有ば、櫓下・佃島あり。壱分弐人《ひつぱり》・六寸には、新地・入船・石場・三間堂を譬《たとへ》て、爰に楽む。姉女郎《おいらん》あれば、年廻《としま》有。禿《かぶろ》有ば、小女子《こぢよこ》と云あり。花車《やりて》有ば、送迎男《まわしかた》あり。牽頭持芸者《たいこもちはげいしや》ト云。浅草観音にくらぶれば、八幡大菩薩を信ずる。聖天は則《すなはち》、永代寺の寺中に有。九郎助稲荷に、仲丁のいなりを譬、松田稲荷は、黒江町のいなりをいわん。又朝日如来には、永代寺の本尊をなぞらゑん。大雲寺前あれば、永代寺門前有。大門あれば、大鳥居有。土手あれば、永代橋有。衣紋坂《ゑもんざか》には、櫓下の火の見を譬ん。此火の見を見て、衣紋を作《つくら》る。桜の代りに、山開といふ有。燈籠の賑かあれば、八幡の祭り有。船宿を呼《よぶ》は、むかふの人をよぶにひとしく、引け四つの静あれば、四つさきなどト云事有。吉原に意気地あれば、此土地の達引《たてひき》有。丁に振《ふる》と云事あれば、爰に照《てら》すと云事有。照《てる》と振《ふる》との事にや。婦女郎《おいらん》・御亭《ごて》様ンの替名《かへな》あれば、茶屋の女房を、一流《いつとう》に伯母《おば》様ンと呼《よぶ》。其外お針・隠居さんなどの通言あり。爰に略して、末にこと〴〵くあらわす。誠に落《おつ》れば同じ谷川の水のごとく、若衆《わかし》好も、吉原好も、深川好も、遊びにかわる事はあらじ。諺に云、立臼《たちうす》も二階へ登るの道理なり。さりながら此所の疵《きづ》には、晴たる遊里あらざれば、北国より禁ずる時は、勤暫休《けいどう》と云、百日余りの大紋日あり。されど、丁ゟ《てうより》禁ずるとも、深川客吉原へはゆかず。井に水なき時は、川水のたすけ有。既に慈童は、菊の露に長寿をたもちしと、聞伝《きゝつたへ》しなれど、此草紙は、深川のくわしきを書集《かきあつめ》たれば、吉原の目を忍ぶ巳《の》而《み》。穴堅々々《あなかしこあなかしこ》。

この序文には、深川の特色と位置がすべて書き示されていると言ってよい。すなわち、

- 深川が富岡八幡の門前町として発展してきたこと。
- 吉原に対抗する地であったこと。
- 素人臭さが売り物であったこと。
- さっぱりとして陽気な気風で、達引が見られたこと。
- 船宿を経て、主に船で遊びに行ったこと。

・客と遊女とは茶屋で遊んだこと。
・深川特有の通言があったこと。
・吉原の差金で、「けいどう」と称する手入れが行われたこと。

右のような事柄が、この序文から窺えるのであるが、これらの事柄について、しばらく考察を試みたい。

二　船宿と船頭

享保頃から賑わいを見せ始めていた深川は、『辰巳之園』の書かれた明和七年には、そろそろ吉原を脅やかす存在になっていたようである。洒落本と言えば江戸では吉原を舞台にするのが通り相場であったところへ、この時期に深川ものが出現したのは、そんな事情を背景にしてのことであろう。

もちろん、同年刊と見られる『遊子方言』の存在が刺激となったのは確かであろうが、吉原を舞台とした『遊子方言』に対して、深川を素材とする作が考えつかれたのは、それだけ深川が魅力のある対象であったからに他ならない。その深川の魅力は、先に挙げた序文に列挙されているのであるが、それらを総括してみると、深川が掘割によって仕切られた町であったことに魅力の源泉を探ることができそうに思われる。

隅田川（大川）の川向こうの町、それが深川であるということは、当時の江戸町人の共通の感覚であったであろう。深川と並ぶ岡場所のうち、代表的なのが新宿、品川であるが、これらは宿場である。深川は門前町である。それも大きな違いではあろうが、それ以上に深川を際立たせるのは、深川が川向こうの町だという事実であろう。江戸町人たちにとって、大川は江戸随一の大河であり、夕涼みや花火などの憩いの場所でもあった。神田川や多摩川などより遥かに身近な存在であったことであろう。

何より、川は人々の郷愁をそそる。人は母の胎内にあった時から水に親しみ、水には格別な感慨を寄せている。水を満々と湛えた大川は、文字通り江戸町人たちの母なる大河なのであった。その大川を越えた川向こうに、江戸町人は何を期待したのであろうか。深川の位置づけは「川向こう」という点になされると言わねばならない所以である。

吉原へも川船で行けたが、多くは駕籠で行ったし、船で行くとしても、向こう岸へ着くわけではない。人々は船を下りた途端、水への郷愁を絶たれてしまう。此岸に戻されるわけである。深川は、いわば彼岸に位置したことになるのである。

こうして、深川への経路が船に依ったことが、客と船宿との関係を密にし、また船頭の役割を大きなものにする。客の中には駕籠で行った者がいないわけではないが、それらは川柳子から、

永代を四ツ手よく〳〵船きらい　明七義1
深川もかごで行テはやぼな道チ　明四義4

などと冷やかされてしまう。(注1)やはり深川へは船で行くのが常道であったようである。このように、公許の吉原に対する岡場所が多数発生する中でも、深川が吉原の最も強力なライバルであったのも、水との関わりが大きな要因となったのである。

『辰巳之園』以後の深川ものの洒落本には、したがって、客と船頭との関わりが多く描かれている。とりあえず、このあたりを見てみよう。

客が深川を目指すには、まず船宿へ行き、船頭に船を仕立ててもらって繰り込むことになる。船宿は、単に深

川への客を運ぶためだけに存在したわけではない。釣船を出すのが本来の仕事であったといってもよい。もっとも、釣りに行った客がそのまま深川に流れてしまうことも多かったようであるが。また、男女が密かに出逢う場所としても利用されていた。とはいえ、やはり深川への客を送る場所としての働きが最も目立ったことであろう。深川ものの洒落本は、この船宿における活況を描くあたりに、作者の筆が躍っているように思われる。『辰巳之園』でも、主人公の半可通如雷と野暮客新五左衛門が茅場町薬師如来で出会って、深川へ行く相談がまとまり、日本橋川の渡し場である鎧の渡しにある船宿中村屋に行くあたりの描写が生き生きしている。ここには、茶屋の女房や船頭が登場するが、女房は客にも愛想が良いし、船頭にもきびきびと指示を与えつつ愛想も見せる。そうした船頭と女房とのやりとりは、読者を深川の活気に導くに充分なお膳立てである。客もまた、船宿に着いた途端、早くも深川へと心を掻き立てられる思いがしたことであろう。

船が深川へ向けて岸を離れると、ここからは船頭の独擅場である。船頭は、船宿を仲介とする客から茶屋への手紙の運び役でもあり、茶屋への案内役でもある。当日の客が特に茶屋の心当たりがない場合には、船頭が適当に差配する。そういう時に船頭が案内するのは、船頭の情人のいる茶屋であったようである。『世説新語茶《しんござ》』（安永五〈一七七六〉、六年頃刊。山手馬鹿人作）には、「そんならまあちつとおよりやし、わつちやアちよつと武蔵屋までいつてめへりやすぜへ」という船頭に対して、客が「又色事か」と冷やかす場面が出てくる。これは、船頭に情人があったことを示しているのであるが、同じ山手馬鹿人の『深川新話』（安永八年刊）には、もっとはっきりした形で描かれる。そもそも、この洒落本は題名の通り深川そのものを扱っているのであるが、この作では船宿は出ず、二人の人物が釣りをしている場面から始まっている。釣りに飽きた二人が船頭の案内でそのまま深川へ繰り込むわけである。行き先を一任された船頭の安は、裏櫓の若松屋へ二人を案内する。若松屋の中居のそのが二人を座敷に通すのであるが、この安とそのが次のような会話を廊下の隅で展開する。

その「安さん一寸来な」
安「なんだ同じくろうかへ出ル」
その「小ごへにて夕部の事《こた》アどふも出来そふもねへによ」
安「それじやアとんだ詰らねへ、なんでもそこを働《はたれへ》てくりやナ」

以下にまだ続くのであるが、この二人の会話からは、二人の只ならぬ関係が窺える。この様子を察して、客の二人も安を冷やかす。更に後にはそのかと安が奥座敷に入って出てこない場面もあり、読者がその間の事情を推察することができるようになっている。このような、船頭と茶屋の中居との色事などは、深川ならではのものといえる。これは、深川の気安さを表すことでもある。吉原では考えられない。遊女と客との間以外には色事はきつい御法度なのである。

さて、船頭の働きはこれだけに止まらない。客と一緒に座敷に上がり、酒を呑み、座を取り持つのである。これもまた、吉原はおろか、他の岡場所では見られないことである。それだけに、ともすると船頭は茶屋にとって客よりも大事な存在であるかのようになってしまい、客の非難が聞こえてくることにもなる。

『遊里の花』（作者未詳）は『辰巳之園』の翌年（明和八年）に刊行された洒落本で、評判記の形式で各遊所を論じたものである。この本では、立役之部・大上上吉に仲町が位付けされている。ここでわる口くみが仲町の悪口をいうのであるが、その焦点はやはり船頭に絞られている。そこでは、船宿の女房が客より船頭に気を遣っているようであること、船頭が自分の情人のいる茶屋へ客を案内しようとすること、船頭が座敷で女と色事の口舌をすることなどを挙げ、客はたゞひとり野良《やろう》の猩々のよふに酒ばかり呑で居る。
先《まづ》客《より》は、船頭を大事にするのが、すべて深川のしうち、さりとは、つまらぬもの。

などといっている。この悪口に対して頭取が出て、深川という所はそういう仕打ちが伊達で、客もそれを呑み込んでいるのであって、客は皆粋《すい》だといい、更に、船頭については、

船頭と申物は、船のかぢをとるばかりでは、御ざらぬ。客人のかぢもとります。其客を何程よび度おもふとも客はすきになりますも、船頭のかげんでござれば、その客がよびたいままに、そこで船頭をだいじに致ます。

と弁護している。この頭取のことばに、深川における船頭の位置が明確に示されているのである。すなわち、客にとっても茶屋にとっても、船頭の働きは大きいというわけである。吉原好きから見ると、しかし、船頭のこうしたありようは不愉快であったようで、『傾城買指南所』（安永七年刊、田水金魚作）に、

先《まづ》せんどふなど、あてにして行人《いく》は、大《お、き》なふかく。たとへ連行《つれていって》とめるとも、ざしきへよばずに、かつてにおくべし。せんどふがざしきへ出て洒落《しやれる》のは、みくるしくもあり、第一客がやすくなる。

とあるのは、その思いの表れである。

いずれにせよ、深川の特色の一つに船頭の存在ということがあるのは、確かである。

三　深川の気風

前節で、船頭の働きに深川の特色の一端が窺える旨を述べたが、次に深川の気楽さや気っ風の良さなどについて触れてみよう。

洒落本に岡場所ものが増してきたのは、当然、岡場所が繁栄したからに他ならない。江戸の遊廓といえば吉原が長く独占的に存在していたのであるが、その伝統からくる保守性が、宝暦頃から徐々に飽きられてきた。吉原は、官許の遊廓としていわば治外法権の形で一世界を作り出し、それ故に遊客の足を惹きつけてきた。しかし、伝統の保持には費用がかかるのも事実である。また、煩わしい手続きも必要である。したがって、遊客の経済力が衰えるにつれ、吉原の遊女の象徴ともいうべき大夫の存在を支える遊客も少なくなってきた。宝暦年間には遂に大夫は一人を数えるのみとなった。それとともに、費用も安く、また手続きも煩わしくない岡場所が台頭してきたのは当然の帰結であった。その中で深川が特に吉原の目の敵にされたのは、深川の在り方が吉原と対照的であった所為であろう。地理的な条件については既に記したが、吉原が大門によって外界と区別されていたのに対し、深川は開かれた地であったということもいえるであろう。

また、遊女のありようにも彼我に大きな差がある。吉原では、遊女は芸者その他周囲の者とは明確に一線を画した存在であるのに対し、洒落本に登場する深川の遊女は、周囲の人間たちにほとんど溶け込んでいる。これは品川や新宿とも異なる。すなわち、深川には遊女屋がないのである。いや、子供屋というものがあるにはあったが、仲町、櫓下などでは茶屋で遊女と遊んだのであるから、客も遊女屋で遊ぶような窮屈な思いをしなかったのである。遊女を茶屋に呼んで遊ぶというと、吉原における揚屋の制を思い出させるが、これとは気分に大きな差がある。揚屋で遊ぶ相手をするのは大夫などの高級遊女で、格式が高い。その点、深川は気安い。例の『深川新話』によって、気安さの要因を探ってみよう。登場人物は、船頭安、中居その、客東里、同じく文二郎、遊女歌、同じく縫である。

A縫「ろうかにておそのどんは何処《どけ》へ往《いつ》たの、おそのどんや」
歌「おそのどん〳〵」
その「奥ざしきよりあい〳〵」
縫「おらア呼んで下さるかとおもつたら」
その「わたしやア又お膳が下つたらお出なんすだろうと思つて」
歌「ナニおぜんは直《ぢき》に下つたから大かた知らせて下さろうと云《いつ》ていたはナ」
その「堪忍しておくんなんし、安どんにちつと用が有たから」
縫「そうだろうとおもつたよ、安どんを責《せめ》てやろうじやアねへか、何所《どこ》にだ」
B東里「なんだか済《すま》ねへ顔色《がんしょく》だの」
歌「なぜかいつそ虫がかぶつてなりやせん、何ぞにげへ薬があらばおくんなんし」
C縫「まだ御両親ながらお達者かへ」
文二郎「あい」
縫「いゝお楽《たのし》みだね、わつちなんざア何もなくつてたつたおぢさんひとりでおぜんすよ、そのかゝさんも夏中から煩《わづら》つて居ゐすからいつそ心細くつて成ゐせん、それに今年《ことしや》アわつちが厄年だからなをおもひ過しがされゐすよ」

Aは、客の相手をする支度をして部屋に戻ってきた遊女二人と中居そのとの会話、B・Cは、東里、文二郎と各々の相方との床における会話である。一読してわかる通り、遊女の歌も縫も、そのとの会話では全く地のことばを用いている。わずかに、床の中では遊女ことばふうになってはいるが、それも完全ではない。また、遊女二人の名も歌、縫となっていて、芸者と変わらない。新宿や品川などでは遊女は源氏名を用いている。例えば、同じ山手馬鹿人の『甲駅新話』（安永四〈一七七五〉年刊）では、新宿の遊女の名が綱木、三沢などであり、同じく『南客先生文集』（安永八、九年頃刊）では、品川の遊女の名が春風、花里などと出てくる。

ことばは、その土地の風を最もよく表す。したがって、深川へ来たお客は、遊女までが朋輩等と話す時は下町風のことば遣いをするのを耳にして、親しみを持つことができたはずである。新宿や品川では、単に安い吉原といった思いしか味わえない。もちろん、それでも吉原のような格式張った気分とは異なり、面白く遊ぶことはできたであろうが、深川では日常的なことば遣いがかえって遊所としての別世界といった趣きを客に感じさせたのではあるまいか。

源氏名を用いないのは、深川の遊女がもともと芸者との区別を明らかにさせていなかった所為であろうが、これも客に親しみを与えたものと思われる。

このように、吉原が完全に外界と一線を画し、遊女も廓ことばも作られたものであったのに対し、深川にはほとんど作為がなかった。したがって、茶屋において吉原の揚屋のような形で遊ぶといっても、客の気分には大きな差があったのである。吉原の花魁ことばに至るまでの人工美に疲れた遊客にとって、深川は水の音と相俟って安らぎと解放感を覚える所であったであろう。

もっとも、安らぎというと、おっとりした雰囲気を想像させるが、洒落本に表れた深川の遊びは、おっとりとは程遠い、せわしなさも持っていたようである。その実体については次章で改めて述べるが、ここではそうした形の遊びをする深川が受け入れられた要因として、江戸っ子気質ということも考えられるという点を付け加えておきたい。いわば、ことばの面でも江戸ことばが幅を利かせ、江戸っ子の気っ風の良さと結びついて、深川に江戸の人々の足を向けさせたというわけである。

江戸っ子なる語の初出は、現在のところ、明和八年ということになっている。[注2] 文献ではそうであるが、そういう意識が生まれた時期は、当然もう少し遡れるであろう。宝暦頃までは遡ってもよいと思われる。この頃から江戸根生《ねおい》の文芸が出てくるからである。ということは、深川が遊所として発達した時期と江戸っ子気質の形成の時期とは、ほぼ重なるのであり、洒落本定着の時期ともほぼ一致するのである。

江戸っ子の条件を、西山松之助は五つ挙げている。[注3] すなわち、お膝元の生まれである、金離れが良い、育ちが良い、生粋生えぬきである、「いき」と「はり」を本領とするの五つである。さて、このうち最後の「いき」と「はり」云々が、深川の気っ風に合ったことであるといえそうである。西山によれば、「いき」と「はり」は、まとめて一口でいうと抵抗精神ということである、となる。深川のありのままの姿が、伝統と形式と権威の吉原への抵抗精神を持った江戸っ子に受け入れられた、と見ることが、その意味で可能になるのではあるまいか。

深川の「いき」と「はり」は、『辰巳之園』序文では「達引」という語で表されていた。「達引」は、辞書的解説をすれば「意気地を張ること。心意気を見せること」などとなり、結局は「いき」と「はり」を示すことになるのである。洒落本『契国策』(安永五年刊、作者未詳)に、

たて引よくて一年二年はわれに身をおとしたる男をかくまいおきたり

とあるのは、「達引」を示すに適当な例であろう。もっとも、この例は、同じ深川でも舟比丘尼を語る条下に出てくるものではあるが、「達引」の意を理解するにはわかりやすいものであると思われる。

このような「いき」と「はり」が深川に見られるとすれば、新しもの好きの江戸っ子に深川が注目されたのは当然であった。

さて、「はり」などは、深川の場合、洒落本にはどう表れているであろうか。

四 「いき」と「はり」

前節で、深川の遊びはせわしないものであると記した。ここでは、そのことと深川の特色である「いき」「はり」とを合わせて、洒落本から探ってみたい。先に挙げた『契国策』には、

せんどうとおぼしき男まくら箱さげて、はなうたうたふてあふへいらしくつれたち行、茶やの庭へはいるやいな内から二三人女子どもかけ出、きやくにはあいさつもなく、かの舟頭に詞をかければ、あふやふなかほしてさあおあがりなされませとい〳〵先へ上る。客はきたさの〳〵さあ〳〵、と、同おんにわめきながら、ざしきへとをる。

と、例の船頭の横柄ぶりと共に客の威勢の良さを描いている。「きたさのさあ」の掛け声を掛けながら座敷へ通るなど、如何にも船を仲介とした遊びの面白さが出ている。これは吉原ではとても味わえない光景である。ただ、

この威勢の良さは時間に追われる故のものであると説く洒落本もある。『婦美車《ふみぐるま》紫《むらさき》鹿子《かのこ》』（安永三〈一七七四〉年刊、浮世偏歴斎道郎苦先生作）には、遊び馴れた大和という人物が、

ハイ深川はしんびやうな者が行《ゆく》と気ちがひになります。わたくしも此春焼《やけ》まへにさそわれて仲町へまいりましたが、先《まづ》深川の客はさつさおせ〳〵きたさのさとさわぎて、せんかうがたち切《きる》と、ずいとかへるが深川のたて

と述べている。ここでは、品川に遊んで深川の噂をしているのであるから、当然深川を良くはいわないのであるが、線香が立ち切ると、ずいと帰るのが深川のたて（きまり）というのは事実なのであろう。これで見る限り、深川の遊びは時間で区切られるもののようで、殊に、洒落本に描かれている昼遊びなど、短時間で帰るようになっている。したがって、遊びはあっさりしたものとなる。『辰巳之園』序の「此土地のわつさりとしたる楽」は、こうしたことも含めているのであろう。しかし、深川の遊びが吉原と異なるのは、もちろんこんな点だけではない。『辰巳之園』序の「此所の素人らしき娘風を悦び」といったことを併せて「わつさり」を考えてみなければなるまい。当然、この部分は「吉原の位あつて静也ル遊び」と対比される。これで思い出されるのが、『淫女《けいせい》皮肉論』（安永七年刊、田水金魚作）にある、

ふか川はよし原の、ぼつとりとした風におよばず、よし原はふか川の、しやんとしたいきにいたらじ。

という表現である。「ぼっとりとした風」とは、柔らかくおっとりした様子をいうのであろう。その対照が「しゃんとしたいき」なのであるが、これは「いき」と「はり」に当たると考えてよかろう。こうしてみると、深川の「しゃんとしたいき」は、客の忙しい遊び方だけではなく、客の江戸っ子らしい「いき」と、それを迎える船宿・船頭・茶屋等の「はり」とが嚙み合って形成されたものであるといえよう。

注目されるのは、そうした美意識において洒落本で対照されているのが、吉原と深川だけだということである。他の岡場所ものは、確かにその土地土地の特徴を示す描写はなされているものの、吉原との対比をしているものはほとんどない。深川ものには、吉原との対比をしている条下が多く見られる。『辰巳之園』序の「深川好北国をにくむ。吉原客は深川は下卑なりと笑」をはじめ、

流れ渡りの岡場所（ここでは深川を指す）と、万代不易の吉原をくらべ物には成がたし。（『里のをだ巻評』）

よし原とはちがつて、たとへ色事になツてから、しごく浮気な所いへ、三日も行《いか》ずにいると、じきに竹田がからくりほど心が替《かわ》る。（『傾城買指南所』）

すでに今、流行する所の、風ぞく言葉は深川よりおこつて、北におはる。（『竜虎問答』）

など様々見ることができる。岡場所を多くは描かず、吉原を愛した山東京伝の洒落本代表作『総籬』（天明七〈一七八七〉年刊）にも「つまさんはやつぱり、深川のせかいかの。」と、「つまさん」なる通人が深川でもっぱら遊んでいることを記したせりふが出てくる。これらを総合すると、深川好きは吉原で遊ぶことはあまりなく、吉原好きはまた、深川で遊ぶことはあまりなかったようである。そこが、新宿や品川とは異なるところであった。もっとも、これはあくまで洒落本から推定していることである。深川ものの洒落本を書こうとする作者たちが特別意

識していたとも考えられる。が、吉原と深川の持つ雰囲気の違いを見る限り、あながち見当外れではないと思われるのである。

深川での遊びは、『里のをだまき評』〈安永三〈一七七四〉年刊、風来山人作〉に、客の遊女に対する経済的負担（例えば紋日の支度など）がない点も良い、と書いてあるように、吉原より経費がかからないという事実もあったが、それとて深川のさっぱりした風に繋がることであろう。単に経済的問題であるなら、品川や新宿でも良かったはずであるが、『傾城買指南所』でその品川を「これは専ら、よし原をまねて見れども、物ごとちやちにて、第一女郎の品がいやしひ」とする通り、やはり品川などは吉原の亜流に過ぎなかったのである。

以上のように、深川は吉原とは異質の文化を持っていたが故に、吉原の眼の敵とされることになった。その顕著な表れが「けいどう」である。この実態については、ここでは筆を省くが、『辰巳之園』の序の条下で触れたように、「けいどう」とは岡場所の遊女狩りであった。これは、吉原からの訴えによって行われたのであるが、深川への手入れが最も厳しかったというのは、それだけ深川の繁盛が吉原には目触りであったことを意味している。『淫女皮肉論』は、岡場所勢が吉原へ殴り込みをかけるという、奇抜な話を描いたものであるが、そこに、

〔めくりずきのつくだのちか〕買女街《おかばしょ》もお、ひ中、此ふか川にめぐしたて、つかまつて、ふみのめされ、あざのつくほど打《うち》すへられ〔おもてやぐらふみ〕くるわへ引《ひか》れ大もんで、五丁まちへ、わりわたされ、あづかり屋のうきすまひ、買女〳〵といやしめて、猿をみるやうにするとやら

とあるのは、深川と吉原との確執をよく物語っている。

このように、深川は酒落本に種々採り上げられ、その特色を喧伝されたのであるが、酒落本作者の側にも、当

然深川好きはいた。大体、安永期に活躍した文化人たちには、大田南畝や恋川春町など御家人や藩士といった武士が多く、彼らは岡場所を好んで書いている。(注4) やはり、文人たちの新しもの好きのなせる業であろう。天明に入ると、洒落本作者には町人が増す。代表的な作者が山東京伝であるが、彼はほとんど吉原しか書いていない。『古契三娼』（天明七年刊）『大礒風俗仕懸文庫《しかけぶんこ》』など例外である。彼の場合、松前公子や酒井抱一という大名の弟が後援者にいただけに、彼らの遊んだ吉原への付合いが多かったものと思われる。やはり、数の上からは、吉原ものが他を圧倒しているのであるが、深川好きの代表格といえば、これも南畝らと同じ文人仲間である高崎藩士河野某こと蓬莱山人帰橋を挙げることができよう。(注5) 深川もの洒落本から深川の特色を探ってきたところで、安永から天明期にかけての深川もの洒落本の代表作者である帰橋の諸作を眺め、辰巳の香りを味わうことにしたい。

五　蓬莱山人帰橋

帰橋の作と考えられる洒落本は、ほとんどが深川ものである。まず、彼の深川もの洒落本を掲げる。

『美地《みち》の蠣殻《かきがら》』安永八年刊
『家暮長命《やぼのちょうめい》四季物語』同右
『竜虎問答』同右
『伊賀越《いがごえ》増補合羽《かっぱ》之竜《のりゅう》』同右
『遊婦里会談《ゆうりかいだん》』安永九年刊
『通仁《つうじん》枕言葉』安永一〇年（天明元年）刊
『富賀川《ふかがわ》拝見』天明二年刊

『美地の蠣殻』（安永８年）舟宿の景

『愚人《ぐにん》贅漢《おとこ》居《い》続借金《つつかりがね》』　天明三年刊

およそこれだけの作が挙げられる。これらの作の中から深川の面影を見ることにしよう。

『美地の蠣殻』は、両国橋のほとりに住む宗匠の天馬の宅に仲間の新傘《しんしゃ》が訪れて話をしている所へ、更に祝鶴・琴孝が訪れ、俳諧の話から各々の色咄へと転じ、話のついでに深川へ繰り込むことになる、という筋である。まず題名からして、深川の風景である道に敷かれた蠣殻のもじりであるが、内容も文字通り深川一色となっている。四人が顔を揃えたところで、祝鶴が深川土橋の馴染みの遊女お照との口舌の顛末を語る。それを琴孝がまだ修行が足らぬといって批判する。このあたり、遊びの方法と深川の噂が語られ、いわば穿ちの趣きが見られる。そこから深川へ繰り込む段になると、穿ちは更に強くなる。例えば、船で深川に向かう途中、琴孝が、

むかふのかどのすみ屋もいゝ内だが、おしい事に二階がねへから、廿六夜にわるかろふ。段々舟のはひの

みの下より横川へはいる「アノ辰巳に書た、かやば町から、如雷が、新五左衛門をつれて、此近辺の店おろしをしたが、よく書《かい》たのう。大方親阿《しんな》がかし蔵を見せてへと云ツたも、爰《こゝ》らだろふ。しかし今じぶん、あんな不通は少ねへよ。むすこ〳〵といふやつが、引かれぬ工面をするのさ。

と述べる条下は、山東京伝の穿ちの代表作ともいうべき『総籬』における吉原の穿ちを思い起こさせる。深川ものの第一作である『辰巳之園』を引きながら、穿ってみせているなど、方法も巧みである。

こうした穿ちは、帰橋の深川もの全体について見られるところである。これは、帰橋の深川への愛着を示しているのであるが、また、それだけ深川が世間の注目を浴びていたことを表している。一般に、穿ちというと京伝が想起され、洒落本は京伝の穿ちによってその性質を変えたといわれるのであるが、帰橋の深川ものに既に明確に穿ちが窺えるのであって、いわば帰橋は京伝の先鞭をつけた作者であるといえよう。もちろん、それぞれの穿ちに至る動機は異なると思われる。すなわち、帰橋の場合には、深川への愛着が読者に対する深川宣伝を促したといえよう。したがって、そこにはある種の啓蒙精神があったと考えられる。当然、既に深川が知られていたからこそ、この種の啓蒙をすることで読者の反応が期待できたわけではあるが、いずれにせよ、帰橋に深川を宣伝する気が大いにあったのは事実であろう。一方、京伝の場合は、その穿ちは読者との共有の形で描かれていた。つまり、読者への啓蒙とか自己の知識の披瀝とかではなく、読者の知識を計算に入れた上での遊びとしての穿ちであったと思われるのである。そういう違いはあるが、語り口から見ても、京伝が帰橋に倣った様子は充分に窺える。

プロットにしても、同じようなことがいえる。四人が深川に繰り込むまでの話、繰り込んでから、新傘が馴染みの茶屋嶋屋をさしおいて上田屋の女郎おかなと会ったために、嶋屋からかけ合いに来るのに対して、おかながうまくとり計らって嶋屋の女を帰し、あとに新傘としんみり語る条下、これらは『総籬』の艶二郎・北里喜之介・悪井志庵らの人物設定、吉原における喜之介の新造買いの色事などを思い出させる。

『家暮長命四季物語』は、題名は『鴨長明四季物語』のもじりである。これもまた、茅場町の医者家暮の長命の宅へ俳諧仲間の可流、定可が訪れるという設定が、『美地の蠣殼』に似ている。ただ、内容の上では小説としての構成が明確なもので、町芸者の通り者ぶりを描こうとしている。三人の男が町芸者のお秋、おゆりの二人を連れ、山開きへ行くことになる。深川へ行くと聞いて、おゆりは情人成平に文を出し、深川で逢う約束をするが、三人の男が深川の茶屋山木屋に腰を落ち着けてしまい、山開きを見に行こうとしないので、隙を狙っていたおゆりは当てが外れる。そこで、お秋を頼んで一芝居打ち、やっと一行から外れて成平と逢うことができる。こういう筋書きの中で、深川行きの雰囲気が伝えられる。例によって船宿から船に乗る。船中で三竔作の新しいめりやすが紹介されるなどの一幕があって、大川へ出、永代橋にかかる。ここで川に浮かぶ船の中の人を見て、

むかふのはおそよさんに、おもとさんに、もうひとり居るが、台の物のかげでしれねへが、おさよさんかおみきさんのよふだ。

と、おゆりがいう場面があったり、

定可「お元といふは何所《どこ》の子だ。」
ゆり「ソレサあれあすこのさ。」
定可「あすこには卯之吉が巣をかへた後は、おきくより外には居ねへぜ。」

ゆり「そのお菊さんのうちにゐやす。それ一まひ絵やなんどを売る家さ。」

などという会話があったりする。帰橋は、大川を行く船の進みに合わせて、周囲の光景を描き、ここでも穿ちを見せているのである。これは、先にも記した通り既に『辰巳之園』でもとられた手法であるが、『辰巳之園』ではどちらかというと半可通如雷のひけらかしを眼目とするのに対し、こちらでは深川への道のりを伝えながら穿つのを目的としているようである。事実、読者はこの条下を読むと自分も一緒に船に乗っているような気がするに違いないのである。

茶屋に着くと料理が出る。吸物と肴を見た長命が、

いつもながら赤みそで鯉は、乳が出て、ありがたひ。向ふの鉢はきらずを、にんじんのむし鯛、是もよし

〳〵

といったり、

可流「硯ぶたの中に、宗十が紋といふものは何ンだ。」

そで「これかへ、柚《ゆず》の中へおまんを二ツ入て切ツたのさ。」

という会話があったりして、深川での料理が紹介される。新宿もの、品川ものにはほとんどない描写で、深川での遊びの楽しさを伝えている。このように、この作は話の面白さも持ちながら、芸者の気っ風や深川の雰囲気を

穿ちの中で読者に味わわせるのである。

『竜虎問答』は、『美地の蠣殻』の続編というべきもので、帰橋自身が貴橋の名で登場し、『美地の蠣殻』で深川称讃をした貴橋の宅を、吉原贔屓の里通という男が訪れ、反論を加えるという趣向である。吉原好きと深川好きの論争という構図からは、穿ち以外の面白味は期待できない。穿ちは様々になされてはいるが、ややこじつけが過ぎて、帰橋作らしいのどかさは感じられない。

『伊賀越増補合羽之竜』は、安永八年八月から深川八幡宮本地仏愛染明王の開帳があり、その際に山本町から合羽で竜を拵えて奉納した、という事実に、芝居の『伊賀越乗掛合羽』の筋を合わせた作である。(注6)『竜虎問答』とは異なり、筋書きを持っている。和田靫負が所持する正宗の名刀を河合政五郎が靫負を殺して奪う。政五郎は追手を逃がれるため、池の端の医師を殺して大通散・不通散を奪い、大通散によって大通に化け、深川に出入りする。靫負の倅志津摩《しづま》は敵を探るために船宿の船頭となっているが、客の政五郎をそれと気付かない。通人川流こと政五郎は、船頭万吉こと志津摩の恋人お百に惚れ、事情も知らず志津摩に仲介を頼む。志津摩は悩むが、かねて政五郎に不審を抱いていたので、お百に因果を含めて政五郎に近付かせ、正体を探らせる。お百は政五郎を油断させ、懐中から見つけ出した不通散を秘かにのませる。政五郎は正体を現すが、お百と兄妹だとわかり、お百は政五郎を逃がし、万吉への申し訳に万吉にわざと刺される。が、愛染明王が身代わりになってお百を助ける。愛染明王は、山本町から奉納された合羽の竜の頭に身を隠して政五郎を討つよう志津摩に教える。これが荒筋である。洒落本としては珍しい筋書きであるが、この中に深川は様々に描かれており、またこの話は深川を舞台にしているが故に味わいがあるように仕立てられている。

万吉が船宿で川流相手に話す所には、蔵前で行われた茶番花の会の噂話が出てくる。また、船が出る折には深川の子供（遊女）の噂を川流がする。更に、船が深川へ向かう段には、「道行かよふ船玉」なる道行文がご丁寧にもついている。文字通り、船が深川に着くまでの道筋の描写である。仲町での遊びでは、男芸者、女芸者を呼んでの賑わいが見られる。男芸者の声色が話題になる。あるいは子供の噂が、

川柳「せんど馬道へ行ツたら、かわつた者に逢つた。中にしから春中爰へ出た、おみやにさ。お永といふもとの名になつて能く売るそうだ。」

といった調子で交わされる。これらが、深川を活写しており、こうした雰囲気を背景に話が展開されて行くのが、この作の値打である。ここには、吉原の持つ重さがなく、生きの良い明るさが見られる。

『遊婦里会談』にも、帰橋本人が出てくる。この作は、東方の船臥、西方の馬遊、南方の隣波、北方の廓子が帰橋の宅を訪れ、各々通じている遊所の噂話をするというものである。東方が深川、西方が新宿、南方が品川、北方が吉原を指していることはいうまでもない。南方、北方、西方の順にそれぞれの土地らしい話が語られ、東方の番になると急に皆眠くなり、夢の中で船臥が皆を深川に案内し、目当ての遊女にふられて啖呵を切るところで目が覚める。話としては他愛ない。数人が集まって色咄をする設定は、帰橋得意のものである。どことなく「雨夜の品定め」を髣髴させる。さて、東方を除く各遊里通の話は、南方が悪くされた遊女への仕返しに幽霊に化けて相手を驚かす話、北方が情人とは別な旅人に身請されそうになった花魁が智恵を働かせて身請を防ぎ廓に残る話、西方が遊女が枕探しをするのを見つけた馬遊が逆にその遊女のへそくりをこっそり持ち出す話、となっている。

いずれもそれぞれの遊所の特徴を捉えた話であるが、帰橋の描く深川の持つ景気の良い明るさは、この三カ所にはない。品川も新宿も、いかにも宿場らしいせち辛い遊女が描かれ、吉原は金が支配する所として描かれてい

る。帰橋の鋭い眼と、深川への愛着を感じさせる。なお、船臥の唊呵の中に深川の穿ちがみえるのは、他の作に共通のものである。

帰橋の作は、前述の通り、何人かの人物が一カ所に集まって話を聞かせ合うという形をとったものが多いが、この作は、各々の人物がそれぞれ異なった遊所の噂話をする点が目新しい。山東京伝の『古契三娼』〈天明七〈一七八七〉年刊〉など、その系譜を継いだ作である。この『古契三娼』については後に触れる。

『通仁枕言葉』は、冒頭に生花の会の噂話が出てくるという風変わりな作で、こうした風流人たちが深川で遊んだことを示している。四人の仲間のうちの四開《すむゆう》の許へ、馴染みの深川の遊女おたよから急ぎの文が届き、病気だから今日は来ないでくれと書いてある。この文を届けるのは例によって船頭である。不審に思った四開は、わざと馴染みでない山本へ行き、初会客を装っておたよを呼ぼうとする。話によると、おたよは幾芳へ出て四開の友人久保井という客に逢っていることがわかる。四開は幾芳へ行き、話をつける。久保井はいざこざを言い散らす。ここで八幡で通夜をしていた帰橋の目が覚める。例によって帰橋が登場するが、ここでは話を夢に仕立てるための狂言回しの役目を担っているわけである。

さて、この話の中では、おたよと四開の親密な間柄が描かれている。おたよは、当日自分から四開を振ったのではなく、子供屋の思惑でそうさせられたのである。事情を聞いて四開も納得するが、その会話の中でおたよが四開のためにお金を算段しようとしていることが知られる。おたよは、

もしもくめんのわりひ時やア、もふ一年もねんをいれて、十めへぐらひは、いつでも出来やす。こふいふ所でおめへをつぶす、女とおもひなせへすが、わたしはくやしふごぜへすはな

といって涙ぐむ。四開との間の親密さと、おたよの心意気を感じさせる場面で、『辰巳之園』の序文にあった達引が述べられていることがわかる。これも、深川という土地のなせるわざで、辰巳の女の意気地が男を助けようというモティフは、後の人情本に繋がるものであろう。

なお、結局振られた久保井がおたよに対して恨み言を連ねる場面で、

> 暮のしかけに正月の、仕めへも人ゟ《より》多くさせ、節句〳〵はじやうせきで、二季のすもふに二度の月、春顔見世の両芝居。

などと、おたよの世話をしたことを挙げているが、これで見ると、深川の遊女にも節句の世話をすることがあったと知られる。ただ、吉原ほどの物入りではなかったであろう。また、吉原と違って、深川では遊女の行動が相当自由だったこともわかる。そういう点でも辰巳の遊女は意気地を発揮しやすかったといえよう。

遊女が情人のために金を調えようとする話は、次の『富賀川拝見』に引き継がれる。仲町の遊女おたよは、富岡八幡宮の祭礼の費用を情人の伊之に出させまいと、武士客十蔵に、親の病気で借金をしたために年季を一年延ばしたと偽って十両出させようとする。十蔵はおたよと伊之との仲を知っており、伊之と切れるのを条件に金を出そうといい、おたよの腕に彫ってある伊之の名を消させる。伊之は二人の噂話を聞いておたよの許にやって来て、彫り物の件を知る。詰問されたおたよは、事の次第を打ち明け、髪まで切って真実を見せるが、伊之はまだ納得しない。というところまでこの話を書いていた帰橋の所へ、本屋が催促にやって来る。こんな話で、結末の趣向も『通仁枕言葉』に似ている。ここでも、深川芸者の、男を立てようとする意気地が描かれ、帰橋の深川への愛着ぶりが感じられる。なお、『通仁枕言葉』に、登場人物の一人其木が、「コレ仙丁、深川拝見といふ本を拵《こしら》

『富賀川拝見』（天明３年）　客と遊女

へよふとおもふ」といって、子供（遊女）の名を次々に挙げるところがあり、穿ちを見せているのであるが、これによって『通仁枕言葉』執筆時に既に『富賀川拝見』の構想があったことがわかる。もちろん、『富賀川拝見』の名は『深川細見』のもじりであり、帰橋がこの作でも穿ちを見せようとしていたことを示している。事実、伊之が道中双六で遊ぶ場で穿ちが見られる。この双六は、深川の遊女を宿場に見立てたもので、例えば、

おたよ宿　美くして、一ツ躰人がらのよき所なり。是ぞといへる景色もなし。

などとある。こうした穿ちも、当然本作の主眼の一つであった。

帰橋の最後の洒落本『愚人贅漢居続借金』は、『五人男五雁金』のもじりで、趣向は、男伊達の意地を深川遊女の達引に移したあたりにある。その点では前二作に準ずるものといえようが、本作は更に穿ちを強めたところに特徴を見せている。登場する人物

からして、四方赤良、朱楽菅江、志水燕十、雲楽山人そして帰橋自身と、いずれも狂歌師また戯作者として著名な実在人物ばかりである。これまで帰橋本人のみ登場させていた帰橋が、遂に五人もの人物を実名で用いたというのであるから、帰橋としても今までの総決算のつもりであったと考えられる。深川の松江屋に遊んだ五人が、それぞれの相方と話ができるが、一人帰橋のみ相方のおたよから冷たくされ、いきり立ったところで、それが帰橋の夢だったとわかる。この趣向はこれまでと同じであるが、よく知られた実在の人物を登場させているだけに、楽屋落ち風の話や穿ちが非常に多い。赤良（大田南畝）も菅江も岡場所好きであり、登場人物としてはうってつけであったが、さすがに戯作界の大立物であるために、帰橋の筆にも遠慮が見られる。むしろ、帰橋自身をコケにしつつ、深川を穿つのが彼の狙いであった。

こうして、帰橋の深川もの洒落本を駆け足で眺めてきた。帰橋が深川をどう扱って洒落本に仕立てたかを見つつ、そこに描かれた辰巳の香りを味わった。念のため、まとめをつける。

まず、帰橋は深川を愛し、深川をよく知っているが故に深川を細かく穿った。これは、吉原を題材とした洒落本が為し得なかったことである。否、為し得ないというより、する必要がなかったというべきである。また、深川を舞台として、遊女と遊客との真情を描く物語を作った。単に遊女と遊客との駆け引きを描き、それを洒落すなわち滑稽を旨として表現してきたそれまでの洒落本とは、これも異なっているところである。この二点について、これがどう以後の洒落本と関わったか、ということを論じておこう。

穿ちは、既に述べた通り、京伝以前に帰橋が試みたものである。帰橋の場合、深川は穿つに足る遊所であった。まだ吉原ほどには世間に知られていず、穿ちは啓蒙的な意味を持った。いわば、被写体として深川は新鮮だったのである。しかし、その結果、穿ちは洒落本の手法として新しい方法を示唆することになった。そうなれば、舞台は深川でなくてもよくなる。穿ちの手法そのものが問題となる。深川は素材の上で必然性を持たなくなる。京伝の洒落本における穿ちは、こうした背景のもとに生まれてきたといってよい。その意味で帰橋の深川もの洒落本は京伝の洒落本を生んだということが言える。

遊女の真情もまた同様に、深川を舞台としたが故に洒落本に描かれたものである。遊女と遊客とが本気で付き合うというのは、本来、洒落本の世界では野暮として斥けられてきたものである。なぜなら、洒落本では通を描くが、その通は遊女との遊びを本気と捉えないところに位置づけられた。遊びを遊びと割り切り、その遊びを手際よくきれいにしてみせるのが通人というものであったからである。しかし、この通人は吉原にこそ存在するものであり、深川では必ずしも存在の必要はなかった。というのも、洒落本における「通」は男の美学であったからである。吉原の遊女は、吉原という租界で作為的に作り上げられたものであり、遊客もそれを承知していた。むしろ、吉原の遊客はそうした租界性に魅力を感じて通いつめたのである。したがって、吉原の遊びでは常に男性が主体となった。洒落本の「通」が主として吉原ものによって描かれたのも、その意味で当然であった。

一方、深川は遊女の位置づけがまず吉原とは異なっていた。川向こうの地としての地理的条件では、深川も租界性を持ってはいたが、感覚の上では吉原ほどの作為を感じさせない。遊女は作られたものではなく、自然に生まれたものである。したがって、深川での遊びにおいては、遊女も意志を持ち得た。深川における「はり」が主に女性に属するものであったのは、そうした理由による。いわば、吉原には本音をいわない「いき」があり、深川には本音をいってでも自分の意志を通す「意気地」があったのである。「意気地」「達引」は遊女の真情を導き出す。吉原では本気が「やぼ」だとされたのに対し、深川では本気も「やぼ」とは必ずしもならない。女性の側の意志が働いたとき、本気は「達引」として美化されたわけである。

帰橋はそこを巧みに描いた。深川という舞台が、帰橋の筆に乗って生き生きと展開させられた。同時に、天明初年あたりから深川は遊里としての目新しさを持たなくなる。「穿ち」の条下で述べた如く、新鮮な被写体でなくなるのである。しかし、ここでもまた、その方法だけは京伝に引き継がれる。人一倍吉原を愛した京伝は、本来の洒落と穿ちだけの吉原もの洒落本の世界に帰橋流の真情を持ち込んだのである。初めは深川なればこそ成り立った真情描写も、吉原その他に拡大されて用いられるようになったというわけである。

この後も、深川ものの洒落本は書き続けられるが、深川は風俗の面だけを利用されたといってよい。

六　洒落本から人情本へ

帰橋の前後、深川に材を取った洒落本には、『通人の寝言』（天明二年刊、桃栗山人柿発斎作）、『登美賀遠佳《とみがおか》』（天明二〈一七八二〉年刊、豊川里舟作）、『二日酔巵觶《おおさかずき》』（天明四年刊、万象亭作）、『深川手習草紙』（天明五年刊、十方茂内作）、『古契三娼』（天明七年刊、山東京伝作）、『大磯風俗仕懸文庫』（寛政三〈一七九一〉年刊、京伝作）などがある。

『通人の寝言』は、吉原と岡場所との比較論に始まり、岡場所の遊客たちが吉原の遊客を遊び負かそうと吉原へ押し寄せるという話で、後半は『淫女皮肉論』の遊客版の仕立てになっている。深川に関しては、さして新味はない。

『登美賀遠佳』は、題名通り富岡八幡前の遊里における遊びを描いたものである。筋立ては、おとなしい息子株がもて、半可通が振られるという、洒落本の定型であるが、二人の客が仲町の梅本へ上がる条下の描写などに深川の味わいをよく感じさせるものがある。客と舟宿の亭主、それに男芸者を交えた噂話が穿ちのようになっているのも、雰囲気を盛り上げるのに役立っている。

『二日酔巵觶』は、梅川・忠兵衛、お三・茂兵衛などの世界を借りて深川土橋における恋模様を描いたもの。梅川は忠兵衛のために八右衛門という客から金を引き出そうとする。お三は借金の返済に困っている茂兵衛に自分の衣裳を脱いで与える。このような筋を中心に芝居仕立てで話が進むのであるが、遊女の梅川はともかく、芸者のお三が情人と契るという点は、後の人情本に繋がる。

『深川手習草紙』は、三人の客が裏櫓に遊び、二十四、五の男と息子株はもて、半可通は振られるという、お定まりの話で、取り立てて深川の情緒は表していない。前半の舟宿から茶屋まで行く話に深川らしさが見られる。

以上、『古契三娼』『仕懸文庫』を除いて大雑把に見てきたが、いずれも先行作とりわけ帰橋の作品に通じるものであることが知られる。帰橋の影響と考えてよかろう。深川ものの洒落本は帰橋によって導かれ、完成されたということが、この点からもいえるのである。

さて、京伝の『古契三娼』は、もと吉原、深川、品川にいた三人の女性が寄り合って、それぞれのいた遊里の穿ちをし、挿話を語る、という筋である。深川にいたのは、今は髪結いをしているお仲で、もと土橋から仲町、更に表櫓に出たという経歴を持っている。お仲は、深川の穿ちをして見せた後、深川の挿話を語る。それはこうである。黒という情なしの醜男を、ふとしたことからお鷹という遊女が呼んで見せようという。それを知ったお蝶という遊女が自分も呼んで見せようと張り合う。黒はお蝶に、情人の忠を突き出したら承知するという。そこでお蝶は大事な情人と切れてしまう。この挿話には、二人の遊女の間の達引が見事に描かれている。人情本『春色辰巳園』における米八と仇吉との達引を思い起こさせる。帰橋の影響を受けているとはいえ、このあたりの描写はさすがに京伝の手腕を感じさせる。ただ、『仕懸文庫』は、こうした達引より穿ちに描写の主眼が置かれ、従来の京伝洒落本の深川版といった趣きがあるに過ぎない。いずれにせよ、京伝は深川に生まれただけに、深川の情緒はよく摑んでいたと思われる。しかし、京伝の深川ものはこれらしかない。(注7)京伝には吉原の方が題材にしやすかったのである。二人の妻が共に吉原の遊女であったことを考えると、それも肯ける。

松平定信の寛政改革のあおりで、洒落本はその内容を転換せざるを得なくなる。京伝によって強められた真情描写が、新たに洒落本の主流になるのである。その傾向の中で、深川ものを手がけたのが式亭三馬と振鷺亭である。振鷺亭は、『東山《ふかかは》見番《けんばん》意《い》妓口《きのくち》』『客衆一華表《きやくしゆういちのとりい》』『玉《ぎよく》の蝶《ちやう》』（共に寛政年間刊）等多くの深川ものを手がけ、殊に『意妓口』は為永春水の人情本『花名所懐中暦』（天保七〈一八三六〉年刊）に引用されるなど、後への影響も少なくない。しかし、帰橋から人情本へという線を考えた場合、三馬の方がより多くの意義を持つ作者であると思われるので、ここでは三馬をとり上げてみたい。

寛政改革のほとぼりもさめた寛政十（一七九八）年に刊行された『石場妓談辰巳婦言』は、深川の情緒をよく伝えると共に、真情描写に関しても秀れたところを見せた、三馬の洒落本第一作であった。中心を為している筋書きはこうである。

鎌倉古市場二川屋（深川古石場三河屋。寛政改革以後、江戸の町名を明確に示さず、江戸を鎌倉に仮託することが殊に多くなった）の遊女おとまが、酒問屋の番頭らしい三十五、六歳の藤兵衛、商人のひとり息子喜之助を巧みにあやなし、二十七、八歳の仕事師の頭らしい長五郎に金の工面をつける。その三人の男のやりとりを、それぞれ序章（特別なタイトルはない）「昼遊の部」「宵立の部」に分けて描く。この話は、帰橋の『富賀川拝見』を相当に参照した跡が窺える。他に山東京伝の『傾城買四十八手』（寛政二〈一七九〇〉年刊）なども参考にしているが、(注8)深川を生き生きと描いているあたりは帰橋の影響が最も大きいことを示している。この作は、おとまと長五郎との真情に至るおとまの手管を表しているのであるが、藤兵衛と喜之助との達引は、深川ものに見られる女同士の達引の男版である。また、馴染み客二人を手玉に取って一人の情人に貢ぐおとまの実意は、従来の吉原もの洒落本には見られなかったもので、『富賀川拝見』の構想を借りたとはいえ、深川ものにある遊女の気っ風をよく描いたものであるといえよう。

なお、この作には、後の人情本に直接繋がると見られる特徴が窺える。その一は、おとまが喜之助を口説いて

みせる場面で、二人のやりとりに合わせて都都逸などが謡われることである。例えば、

おとま「(前略) 定《さだめ》ておめへは、わたいがにく〻ツて成りやすめヱ」

喜之助「しれたことだア」

おとま「それだつてお」

喜之助「やかましひわいＯ二上り〽訳も聞《きか》ずに腹立さんす夫はいちづじやだまらんせ〽松といふ字は木偏《きへん》に公《きみ》ヨきみに離《はなれ》てきが残る」

という調子である。これは人情本では非常によく見られる手法で、恋人同士の口舌や愛情表現の場で、浄瑠璃などのその場に相応しい文句を配して情趣を盛り上げる効果を持つのであるが、これがこの作には多用されているわけである。その二は、同じ場面で喜之助がおとまの口説きにはまってぐんにゃりとなる条下で、地の文に、

かくのごときあだなるかたちに魂天外にとばすもむりならず

とあることである。「あだ」という美意識は洒落本にはほとんど見られないもので、人情本の底流を為すものといえる。詳細は後に述べるとして、この時期に「あだ」が出てくるのは、人情本の世界の萌しを示すものとして注目される。

このように、三馬は先人の作を採り入れつつ、深川を舞台とする新しい型の洒落本を形成することに成功したのである。ここでは、深川は吉原と対抗する岡場所という役割ではなく、三馬の作品世界を形成するに恰好の舞

台として働いているのである。男が女性と如何に手際良く遊ぶかを考える吉原と異なり、女性が男を如何に蕩し、如何に愛するかに腐心する深川は、女性を主役とする小説世界を現出するにはまことに好都合な気風の持ち主であった。

三馬の洒落本処女作『辰巳婦言』は、八年後の文化三（一八〇六）年に続編『船頭深話』、翌文化四年に三編『船頭部屋』(注9)を生むほど息の長い好評を得た。それはまた、読者が新しい戯作を待望したことの表れでもあろう。文化七、八年頃には写本『江戸紫』が成立したと考えられる。これは人情本の嚆矢と目される十返舎一九作『清談峰初花《みねのはつはな》』（文政二〈一八一九〉年刊）の粉本であるから、三馬の連作が新しい戯作待望の声に応えて出てきたものであると考えることは十分可能であると思われるのである。

『船頭深話』では、深川の穿ちが更に深められているが、これは小本型の洒落本という形態を考慮しただけのもので、三馬の狙いはあくまで真情描写にあった。事実、『船頭部屋』ではおとまの親元の店の様子まで描写しており、これは洒落本では全く不要な部分であったはずのことである。今は二、三編の梗概を記すことは紙幅の関係もあり控えるが、要するに、最後は長五郎が喜之助とおとまとの間の真情を悟り、おとまと切れる、といった話になる。こうした込み入った話は、洒落本からの逸脱となっているのである。

小説形態の変化は、当然次に人情本が書かれるという事態を予想させる。女性を主人公とし、女性の心情を描く戯作が成立したとなれば、女性の読者が増加するのは必然の成行きというものであろう。まして、本の型を洒落本の定型である小本から中本に変えれば、女性には抵抗がなくなるわけである。このようにして、女性を読者として獲得した中本が人情本と呼ばれる戯作で登場してくる。もっとも、人情本の呼称は文政末にあったものの天保期に入って一般化するものであって、文政年度は単に中本（泣き本などの別称はあるとしても）と考えられていたのである。が、作者も本屋もその内容には新しい要素を盛り込みたいと考えていたはずである。

七　為永春水と「あだ」

人情本の嚆矢とされるのは、前述の通り『清談峰初花』であり、更に加えれば『明烏後正夢』である。この二作はいずれも深川を舞台としたものではない。前者は江戸の商家の話である。後者は吉原の話である。しかし、新しい小説形態待望に応じて出てきた作品であることは間違いない。

さて、文政期に成立した人情本は読本の半紙本型と洒落本の小本型との中間の大きさである中本型である。いうまでもなく、中本は書肆の判断から生まれた型であって、半紙本より平易な内容の作品を収めるものとして読者には受け止められた。書肆の側は、中本に新しい読者を期待した。すなわち、より大衆的な読者である。したがって、その内容は読本の平俗化されたものとか、滑稽を旨とするものであるとか、というものであった。文体も平易であり、会話中心の文の運びであった。中本の代表的なものに滑稽本がある。書肆が中本の中で最も売れ行きに期待したのが滑稽本であったといえよう。既に享和二年に十返舎一九の『道中膝栗毛』初編が刊行され、好評を博していた。しかし、これはやはり男性向けの読み物であり、女性の読み物としては合巻程度しか存在しなかった。したがって、人情本は女性向けの読み物として迎えられたわけである。書肆も当然それを意識したのであろう。

人情本という呼称自体は、為永春水が一般化したことに始まるのであるが、少なくとも中本の中に女性向けのものが生まれ、書肆も作者もその新しい分野に進出を図った結果、一つのジャンルが形成されたことは事実であった。人情本が女性向けの読み物として指向された以上、内容が恋愛中心になるのは、当時の女性の意識から考えて当然の成行きであった。

当初、人情本界をリードしたのは、二世南仙笑楚満人で、これが後に為永春水を名乗るのである。楚満人は様々な手法を用いて人情本の制作を試みたが、そのほとんどは代作者の手にかかるものであり、また、その代作者たちの多くが狂言作者であったため、芝居仕立ての傾向が強く、決定的な当たり作はなかった。その後、火災などで裸一貫となった楚満人が心機一転、為永春水と改名して出したのが、天保三年初・二編刊『春色梅児誉美《しゆんしよくうめごよみ》』であった。これは大当たりを取った。その理由を考える前に、梗概を記して話をわかりやすくしたい。

鎌倉恋ケ窪（例の韜晦で、実は吉原）の唐琴屋の養子丹次郎が悪番頭鬼兵衛の奸計などによって零落する。丹次郎には恋仲の唐琴屋内芸者米八、許嫁である唐琴屋の娘お長が貢ぐ。米八は、唐琴屋の花魁此糸《このいと》と、その客千葉の藤兵衛の情で婦多川（深川）に移り、羽織芸者となって貢ぐのである。また、お長は女髪結小梅のお由の世話になり、娘義太夫竹蝶吉となって稼ぎ、貢ぐのである。二人は仕事の義理をも顧みず丹次郎に操を立てるが、丹次郎は芸者仇吉とも好い仲となる。藤兵衛は、実は鎌倉家の家臣本田次郎近常に頼まれて、同じく家臣の榛沢六郎成清の落胤を探していたのであるが、丹次郎こそその人であるとわかる。藤兵衛はまた、七年前に契ったお由と再会し夫婦となる。お長も実は本田次郎の娘とわかり、榛沢の家に戻った丹次郎の妻となり、米八は丹次郎の妾となる。此糸は娘時代の恋人半次郎と夫婦となる。悪人は滅びる。

以上のような筋書きである。もっとも、これはほんの主な内容で、複雑な人間関係を相当に端折ってある。さて、この作が大受けに受けた理由として、中村幸彦は七つほどを挙げているが、(注10)それを要約すれば次のようなことになる。

・洒落本・滑稽本の客観的表現と、読本草双紙の筋構成と精神的な要素とが、ある程度渾和している。
・吉原の遊女、深川の芸者、娘浄瑠璃、女髪結の四通りの女性を登場させ、離合集散させる手際が巧みである。

『春色辰巳園』（天保４年）子供屋の景

・ごく日常的な出来事を、人情の情趣によって描き出している。
・登場人物、殊に女性達に、一貫した道がそれぞれ感じられる。
・人事と自然の背景の調和がある。季節も四季を描いているが、向島深川あたりの風景が情趣を醸し出す働きをしている。
・会話主体の文章が情緒や人情を伝えている。
・頽廃的世相を反映して、澱んだ情趣を全般に湛えている。

右の特徴を一覧して分かるのは、『春色梅児誉美』の成功には深川という土地が不可欠だったということである。三馬の『辰巳婦言』以上に、深川が女性向けの小説の舞台として相応しいことを教えてくれる。一人の男性に複数の女性を配し、その女性同士の達引を描く。そこに女性読者達は興をそそられたに違いない。女性読者の多くは、恋の情趣に心を惹かれたはずである。従来の戯作で、恋を描いたものはいくらもあるが、恋の情趣となると、描いたものはほとんどない。殊に、女性の好むものというと、皆無といってよい。春水はその間隙を衝いたのである。例えば、冒頭の場面は、本所の中の郷にある丹次郎の侘住居に米八が訪ねて来る条下である。中の郷の侘住居としたところから既に下町情緒を感じさせ、そうした背景を借りて米八と丹次郎のラブシーンを展開させる。

よね「おまはんマアなぜこんなにはかねへ身のうへにならしつたらふねへ」
(トおとこのかたにとりすがりなく　おとこはふりむきよね八が手をとりひきよせ)
主「かんにんして呉《くん》なヨ」
よね「ナゼあやまるのだヱ」
主「手めへにまで悲しい思ひをさせるから」
よね「ヱ、もふおまはんは私をそふ思つてお呉《くん》なさるのかへ」
主「かわいそふに」
(だきよせればよね八はあどけなく病にんのひざへよりそひ顔を見て)
よね「真に嬉しひヨどふぞ」
主「どふぞとは」
よね「かうしていつ迄も居たひねへ」
(トいへば男もつく〴〵と見れば思へばうつくしきすがたにうつかり)
主「ア、じれツてへのふ」

（トひつたり寄添《よりそふ》）
よね「アアくすぐツたいヨ」
主「ホイ堪忍しな」
（ト横に倒れる　此《この》ときはるかに観世音の巳《よつ》の鐘《かね》ボヲン〳〵）

ここに展開されるのは、一歩誤れば春本になり兼ねない、あぶな絵風の恋愛描写である。同じような描写は、『辰巳婦言』のおとまと喜之助との床の場面にもあった。しかし、こちらは男の読み物であり、しかも、あくまで章の終わりの添え物であった。『春色梅児誉美』では、こうした恋愛描写が主眼の一つとなっているのである。これを読んだ女性読者は、どのように受けとめたのであろうか。秘かな願望を充たされた思いがしたことであろう。この情緒を支えているのは、辰巳芸者米八の心意気と一途さである。様々な女性を操っているかに見える丹次郎は、実は脇役でしかない。この場面では、米八は「あどけなく」などと形容されているが、「あどけなし」という感じの米八が登場するのはここだけであって、他の場面では恋の達引に身を張る強さと、情にもろい弱さとを兼ね具えた女性になっている。これこそ辰巳芸者の典型である。辰巳芸者が活躍することによって、この小説は女性にも読みやすくなっているのである。米八の代わりに町娘を持ってきても、これほどの情趣は描き得なかったと思われる。また、町娘ではこのような積極的な行動をとる人物には仕立てにくかったであろう。春水も、そうした事情を考えて米八を吉原の内芸者から辰巳に住み替えさせたわけである。

深川情緒の働きとなると、『春色梅児誉美』の好評に応えて出された『春色辰巳園』の方が、その題名から見てもより強くなる。この作では、丹次郎をめぐる米八と仇吉の恋の鞘当てが三度にわたって展開される。『春色梅児誉美』では登場人物が多く、話の展開に忙しい面も見られたが、ここでは人物を米八、仇吉の二人に絞ったため、二人の達引だけが大きく取り扱われる結果となった。二人は三度も大喧嘩をする。いかにも辰巳芸者らしい気っ風の良さを持つ二人の喧嘩は実に華々しい。しかし、さっぱりしている。挙句に、仇吉が継母の虐待に苦しむと、米八が助け、二人は共に丹次郎の妾となり、仇吉に子供ができるとお長、米八への義理から仇吉は身を隠す、といった心意気も示している。これは、文字通り、辰巳芸者のための小説なのである。これほどに徹底して女性を意識して書かれた江戸小説はない。この作の特徴についても、中村が列挙している(注11)が、要約すれば次のようになる。

・羽織芸者の生態を描いたこと。
・羽織芸者と深川関係者を読者に想定して書いたこと。
・恋愛場面の描写に力を注いだこと。
・殊にあぶな絵趣味を狙っていたこと。

この特徴の中で特筆されるのは、羽織芸者の生態を描いたことである。前作でも無論米八を中心に据えて羽織芸者(辰巳芸者)を描いていたのであるが、本作では更にその傾向を強めた。辰巳芸者は、既に『一日酔𢈘觶』に登場していた。春水はその芸者に広く活躍の場を与え、逆に子供(遊女)は全く人物として用いていない。これは、春水が出入りした深川で芸者達と遊び、太鼓持と交わった結果であろう。読者に彼らを想定したのも、当然の成行きなのであった。さすがに羽織芸者を主人公とすることは珍しかった。その証拠に、春水は羽織芸者の世界を穿っている。深川の穿ちは洒落本で充分に為されているが、羽織芸者の世界となると、穿つ価値があったわけである。春水自身、羽織芸者の穴を知らずには、本作は書けなかったはずである。

羽織芸者を主人公に持ってきたことは、本作が洒落本のような客観表現を取りながらも、遊女の世界を完全に脱け出したことを意味している。暗中模索を繰り返してきた春水が、深川を舞台とすることで完全に独自の作品世界を築いたのである。女性、殊に辰巳の女性を読者に想定すれば、深川が舞台になるのは当然といえばいえるが、それより、春水が女性読者を想定して新境地を開こうと考えたとき、深川が舞台となることは避けられなかったと見るべきである。深川は、女性好みの恋の情緒を最もよく湛えていたからである。

恋の情緒、とりわけ芸者の恋の情緒を演出するのは、船宿、会席茶屋、仕出料理屋など男女の出逢いの場となる所である。『春色梅児誉美』『春色辰巳園』では、その他に鰻屋の二階や以前芸者をしていた女性の家なども出逢いに用いられている。船宿は、洒落本ではお馴染みであったが、人情本においても、深川を扱う限り無視できない。春水が深川を世界として作品を書くに当たって、大きなヒントを与えたと見做される清元延津賀は、山谷堀の船宿若竹の女将であった。ここから察しても、春水自身がかなり船宿と関わっていたことが考えられる。春水は、この船宿を出逢いの場として用いることで、洒落本での気合の乗った雰囲気から艶冶な雰囲気に転じさせている。例えば、『春色梅児誉美』初編・巻之三で、米八が客の藤兵衛と逢うのが「閑幽《しんみり》とした船宿」である。二人は酒を酌み交わす。ここは米八が藤兵衛の意に従わぬ場面なので、必ずしも雰囲気は艶冶とはいかない。しかし、恋人同士なら船宿は出逢いの場に相応しいのである。

会席茶屋は、『春色辰巳園』では男女の出逢いではなく、米八と仇吉との恋の鞘当ての場に用いられている。が、浄瑠璃が隣から聞こえる「土地に合たる洒落造」の茶屋は、やはり艶冶な雰囲気を伝えている。

仕出料理屋は、『春色辰巳園』後編・巻之六で、はっきり仇吉と丹次郎の出逢いの場として用いられている。「人目しのべど目にたつを、まぎらかしたる枝蔵の、間を行《ゆけ》ばいとゞなほ、見送らるゝも恥《はづ》かしく、お客と行ば顔しかめて這入《はいる》もいやな、新道のさもあやしげなる仕出料理《こりやうり》や」の二階へ駆け込む仇吉は、丹次郎と逢うのである。

この描写は、こういう料理屋が人目を忍んで出逢う出逢宿であることを示している。こうした設定自体、男女の妖しげな関係を読者に感じさせる。果たして、この後、

(仇吉は、隔《へだて》たるふすまの明《あき》しをぴつしやり立《たて》きり、)
仇吉「ヲ、あつい卜帯を解《とく》」
丹次郎「たいそうせつ込《こむ》の」
仇吉「ヲヤあつかましい。そうじやアないはネ。心遣ひをして、知つた人に逢ふめへ〳〵と急《いそい》だから、汗が出るものを」
丹次郎「どうで亦《また》汗が出るぜ」
仇吉「おふざけでないヨ。気はづかしい」

という、気のもめる展開となる。この場合、仇吉は米八に内緒で丹次郎に逢わねばならない。したがって、こんな窮屈な場所を選ばざるを得ないのである。他にも、元芸者であった増吉の家の二階で忍び逢ったりする。米八の方は堂々と丹次郎の家に逢いに行く。この違いが仇吉の心の切なさを読者に伝えるのであるが、こうした舞台設定はより一層の効果をもたらすことになる。いずれにせよ、このような出逢いは、女性の方が辰巳芸者であることで演出効果を高めているのであって、相手がおぼこ娘のお長では、このような場所は不相応で、せいぜい鰻屋の二階(『春色梅児誉美』初編・巻之三)ということになってしまう。

このように眺めてくると、春水の描く深川には一つの美意識が流れていることがわかる。それが「あだ」なのである。

「あだ」は、中村によれば「艶であかぬけがし、俠で情のある深川を代表する美感(注12)」ということになる。これに付け加えれば、やや頽廃的な美しさを表す語であるといえよう。(注13)春水人情本では、女性の美を表すのにしばしば用いられるが、その対象に若い娘は入っていない。すべて恋の経験豊富な女性に冠せられているのである。深川という土地については、次のように用いられている。

何《いづ》れあだなる婦多川《ふたがは》（深川）の色の湊に情の川岸蔵、恋の入船迎船（『春色梅児誉美』初編・巻之三）

全体この土地を婦多川の他場所（岡場所）と同じ風におもつて居るから何もかも婀娜《あだ》つぽくすると心得てお在《いで》のお客が多いけれども（『春暁八幡佳年《しゆんぎようはちまんがね》』五編・巻之一）

これで見ると、深川自体があだな土地と考えられていたことがわかる。だからこそ、春水人情本の素材として適当だったのである。

『春色辰巳園』に至って深川を強調したのは、春水の目指す人情本の方角が定まったからに他ならない。『春色梅児誉美』では、まずストーリイに重点が置かれ、人物が入り組んでいたのに、『春色辰巳園』では登場人物をほとんど米八・仇吉に絞ってしまったのも、そういった理由があったからであろう。『春色梅児誉美』での武家社会のやりとりは、深川主体の小説では意味のないものになるのである。

『春色梅児誉美』『春色辰巳園』の好評は、その続編としての『春色恵の花』『春色英対暖語《えいたいだんご》』『春色梅美婦禰《うめみぶね》』を生む。いずれも深川を舞台とし、前二作の後を慕っている。もっとも、『春色恵の花』は、前二作の発端部として書かれているので、やや趣きを異にするが、底に流れる情調は同じである。

文政期にはこれといった当たり作もなかった春水が、『春色梅児誉美』で全く別人のような流行作家となるのは、以上述べて来たように「あだな」土地深川を小説世界としたからである。これは春水一人のアイディアによるものではなく、彼の交際範囲に多くいた深川関係者の助言による所も大きかった。当時、一九や鼻山人あるいは曲山人、松亭金水など多くの人情本作家が存在していたが、深川を扱い、それ故成功したのは春水のみであった。殊に鼻山人は、数の上では相当数の人情本を遺しながら、その内容が読本風の勧善懲悪調、洒落本風の吉原風俗描写にほとんど終始し、当たり作もなく終わっている。ここから考えても、深川の持つ「あだな」雰囲気が如何に恋愛小説の形成に大きな役割を果たしていたかが窺えよう。

『梅児誉美』のシリーズの他、春水が手がけた人情本は数多いが、深川を舞台とした典型的な春水人情本として挙げられるのは『春暁八幡佳年』（天保七〜九年刊）であろう。簡単に梗概を記す。

婦多川和歌町（深川仲町）の芸者梅吉と秀八は仲が良い。梅吉には幼馴染みの柳吉という情人があり、その子を妊っているが、柳吉は店の不始末から上方へ詮議に呼ばれ、帰って来ない。それ故梅吉は病み、子を産んで死ぬが、妙薬により蘇生する。柳吉は嫌疑が晴れて戻る途中、主筋の娘お直と通じ、これを鎌倉（江戸）へ連れ帰る。秀八は梅吉の死んだ際その亡霊に会い、赤子を頼まれ、柳吉も上方からの帰途一旦死に、蘇生するという事件が起こったりする。秀八には、幼馴染みの弥三郎がいるが、弥三郎にも身投げを助けたのが縁で結ばれたお君という素人娘がいる。結局、女同士互いに立て合い、柳吉はお直を、弥三郎はお君をそれぞれ正妻とし、梅吉・秀八は自前の芸者となってそれぞれの情人に尽くし、女同士も睦じく暮らす。なおまた、秀八の世話をする年増お時と十歳ほど年下の滝次郎との色模様も絡む。

以上、一読して知られるように、『春色梅児誉美』の丹次郎と複数の女性達との関係を更に広げた物語に仕立てている。実は、この手法は春水が天保期を通じてとり続けたものなのであった。深川という土地の持つ「あだ」「いき」「はり」などを背景にしてこそ成り立つ、こうした恋の絡み合いを、春水が女性読者獲得法の眼目としていたことがわかる。一人の男性に複数の女性を配した場合、正妻は素人娘、妾ないしはそれに準ずるのが辰巳芸者というのが、春水におけるほとんど常套手段である。妾に甘んじてでも己れを捨て、男に尽くし、自分のライバルである正妻と仲良く暮らす、という役割を演じられるのは、辰巳芸者を措いては考えられなかった。辰巳芸者にはそうした「はり」や「達引」が具えられていたわけである。春水自身も、その辺は心得ていたと見えて、三編「序文に換る附言」に米八、仇吉が辰巳芸者の生き方をよく表していると自賛する意味で、

予が桜川由次郎の家に遊びて帰る道、山本の前を過るとき、二人の婦女とすれ違ふ、其婦人いづれの家の唄女《はをり》の噂かしらねど、似寄仇《ちやうど》吉米八の様だのといひて過行事ありし、既に仇吉米八は、予著初《かきいだ》したる虚名の唄女《はをり》なれども、其土地のくちずさみとさへなりしは、近来稀なる作意ならずや。

と述べている。また、舞台が深川を離れて展開した際のことを、五編跋で、

これまではしばらく他方の物語りにして八幡佳年といふ外題に少しくはなれたり、此次六編目にいたりてはまた婦多川の人情をうがち秀八梅吉が婀娜な姿の寛活全盛云々

と記して、春水自ら自分の作品の舞台としての深川、人物としての辰巳芸者の効用を確認しているのである。

また、そうした春水の意図は忠実に作品に反映されており、例えば秀八が弥三郎と偶然出会う場面は、

秋の最中の月の夜に、さへたる庭の七草やさしく見ゆる一間の中、此方の縁の端近く、酔てしどなき一人の

唄女《はをり》、月も羞らふ花の顔、かの秀八は倩々《つくづく》と、好情《いき》な声を恋風に、伝へ聞て立あがり、障子をそつとおし明《あけ》て、いかなる人と差覗けば、歳齢《としごろ》二十六七歳と見ゆる気障《いやみ》なしの好漢《いろおとこ》唯一人床の間の柱に靠れて爪弾の、姿も風俗《なり》もぞつとする女殺しの衣裳付、持ものなどもさぞかしと、思ひやらる丶その出立、（初編・巻之二）

とある。この男が弥三郎であるが、この場面では船頭を使いにやって一人ぽつんとしているという設定である。この後、この二人はちょっとしたラブ・シーンを演ずる運びとなる。偶然会った二人が、いきなりそこまで行くというのはかなり不自然であるが、ここでは秀八の方が弥三郎に誘いかけているのである。読者も、秋の月夜・酔った辰巳芸者・いきな爪弾きの声・二十六、七歳の色男・床の間に凭れた姿・料理屋の一室、と条件が整えば、何かを期待したのではあるまいか。それが深川の「あだ」が持つ魔力だったのである。

『春暁八幡佳年』は、このように『春色辰巳園』以後、最も良く深川を映した作品であったといえよう。

こうして、春水の数多くの人情本の中から数編を選び、そこに描かれた深川を眺めて来た。この他の春水人情本にも同じような構想を認めることができるのであるが、内容は必ずしも『春色辰巳園』と同じではない。春水が売れっ子になるにつれて、彼の悪癖である代作者起用が目立ち始め、内容に乱れが生じてくるからである。ただ、人物設定がどうなろうと、舞台を深川以外のどこにしようと、根底に流れるものが深川の「あだ」あるいは「いき」「はり」であったが故に、春水人情本は受け入れられ続けた。天保改革によって春水が筆禍を蒙るまで、深川はその情緒を春水人情本の中に生かし続けたのである。深川の情緒が如何に春水人情本の中で大きな位置を占めたかは、改革以後の人情本が深川を避けたが故に精彩を失ったことで証明されよう。人情本の艶冶な風情を支えた深川は、天保改革でひとまず読者の前から姿を消したわけである。

洒落本、人情本を通して、深川の描かれ方、作品の中での深川の生かされ方を探ってきた。

洒落本は、深川を扱うことで新しい型を生み出し、その型が深川を抜きにしても継続することになった。人情本もまた、深川をとり入れることで新しい読者を獲得し、新しいジャンルを確立した。そしてまた、人情本においても、深川から一般へと舞台を広げて継続するという現象が見られた。いわば、深川は女性を主人公とする女性読者のための新しい小説形態を形成する起爆剤となっていたのである。

注

（1）朝倉無声、花咲一男構成『雑俳川柳江戸岡場所図絵』上（昭和三十九年、有光書房）五〇頁参照。

（2）西山松之助『江戸っ子』（〈江戸〉選書一、昭和五十五年、吉川弘文館）三一頁参照。

（3）同右九三頁参照。

（4）水野稔『黄表紙・洒落本の世界』（岩波新書、昭和五十一年）三二頁参照。

（5）帰橋の伝については長沼孝史「蓬莱山人帰橋の伝に関する一考察」（『青山学院大学文学部紀要』第二二号）がある。

（6）『洒落本大成』第九巻（昭和五十五年、中央公論社）解題三八六頁参照。

（7）他に『深川大全』（天保四年刊）があるが、これは京伝の遺稿に石塚豊芥子が手を加えた考証風のものなので、ここではとり上げない。

（8）本田康雄『式亭三馬の文芸』（昭和四十八年、笠間書院）六一頁参照。

（9）『船頭深話』の作者は三馬に非ずの説がある。

（10）中村幸彦校注『春色梅児誉美』（日本古典文学大系第六四巻、昭和三十七年、岩波書店）一五頁参照。

（11）同右一九頁参照。

（12）同右七八頁、（3）参照。

（13）第一章「あだ―春水人情本の特質」参照。

第一六章　二人の艶二郎

──『江戸生艶気樺焼』から『総籬』へ

一

天明五（一七八五）年刊の山東京伝作黄表紙『江戸生艶気樺焼』で、主人公仇気屋艶二郎は北里喜之介や悪井志庵とこんな会話をしている。

（艶）「とんでもなくうきなのたつしうちがありそふなものだ」

（喜）「（中略）ふみのもんくには、だいぶでんじゆのあることさ。ふうじめをつけぬと、ゑんがきれると申やす。ふみのすへ、おさなをかくよふになるとむづかしいね」（志）「ひつさきめにくちべにのついてるのは、いつでもぢもの、ふみではねへのさ。どねへにじみでも、みゝのわきにまくらだこのあるので、しやうばいあがりはソレじきにしれやす」

周知のように、「（中略）」の部分には「まづ、めりやすといふやつが、うはきにするやつさ」と始まって、めりやすの題が列挙される。この場面では、絵も手伝って、「十九や二十」の艶二郎が如何にも百万両分限の一人息子らしい鷹揚さで読者の眼に映ってくる。作者の京伝は当時二十五歳で、自身の実年齢とさして離れていず、境遇にも似たところのある艶二郎は描きやすかったと考えられる。また、北里喜之介は「近所の道楽息子」、悪井志庵は太鼓医者と設定されているが、二人のせりふも艶二郎とのバランスを保っている。

この場面は、一ウ～二オという冒頭部に近いところで描かれているのであるが、早速遊びの穿ちが出てくる。文の伝授は廓遊びの基本であったはずで、これによって読者は一気に主題に惹きこまれて行くことになる。そもそも本作には序文がなく、いきなり「こゝに百万両ぶげんとよばれたるあだきやのひとりむすこをゑん二郎とて」となる。冒頭から実にテンポが早いのである。確かに、艶二郎の所謂京伝鼻は意表を突いたものであり、百万両分限の一人息子という恵まれた身分とのギャップを感じさせる点で、読者の笑いを誘う。しかし、それ以上にこのテンポの良さが好まれたのではないか。天明二年の『手前勝手御存商売物』の好評で自信をつけたとは言え、まだ習作期を脱し切っていなかった京伝が、この時期に本作を出したというのは、ほとんど突然変異と言えそうな現象である。以下暫く、既に評価の定まった本作を更めて読み、その位置づけについて考えてみたい。

本作は、ストオリイを持っているようで、その実あまり持っていない。『御存商売物』を初めとするここまでの京伝作品の多くとは、その点において異なる。本作の実体は、艶二郎を通して描かれる「浮気」尽くしである。『艶気樺焼』の題名の通り、本作には「浮気」という語が頻出する。

一オ「しやうとくうはきなことをこのみ」の「浮気なこと」は、玉木屋伊太八・浮世猪之介の身の上を指している。一ウ～二オでは、「めりやすといふやつ」が「浮気にするやつ」とされ、二ウでは「ほりもの」が「浮気の始まり」とされる。三オでは、役者の家へ美しい娘などの駆込むのを浮気な事とし、三ウ～四オでは「人の心を浮気にする」白拍子が登場する。六ウ～七オは艶二郎を「もとよりうわきものなれば」と描く。八ウ～九オでは、回向院の道了の開帳に提灯を奉納するのを、「このやうに奉納ものはなるほどうわきなさたなり」と述べ、十ウでは、艶二郎の勘当の許されるのを願って芸者が裸足参りをするのを、「なるほどはだしまいりといふやつが大かたはうわきなもの也」と述べる。十一オでは、勘当息子のする地紙売を「浮気な商売」とし、十一ウ～

十二オでは、艶二郎が「しんぢうほどうわきなものはあるまい」と考える。十四ウの道行文では「朝に色をして夕に死《しす》とも可なりとはさてもうはきなことのはぞ」と記す。

このように、本作では艶二郎の行動を「浮気」という語で表し続けているのである。すなわち、他の作とは異なり本作では徹頭徹尾艶二郎を登場させ、彼を媒体として「浮気」を描き尽くしているわけである。『山東京伝全集第一巻』の解説では、「(喜之助と志庵の)二人にそそのかされて艶二郎は愚行の行状を重ね」となっているが、本作の艶二郎はもっと主体的に行動しているのであって、そそのかされた様子には描かれていない。また、同じ解説や『江戸の戯作絵本(二)』の注で、この三人の関係を益者三友の逆の損者三友であるとしてあるが、損者三友と明記しているのは後に触れる『総籬』の方である。もちろん、本作の場合、それと明記していないだけで意図は同じだとも言えないではない。しかし、この時点では、京伝は艶二郎一人の行動を描くことに意を注いでいて、三友としての構想は示していない。その結果、艶二郎は次々と「浮気」を重ねる主体性を与えられているのである。京伝は「浮気」を描くために艶二郎を自在に活用した。先に挙げたように、「このやうに奉納ものはなるほどうわきなさたなり」「なるほどはだしまいりといふやつが大かたはうわきなもの也」と似たような表現を中巻で繰返しているのは、「浮気」を描こうとする京伝の意図を表している。しかし、その結果として艶二郎は生き生きとした実在性を与えられたのである。

艶二郎にモデルを擬することは、本作発売時から既に行われていたようである。それは、モデルの設定が先にあったのではなく、艶二郎があまりに実在性を持っていたがために、モデル論が出たと見るべきであろう。その意味で、何人ものモデルを多様にぶちこんだとされる中村幸彦の論は示唆的である。

二

ところで、ここまで『江戸生艶気樺焼』の書き方を見てきて気がつくのは、本作は多分に恋川春町の『金々先生栄花夢』（安永四〈一七七五〉年）に倣っているのではないか、ということである。

先に、『江戸生艶気樺焼』には快いテンポがあり、艶二郎という人物が徹頭徹尾登場していると記した。一オで艶二郎を紹介し、一ウ～二オ、二ウ～三オ、三ウ～四オ、五ウ、七ウ、八ウ～九オ、十一オ、十五ウの冒頭が全て「艶二郎は」であり、五オ、六オ、六ウ～七オ、八オ、九ウ、十オ、十一ウ～十二オが全て「艶二郎」で始まる。「艶二郎（は）」で始まらないのは、三ウ～四オ、四ウ、十ウ、十二ウ～十三オ、十三ウ～十四オ、十四ウ～十五オだけである。もちろん、艶二郎を主人公としている以上、冒頭が全て「艶二郎（は）」となっても不思議はないのであるが、そもそも主人公一人を軸にしてストオリイ展開を図る構想そのものが、『金々先生栄花夢』をヒントにしたと思われるのである。因みに、『金々先生』では、一オが序文、一ウ～二オが金兵衛の紹介で、他の丁の冒頭は全て「金兵衛（金々先生・先生）」となっていて、金々先生一人を軸にして話を展開させている。金兵衛（金々先生）は「むまれつき心ゆふにしてうき世のたのしみをつくさんとおもへども」至って貧しくて心にまかせないので、一旗揚げようと江戸に出てくる。目黒の粟餅屋で一睡するうちに富商和泉屋の養子に迎えられて「うき世のたのしみ」を尽くす夢を見る。結局遊びが過ぎて追放され、元の身に戻るところで夢が醒める。この周知の話の主人公を百万両分限の息子艶二郎に置き換えると、『艶気樺焼』になるのではないか。

艶二郎は貧しくないから、一旗揚げる必要はない。しかし、「浮気」なことをする身分になりたいという夢を見る。その夢の実現に力を貸しているのが喜之介と志庵である。金々先生には手代源四郎、たいこ持万八、座頭五市がいる。志庵と五市は剃髪している。最後に艶二郎は「はじめてよの中をあきらめほんとうのひと、なり」浮名と夫婦となって栄える。金々先生は、養家を追放されたところで夢から醒めて「人げん一生のたのしみもわづかにあわ餅一うすの内のごとしとはじめてさとり」在所へ帰る。その後金兵衛が栄えたか否かは明記されていないが、結末は艶二郎と同様、夢から醒めているのである。

金々先生は金持ちになって「浮世の楽しみ」を極めることを夢見、艶二郎は金の力を借りて「浮気」なことをしようと夢見る。敢えて言えば、『艶気樺焼』は『金々先生』の夢の実現であり、パロディなのである。そう思って見ると、『金々先生』七ウの絵と『艶気樺焼』七オの絵とに通じるものを感じるのである。『金々先生』の方は、金々先生が辰巳の遊女おまづと深い仲になったつもりが実はおまづは源四郎と通じていた、という場面で、金々先生とおまづが床にいる所へ茶屋の女が源四郎からの呼び出しを隠語で伝えに来た図である。『艶気樺焼』の方は、艶二郎がことさらに新造買いの形で浮名と遊ぼうとしている場面で、浮名と二人でいるところを、次の間か

『金々先生栄花夢』

『江戸生艶気樺焼』

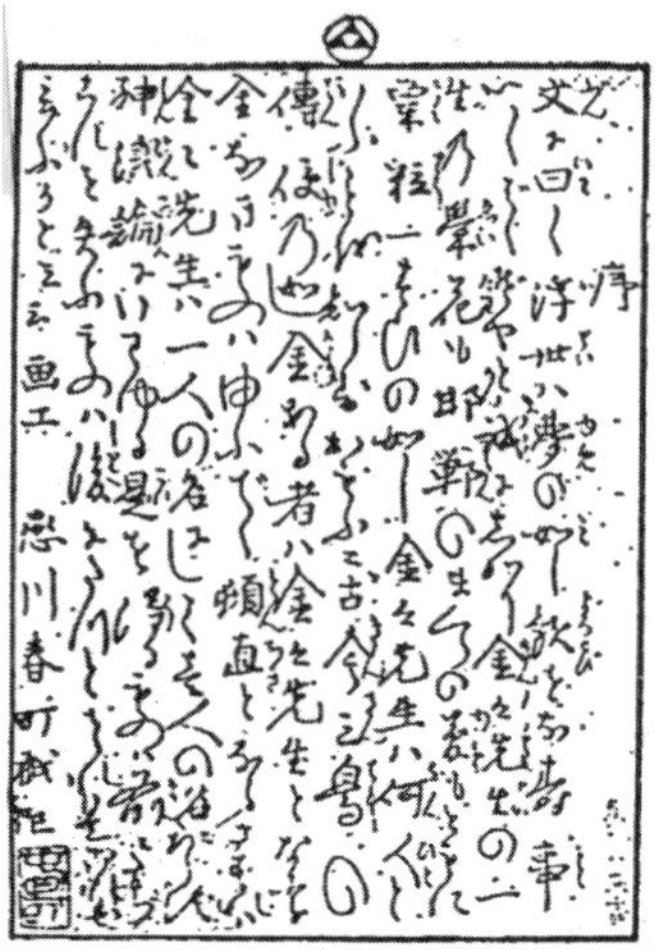
『金々先生栄花夢』

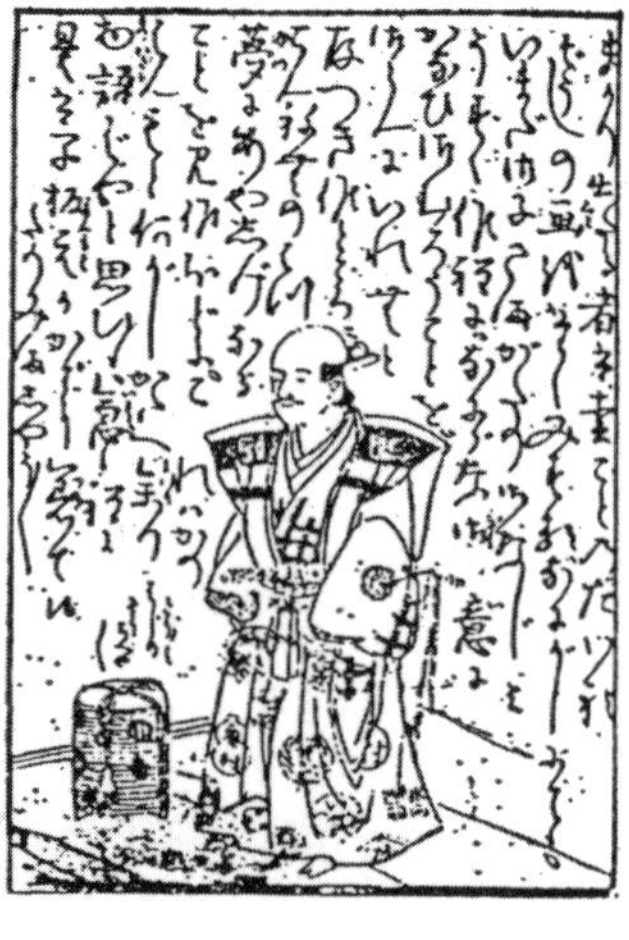
『御存商売物』

ら浮名の客の役である志庵が見ている絵である。一方は本気のつもりの金々先生とただの遊びのつもりのおまづ、そこへ隠語で伝言する茶屋女。一方は遊びのつもりの艶二郎と浮名、金の為と割切って客の役を演じる志庵。金々先生は「おまづといふいろにはまり」通ってきている。艶二郎は「うきなほどてのある女郎はないとおもひしがひととふりではおもしろからずとおもへども」間夫になるのは浮名が承知しまいと思って志庵を使って新造買いの遊びをしている。一方は、いわば新造買いをされる身、一方は新造買いをする身、という対照を示している。パロディとしては実に見事であると言えよう。

春町との関係を念頭に置いて他の作品を見ると、天明元（一七八一）年刊『白拍子富民静鼓音』(注5)の三ウ～四オで、深草焼問屋の息子庄蔵（深草少将のもじり）が小町の所へ雪の中を通う場面に「ゆきはがまうに似てとんでさんらんし人はかみこをきて川へはまろうとま丶と、ア、いま〱しい」というせりふが出てくる。これは『金々先生』の六ウ～七オで金々先生の言うせりふと全く同じである。また、天明二年刊『御存商売物』の序は、春町作の一連の黄表紙の序の書体（謡本の書体）と似ている。この作まで、京伝作と考えられる黄表紙に序はない。この序も、はっきり序としてあるわけではないが、形は序となっている。初めて序をつけるに当たって、京伝が春町の序に書体を倣ったとしても不思議はない。こうした若干の事柄から推して、京伝が春町から多くのことを倣ったと考えてよい(注6)。

となれば、京伝が何故春町に倣ったのかを考慮しておく必要があるが、一言で言えば、初めは絵師としてスタートした京伝が作者としても認められた故であろう。すなわち、京伝が作画者となった時、先駆者として見倣うべきは春町一人であったわけで、春町に倣ったのは必然の成行きであると言えよう。

三

さて、『御存商売物』を経て『江戸生艶気樺焼』は生まれた。先に記したように、本作は突然変異と言うべき面白さを持っていた。それまでの京伝作黄表紙にはない構成と趣向とリズムの良さとを具えていた。如何にしてこんな作が出てきたのか。「浮気」を主題にするという発想は、どのようにして生まれたのか。結論から言えば、蔦屋との絡みが最も大きく関係したのではないか、という平凡なところに落着きそうであるが、念の為、『艶気樺焼』に至る足跡を確認しておきたい。

『山東京伝全集』第一巻には、従来存疑作と考えられていた作も含め、『艶気樺焼』に至る黄表紙が十一作収められている。山本陽史の研究(注7)に従えば更にその数は増すことになるが、ここではとり敢えず十一作のうちのいくつかを例として考えてみる。

安永七年刊『お花半七開帳利益遊合』が、現在考えられる最も古い京伝の黄表紙である。画は北尾政演すなわち京伝で間違いないが、作者者張堂少通辺人も京伝本人であると考えられる。（注8）安永七年といえば、京伝十八歳のことになる。十八歳で黄表紙を出したとなれば、これはやはり異例の若さでの出版であると考えられる。絵師北尾政演の本格的デヴューとしても早い。因みに、師の北尾重政は二十二、三歳、歌麿は二十一、二歳、北斎は二十歳あたりがデヴューした年齢と考えられている。京伝の場合、若旦那の芸として早くからこの世界に馴染んだことになる。江戸の風を初めから身につけていたという意味で、戯作者としては好条件を具えていたのであるが、これが京伝の作風を左右したのも事実である。いずれにせよ、本作には洒落も笑いもない。

安永九（一七七九）年刊『米饅頭始』は、待乳山聖天宮の御利益を絡めた話で、黄表紙としての面白さには欠けるが、一ウ〜二オに「これおよねぼう、いろよきおへんじまつち山、どうだ〳〵」「そんな事はマアよしにしやうでん様さ」とあるように、黄表紙らしい地口は見られる。

同年刊『娘敵討故郷錦』は、題名の通りの敵討物であるから、さして黄表紙臭はない。「わたくしはあしがるではない、くちがるさ。なんと手がるいおへんじはどうでござります」などの地口が見られ、松本屋、内田屋等の江戸の馴染みの店などが登場するが、黄表紙として読むには面白味に欠ける。このあたりの黄表紙には、京伝の「遊び心」を見るのは不可能である。黄表紙の型だけを辿っている。

同じ安永九年刊『団子兵衛御ばゞ焼餅噺』『笑話《おかしばなし》於臍茶』は共に存疑作とされるものであるが、京伝作と見て差支えない。（注9）『焼餅噺』は、団五郎が焼餅焼きの女房を求めるという場面が、『艶気樺焼』と類似し、京伝作であることを感じさせる他、団五郎の父団五兵衛が丁子屋の遊女みな鶴に馴染む場面で聖天町へ判人を呼びにやる旨が記されたり、結びで何の脈絡もなく団五郎の嫁およねが登場したりする点が『米饅頭始』に通じている。作品としてはまとまりがあるとは言い難い。『米饅頭始』の影をひきずるのは、『笑話於臍茶』も同様で、十三ウ〜十四オに扇の元にある要が擬人化されているが、『米饅頭始』にお米が扇屋の抱え遊女要と名乗るのを連想させる。

このあたりの作は、吉原を舞台とするところもあるが、それはあくまで素材として用いられているに過ぎない。吉原が舞台となって物語の底流となるのは、天明三（一七八三）年刊とされる『客人女郎』以下、天明四年刊『天慶和句文』『廓中丁子』『不案配即席料理』である。つまり、天明三年頃から京伝の黄表紙は洒落本に接近し始め、『江戸生艶気樺焼』が生まれるのである。前述の通り、艶二郎を軸とした遊里指南書の趣きを呈していて、従来の京伝黄表紙とは異なっているのであるが、同じ天明五年に京伝初の洒落本『息子部屋』が出版されたことと無関係ではあるまい。

『息子部屋』が宝暦四（一七五四）年刊『魂胆総勘定』と明和五（一七六八）年刊『古今吉原大全』という二部の洒落本から一部を借りていることは、既に指摘されている通りである。(注10) やはり遊里指南書の趣きを持った『息子部屋』が『艶気樺焼』と同年に刊行されたのは、京伝が自らの戯作の方向の一を吉原の遊びに絞ったからに他ならない。それまで道具立ての一に過ぎなかった吉原を主役に押上げたのは何であったのか。ここで、先に述べた蔦重との関係が浮かび上がってくる。

四

十八歳にして早くも黄表紙を出版した都会人京伝が、その頃既に吉原に馴染んでいたことは充分想像し得る。しかし、少なくとも当初は若旦那の遊びとしての吉原通いと見てよい。黄表紙作者とは言ってもまだ無名の存在であったはずである。それが、『御存商売物』が大田南畝に称揚された天明二年になると、京伝は二十二歳にして戯作の表舞台に進出し、多分南畝の仲介で蔦屋と知り合うことになったと考えられる。

水野稔の『山東京伝年譜稿』(注11) によれば、京伝は天明二年十二月十七日に南畝（四方赤良）・朱楽菅江・恋川春町らと蔦屋重三郎方に招かれ、吉原大文字屋で遊んだという。このことは、京伝の戯作者生活に大きな転機となったはずである。吉原細見の版元蔦重を通じて吉原の楼主たちと親しくなったこと、春町と面識を通じたこと、の二点は殊に注目される。

この時期、吉原の遊女屋の主たちが俳名を持つなどして文人たちとの交わりを深めたことは、天明期戯作形成の上に大きな意味を持ったと言えよう。本来、楼主は亡八《くつわ》と呼ばれて一般社会との関係はさして強く持たなかったはずである。それが大名の弟である酒井抱一らと酒席を共にし、狂歌を嗜んだりしたのであるから、この時代の空気が偲ばれるのであるが、こうした形を作り上げるのに果たした蔦重の働きも充分考えられてよいであろう。京伝は、その蔦重によって、単なる一遊客から吉原の代表的客人の一人になり、楼主たちと商売を離れた付合いをするようになったわけである。

そうなれば、京伝にとって吉原は戯作の素材以上の存在となる。謂わば、吉原は身内なのである。したがって、吉原を戯作の舞台に据えるようになるが、同時に対象として突放すことの難しさも感じたことであろう。

春町と面識を得たことは、京伝の戯作に大きな影響を与えたはずである。もちろん、春町の作品は既に読んでいたに違いない。しかし、一読者として読むのと、知人の書いたものとして読むのとでは自から受取り方に違いが生じる。安永・天明期の戯作界が一種のサークルの様相を呈していたとすれば、その一員を以て自任するのと否とでは、戯作の中身に差が出てくるのは当然のことであったであろう。その意味で、安永期に特異な洒落本を連発した田螺金魚は、戯作界の埒外にあったのかも知れないなどと想像されるのである。それはさて措き、春町と相識の関係になったとすれば、京伝にとって春町の作品は自らの作風転換の手掛りになるのに充分の効果をもたらしたと考えてよい。

このような情況の下で『江戸生艶気樺焼』は作られた。しかも、本作は山東京伝の名のもとで蔦重から初めて出された四作の黄表紙の一である。蔦重と春町。『江戸生艶気樺焼』における大きな転換のカギは、ここにあったと言えよう。しかし、春町と京伝とは、戯作者としての立場に於いて大きな隔たりがある。『金々先生栄花夢』を解説して、小池正胤が次のように述べている。

なぜ、田舎出の金村屋金兵衛がうけたのか。彼の最初の志が「そろばんの玉はずれをしこため山」であり、大町人の家の婿になるというのが、当時の江戸の社会状況と合致していた。彼はいわば当時の出稼ぎ人だった。江戸の町方人口のかなりを占めていた地方出身者には季節労働者もいれば江戸に定住してしまうものもいた。その江戸では、享保年間以来、蔵前の札差しが巨利を得て豪遊し、いわゆる十八大通とよばれる金持通人が評判になっていた。わずかな賃銭をえて故郷に帰ろうとする彼らも、万が一にはこういう豪商になりうるかもしれない。だがそれは「夢」であった。町人ばかりではない。参観交代で江戸へやってきてその賑やかさ生活の華美さに驚く地方武士たちも同じ思いをいだいたにちがいない。

小大名駿河小島藩の江戸留守居役で、春日町という江戸の場末に住んでいた春町は、その町人や下級武士のはかない夢を金々先生によって見せたのである。(注12)

かなり長い引用になってしまったが、ここに『金々先生栄花夢』の読み方が示されていると考え、敢えて引用した。確かに、『金々先生』の出された安永四年当時の江戸の情況は小池の指摘の通りであったであろう。こうした情況を戯作という手段に韜晦したのが春町だった。

しかし、『江戸生艶気樺焼』の出た天明五年は、田沼政治の末期であり、江戸の人々には出世の夢など持てなくなっていた。せめて見るとすれば、唐来参和作『莫切自根金生木』（天明五〈一七八五〉年刊）のような逆さ事の夢だったのである。僅か十年の間に、世の中は変わってしまっていた。まして、京伝は江戸根生の町人である。若旦那として早くから吉原に遊んだ身の上である。春町のような韜晦の持合わせはなく、夢も次元が異なっていた。

金々先生の夢は、切実でありながら全くの夢に過ぎなかった。生理的に醒める夢であった。艶二郎の夢は道徳的に醒める夢である。現実に金で買える夢であった。百万両分限自体は、多くの市民にとって夢であったが、金で夢を叶えることは、必ずしも夢ではなかった。その分、艶二郎には存在性があったのである。

そういう艶二郎を通して、京伝は只管おかしく「浮気」を描いた。江戸という繁華な小宇宙の中で、多くの男たちは「浮気」を夢見たに違いない。金々先生の時から十年を経た艶二郎の時代には、黄表紙の読者はその底辺を広げていた。彼らにとって「浮気」の実現はささやかで現実性のある夢であった。京伝鼻の艶二郎は、周囲の思惑も考えず「浮気」に腐心した。大真面目である。傍から見ればピエロに過ぎないが、本人は真面目に遊んでいる。その真面目さと行為の結果との落差が笑いを呼ぶ。京伝自身も自らは笑わない。笑わずにおかしみを出す。洒落の真骨頂と言うべきである。既に江戸戯作の遊び心を失いつつあった当時の読者に対して、京伝は遊び心を伝えたのである。

五

『江戸生艶気樺焼』から二年後、艶二郎は洒落本『総籬』に再び、しかし似ても似つかぬキャラクターとして登場する。ここでの艶二郎は、作者京伝自身によって性格を付与されてしまっている。凡例に次のように言う。

艶治《（マヽ）》郎ハ青楼ノ通句《トヲリク》也。予去々春江戸生艶気樺焼ト云《イヘル》、冊子《サウシ》ヲ著シテヨリ、己恍惚《ウヌボレ》ナル客ヲ指《サシ》テ云爾《シカイフ》。因《ヨツ》テ以ツテ、此書ニ假《カリ》テ名トス。

すなわち、京伝自ら艶二郎を「青楼ノ通句」であると自負し、艶二郎に自惚の代名詞たる性格を与えてしまっているのである。しかし、実は『江戸生艶気樺焼』の艶二郎は自惚ではなかった。確かに、自分の噂を都合良く解釈する面もないではないが、自分に焼餅を焼かせるにせよ何にせよ、相手に大金を渡した上で「頼む〳〵」と言うことの方が多いのである。自惚者がへこまされるのは、洒落本に於ける半可通のありようである。『総籬』の中の艶二郎は『艶気樺焼』とは性格を異にしてしまっているのである。喜之介、志庵との関係についても、凡例に「此書ハ論語《リンギヨ》ニ所謂、損者三友ヲ以テ大意トス」とある通り、『艶気樺焼』の時にはなかった「損者三友」の語を明示しているのである。三者の関係は、喜之介宅に艶二郎、志庵が訪れた際の次の会話に端的に示される。

[しあん] うなぎをとりにやりは。[ゑん] どうだろうといふ事か。もふいぢめるの。トきんからかわのまへさげから、なんりやうを一片ほうりいだす。[喜の] 青か、白か。[しあん] やつぱり、すぢを、長《ガ》やきの事さ。

艶二郎は、志庵や喜之介にたかられる役である。喜之介は、艶二郎が遊女に操られているのを知り、同情して憤りながらも、艶二郎の前では素知らぬ顔をするというような役を演じている。前作では近所の道楽息子であったが、ここでは「江戸がみ」つまり素人の幇間で遊女上がりを女房にしている。志庵はたいこ医者で、前作と変わっていない。しかしここでの艶二郎は、旦那としてたかられるだけでなく話しぶりもすっかり旦那風である。「もふいぢめるの」と、『艶気樺焼』の「とんでもなくうきなのたつしうちがありそふなものだ」とを比べれば、後者の若さは歴然としている。『総籬』の艶二郎は甚だ無表情である。実際、挿絵の艶二郎は鼻だけは京伝鼻であっても表情には全く面白味がない。しかも、その挿絵は門人とされる山東けいこうのものである。京伝は挿絵すら描いていないのである。凡例に「因テ以ツテ此書ニ假《カリ》テ名トス」とある通り、京伝自身が艶二郎の名を登場人物の名に借りたに過ぎない以上、違いがあって当然ではあるが、読者にしてみれば大きな当て外れであったに違いない。

水野稔は、『総籬』や『古契三娼』を評して、「従来の作品の踏襲し来った定石通りの半可通の滑稽を顧みる余裕がない程、正面から自己の通を投げ出すに忙しかった。のみならず、内容が知的に傾き過ぎて、知ることを第一の眼目に置いている結果、いかにも周到な用意をもって自然に動かしながらも、そこに現れる人物を単なる手段的設定に過ぎなくもしていた(注13)」と述べている。首肯すべき見解である。『総籬』の艶二郎は、「穿ち」の前に無残にも表情を奪われてしまったのである。『総籬』は『江戸生艶気樺焼』の続編などでは決してない。二人の艶二郎は全くの別人なのである。

『艶気樺焼』の艶二郎は、「醜い容貌にもかかわらず、うぬぼれが強くて色男を気どり、女にもてよう、世間に艶名をうたわれようと、だいそれた望みをおこし、金にあかしてあらゆる愚行をした(注14)」人物というのが通り相場である。しかし、金で雇った焼餅焼き役の妾に焼餅を焼いてもらい、嬉しそうに額を撫でている艶二郎、わざわざ親に頼み込んで勘当を受け、地紙売をするが一日で懲りてしまう艶二郎などを見ていると、「うぬぼれが強くて色男を気どり」とはとても言えない。「浮気な」ことをしてみようと惜しみなく金を注ぎこんで夢を追う、可愛らしい艶二郎の姿が浮かび出てくるのである。「愚行」と言えばこれ程の愚行はない。しかし、だからこそ馬鹿馬鹿しさがおかしいのである。艶二郎を取巻く周囲の人間は、艶二郎の金に惹かれて艶二郎の夢を叶えてやるふりをする常識人である。一方、『総籬』の艶二郎は、己れの御機嫌取りをする人物を傍らに置いて吉原に遊び、愚にもつかぬ穿ちをして日を過ごしている。この艶二郎に夢はあるのか。多分何もあるまい。遊興費にも困らず、唯吉原で一日を潰すだけである。

と、『総籬』の艶二郎を描いてみると、大田南畝の天明二（一七八二）年の日記『三春行楽記』が思い出される。土山宗次郎らと洲崎の料亭望汰欄などに遊び、飲んでは眠り、醒めてはまた飲むという生活を二、三日続ける、といった記事が出てくる。南畝と『総籬』の艶二郎のどこが異なるのか。南畝の酒浸りの生活には、一方に小身武士の務めがあり、世間への不満がある。ほろ苦さがあり、飲むこと自体への楽しみがある。春町の場合と同様、韜晦の一語で括ることも可能であろう。『総籬』の艶二郎には、得意気に遊里の知識を披瀝する態度があるだけである。穿ちを並べながら酒を飲み、美肴を食い、時至れば遊女と一間に消える。ただその暮らししか見えてこない。

『江戸生艶気樺焼』の艶二郎は、金の力は借りながらも「浮気な」夢を追い求めた。一方『総籬』の艶二郎はすっかり夢を亡くしてしまっている。『艶気樺焼』の艶二郎の若く生き生きしたイメージは、『総籬』の艶二郎には求むべくもない。実は、二人の艶二郎の姿は、山東京伝その人の姿でもあるように思えるのである。

『江戸生艶気樺焼』を自画作した時の京伝は、江戸戯作界のリーダー南畝の引立てで春町と親交を深め、地本問屋界の中心人物たらんとしていた蔦重に可愛がられ、得意の絶頂に立とうとしていた。韜晦もない京伝は、この自分を取巻く環境を利用するに躊躇しなかった。蔦重の意に沿って作品を書き、戯作界の中心に位置しようと考えたとしても不思議ではない。春町や喜三二なら、戯作界などどうでもよい存在であったであろうが、天明中頃の町人京伝にとっては、戯作界はそれなりに重みを持つものであった。その意味で、天明五年の諸作は、京伝が戯作者としての飢餓状態からまさに抜けようとする微妙な時期のものであった。『息子部屋』に所謂剽窃が見られるのも、洒落本に手を拡げるための非常手段であったのであろう。『艶気樺焼』の艶二郎は、飢餓から飽食へ抜出ようとする京伝の気持の充実がそのまま乗り移った人物なのであった。

『艶気樺焼』の大成功、『息子部屋』による洒落本界への進出は、蔦重を喜ばせ、京伝自身を飽食の安定した境地へと導いた。しかし、安定によって得た成熟は、戯作という表現手段には必ずしも馴染まない。たまたま、天明後期の戯作の流れが変化してきたところへ成熟の京伝が迎えられ、「穿ち」が歓迎されただけなのである。『総籬』の無表情な艶二郎は、飽食の京伝そのものなのである。

注

(1)『山東京伝全集』第一巻、平成四年、ぺりかん社。解説担当は棚橋正博。
(2)『江戸の戯作絵本(二)』、平成三年、社会思想社、現代教養文庫。解説担当は棚橋正博。
(3)(2)の解説等。
(4)中村幸彦「草双紙の諸相」(『中村幸彦著述集』第四巻、昭和六十二年、中央公論社)
(5)(1)の解説で、京伝作とする。なお、本作の文中二ウ~三オに「うどんやのしるつぎでしやうゆかいにいつたをわすれ」とあるが、京伝の洒落本『古契三娼』にも「船虫のはふうどんやの汁つぎ持つて醬油買に行きし」とある。これも京伝作の傍証となるか。
(6)檜山純一「『客人女郎』と春町」(『青山語文』第二十五号、平成七年三月)に、京伝作黄表紙『客人女郎』と春町との関係が述べられている。
(7)山本陽史「山東京伝の習作期」(『近世文学論輯』平成五年、和泉書院)
(8)棚橋正博「山東京伝処女作考」(『江戸文学』第一三号、平成六年十一月、ぺりかん社)
(9)(1)に同じ。
(10)水野稔「京伝洒落本作品研究」(『江戸小説論叢』昭和四十九年、中央公論社)
(11)水野稔『山東京伝年譜稿』平成三年、ぺりかん社
(12)『江戸の戯作絵本(一)』(昭和五十五年、社会思想社、現代教養文庫)
(13)(10)に同じ。
(14)『黄表紙　川柳　狂歌』(『日本古典文学全集』昭和五十六年、小学館)

おわりに

大学院の修士論文の一部を『国語と国文学』に載せて以来、五十年近い時が過ぎた。その間ボツボツと発表してきた論文を一冊に纏めようなどという気もなく、現在に至ってしまった。研究者としては甚だ怠慢だったかも知れない。ただ一方で、出したものをその都度読んでもらえればそれで十分という気もあった。一教員としては、学生との関係を緊密にしたいという思いも強くあったからである。

気付いてみたら、論文集を出していない数少ない一人になっていた。周囲の方々の著作に恩恵を蒙りながら、自分の分はさして引用されることもあるまいと暖気に構え、時々声をかけて下さる書肆の方にもさして真剣に向き合って来なかった。

それが今回このようになったのは、卒業生の篠原進君を通じて笠間書院の橋本孝編集長の強いお勧めを戴いた所為である。橋本氏は、私の所に来られる際、既に論文リストを作っておられたのである。ここまでされると引込みがつかなくなったというのが実情である。

扨実際に作業に入ってみると、何しろ五十年近く前からのものであるから、読み返す自分自身出版を躊躇してしまう思いが否めないような論文ばかりである。長い間には定説が覆っていたり、自分の誤りがあったり章相互の間の矛盾があったりという箇所ばかりが目に付く。それでも何とか修正出来る所は修正して出そうと思ったのは、研究者の端くれとしての義務感が働いたからである。

抑々人情本に拘ろうとしたのは、大学院に入ってからである。大学の卒業論文では洒落本の「通」を扱った。

西鶴研究の泰斗野間光辰先生の演習を経て、東京の人間だから江戸戯作で卒論を書こうと、逃げてしまったのが本当のところだったのかも知れない。体を壊して東京の大学院に転じてからは余計その思いが強くなった。

人情本に目を向けたのは、洒落本からの自然な流れであった。洒落本の時と同様、美意識から入り、「あだ」に着目することになったのである。修士論文に春水の人情本の特色を「あだ」で際立たせようとしたものを主題として扱ったのも、それ故であった。

昭和四十年代の初めには、人情本を主題とした研究書はほとんどなかった。その中で、神保五彌先生の『為永春水の研究』は当時唯一の人情本研究書であると言ってよかった。早大の神保研究室に伺い、さまざま御示教を戴いたことを懐しく思い出す。

尤も、大学院に進んだ当初は人情本だけを研究課題にしていたわけではなく、馬琴なども対象としていた。大きく人情本に軸足を移すようになったのは、『日本古典文学大辞典』で数十の人情本の項目を担当させられたのが契機となっている。その調査に時間を割かざるを得ず、またその過程で新たな課題も見つかって、いつの間にか人情本を最大の研究対象とすることになった次第である。

とは言え、こうして過去の仕事を纏めてみると、人情本中心に研究してきたなどとはお世辞にも言えない脆弱なものばかりで、内心忸怩たるものがあるのは否めない。ここは己れの非力を認めて潔く大方の評に身を委ねることとしたい。

思えば、このような私に多くの方々が温く接して下さった。さまざまなお名前が浮かんでくるが、あまりに多過ぎて漏らしてしまうお名前もありそうなので、失礼に当たらぬよう列挙することは控える。ただやはり、神保先生のお名前だけは挙げざるを得ない。東京に戻ってから先生が亡くなられるまで、公私共にお世話になった。個人的な酒の席にも何度かご一緒させて戴き、研究上の示唆もさまざま戴いたが、先生お得意の愚痴を伺ったのも良い思い出となっている。本書を御霊前に捧げたいが、皮肉と非難が雨霰と降ってくることは想像に難くない。

尚、本書を纏めるに当たって、ゼミの卒業生の田中栞（公子）さんには、引用論文の筆者の呼称の統一、文体の整合等で御面倒をおかけした。御自身も御多忙な中、貴重な時間を割いて下さったことに感謝したい。尚また編集長の橋本氏には終始叱咤激励して戴いた。このことにも感謝したい。

初出一覧

はじめに（書き下ろし）
第一章　あだ――春水人情本の特質　（『国語と国文学』第四十五巻一〇号　一九六六年7月）
第二章　文政期人情本の一側面――『桐の一葉』をめぐって　（『国語国文』第四十二巻　一九七三年6月）
第三章　「人情」から人情本へ　（『近世文学論叢』水野稔編　一九九二年3月　明治書院）
第四章　『春色梅児誉美』の成立　（『近世文学俯瞰』長谷川強編　一九九七年5月　汲古書院）
第五章　「春色梅暦」シリーズの変貌
「春色梅暦」シリーズ五連作の問題　（『青山語文』創刊号　一九七〇年12月）
第六章　『春色湊の花』の位置　（『青山語文』第二十八号　青山学院大学日本文学会　一九九八年3月）
第七章　『多満宇佐喜』をめぐって　（『近世文学論輯』森川昭編　一九九三年6月　和泉書院）
第八章　人情本作者鼻山人の立場　（『国語と国文学』第四十五巻一〇号　一九六八年10月）
第九章　『花街桜』の趣向――鼻山人の再検討　（『青山語文』第二十六号　青山学院大学日本文学会　一九九六年3月）
第一〇章　素人作者曲山人　（『井浦芳信博士　華甲記念論文集　芸能と文学』一九七七年12月　笠間書院）
第一一章　春水以後――文政期人情本への回帰　（『国語と国文学』第四十八巻一〇号　一九七一年10月）
第一二章　人情本ノート　（『青山語文』第十六号　一九八六年3月）
第一三章　人情本ノート（二）　（『青山語文』第三十四号　青山学院大学日本文学会　二〇〇四年3月）

第一四章　戯作と出版ジャーナリズム
（『戯作―笑いと反俗　特集：戯作の方法』一九七三年12月『国文學解釈と教材の研究』18―15号　學燈社）
第一五章　辰巳の風――洒落本・人情本の深川（『深川文化史の研究下』江東区総務部広報課　一九八七年10月）
第一六章　二人の艶二郎――『江戸生艶気樺焼』から『総籬』へ
（『国語と国文学』第七十二巻六号　一九九五年6月）

著者紹介

武藤　元昭（むとう　もとあき）

昭和 14（1939）年東京生まれ

京都大学文学部国語学国文学専門課程卒業、東京大学大学院人文科学研究科国語国文学専門課程博士課程単位取得済退学。

青山学院大学教授、学長を経て平成 20（2008）年退職。

青山学院大学名誉教授。平成 21（2009）年 11 月から静岡英和学院大学学長、現在に至る。

主な編著書

『東海道中膝栗毛』（「日本の文学古典編」・ほるぷ出版・昭和 62 年）

『花名所懐中暦』（太平書屋・平成 2 年）

『恐可志』（太平書屋・平成 5 年）

『人情本集』（「叢書江戸文庫」・国書刊行会・平成 7 年）

人情本《にんじょうぼん》の世界 ── 江戸の「あだ」が紡ぐ恋愛物語

2014年（平成 26） 4 月30日　初版第 1 刷発行

著　者　武　藤　元　昭

装　幀　笠間書院装幀室

発行者　池　田　圭　子

発行所　有限会社　笠間書院

〒101-0064　東京都千代田区猿楽町2-2-3

☎ 03-3295-1331　FAX03-3294-0996

振替 00110-1-56002

ISBN978-4-305-70710-9

新日本印刷

（本文用紙：中性紙使用）